Assassins !

Du même auteur

Aux Éditions Le Passage

Les Voyages de sable, 2018.

Bossa nova, la grande aventure du Brésil, 2017.

Les Pêcheurs d'étoiles, 2016.

12, rue Carioca, 2015.

Couleurs Brasil. Petites et grandes histoires de la musique brésilienne, 2014.

Saudade, 2014.

Brasil, 2013.

Pour l'amour de Rio, 2012.

Pour tout l'or du Brésil, 2011.

Aux Éditions Buchet-Chastel

Zumbi, 2009.

Aux Éditions Métailié

Samba triste, 2007.

Dans l'ombre du condor, 2006.

Corcovado, 2005.

Jean-Paul Delfino

Assassins !

Roman

Éditions Héloïse d'Ormesson

Pour la rédaction de cet ouvrage,
l'auteur a bénéficié d'une bourse d'écriture du CNL.

www.editions-heloisedormesson.com

ISBN 978-2-35087-546-0

La question est celle-ci : d'où vient l'homme ?
Où va l'homme ? Je la résous triomphalement en disant :
l'homme va et vient dans la nuit.

Émile Zola

Un

EH BIEN, QUOI ? Quelqu'un avait-il quelque chose à redire ? Qu'il parle maintenant. Ou qu'il se taise. À jamais.

Allongé dans son immense lit Renaissance juché sur une estrade de bois, les mains jointes sur la poitrine, il n'avait peur de personne. Les générations futures jugeraient. La postérité. Lui, il avait apporté son écot à l'humanité. Les chiffres, d'ailleurs, parlaient d'eux-mêmes. Avec son infinie douleur de vivre, avec quelques maigres joies grappillées çà et là, il avait bâti une œuvre. Vingt tomes. Ce n'était pas rien, tout de même ! Et il ne comptait ni les pièces de théâtre, ni les nouvelles et encore moins les milliers d'articles qui avaient filé sous sa plume. Vingt tomes. Mille deux cents personnages. Au moins dix mille pages pour une *Histoire naturelle et sociale d'une famille sous le second Empire*. Une comédie humaine. Mais pas à la façon d'un Balzac, non !

Lui, il avait suivi une seule lignée, une seule souche qui puisait sa sève dans la vie même, sans pudeur et sans fard. Pas de petite fenêtre ouverte sur la crudité, le vice, la haine, l'alcool, les tourments. Au contraire. Il avait bâti vingt grandes et lumineuses baies qui donnaient au lecteur son comptant de stupre, de misères et d'horreurs. D'amour, aussi. Tous les foutriquets du romantisme pouvaient bien aller se rhabiller. Ses livres à lui se vendaient par centaines de milliers. Par millions, même. Après lui, en matière de littérature, rien ne serait plus jamais comme avant. Il avait créé. Il avait apporté sa pierre.

Les yeux ouverts, fixés sur le plafond blanc tout obscurci de nuit, il soupira avec délice.

Non. Il n'y avait strictement rien à redire à cela. Il avait réussi son pari. Partir de rien pour se hisser au sommet. Il s'était acharné, sans jamais rien perdre de sa rage d'écrire. Aujourd'hui, il était quelqu'un. Et il fallait que cela se voit. Cela se voyait, d'ailleurs. Peut-être un peu trop. C'était en tout cas ce que colportaient volontiers les jaloux et les ratés. Edmond de Goncourt était l'un d'eux. Il pouvait même prétendre au titre de chef de file. Dans tout Paris, il faisait courir le bruit que lui, l'écrivain consacré, n'était qu'un parvenu. Cet esprit fielleux affirmait, avec un sourire en coin, qu'il ne possédait aucun goût, qu'il souffrait d'une inclination comique pour le style *cathédraleux* – c'était son mot. Il l'appelait le *vilain Italianasse.*

Eh quoi ? Qu'y pouvait-il s'il aimait les meubles et les objets bon marché, le clinquant ? La beauté ne se trouvait pas toujours dans l'opulence. Sa mère, voilà longtemps, le lui avait appris.

Comme une vengeance, il fit défiler en pensée la décoration de son hôtel particulier, situé dans la coquette rue de Bruxelles. En courant les brocantes et les antiquaires, il avait acheté sans compter, avec la joie tapageuse d'un enfant livré à lui-même dans une pâtisserie. Durant des années, il avait acquis tout ce qui, sur l'instant, lui faisait plaisir. Il avait tout entassé, à en faire crever les murs, avec une jouissance sourde.

Son retable en bois sculpté et ses deux statues de saints, tenant à la main les livres de l'Évangile ? Il les adorait ! Ses divans turcs, ses bouddhas indiens qui louchaient atrocement sur leurs nombrils bombés ? Ses kimonos de grands magasins ? Ses cuivres hollandais cabossés et tachés de vert-de-gris ? Il leur trouvait une gueule folle ! Sa cassolette où il brûlait du papier d'Arménie ? Ses vingt-six panneaux de l'école gothique sur fond d'or ? Ses vitraux anciens ? Son bandeau de cheminée en velours rouge brodé de figures de saints ? Ses statuettes hindoues et birmanes ? Un pur bonheur pour les yeux ! Et ses tapisseries et ses tentures médiévales ? Il n'avait pas pu résister.

En revanche, il avait peut-être eu la main un peu lourde quant au bric-à-brac des églises – il le reconnaissait aujourd'hui volontiers. Sur sa majestueuse table de travail Louis XIII aux pieds chantournés jusqu'à la nausée, sur les murs où subsistait encore un espace à combler, sur les étagères de bois précieux, il avait aimé s'entourer de crucifix, de chapelets, de calices et de ciboires, de boîtes à hosties, d'encensoirs, de reliquaires et de châsses venus de Hollande, de missels italiens, de médailles de saintes et de saints en laiton ou en émail coloré. Du temps de la rue de Boulogne, Flaubert avait même pu s'exclamer que son lit auquel il tenait tant, son lit Henri II était digne de celui de saint Julien l'Hospitalier. Et l'on osait encore dire qu'il ne croyait en rien !

À trois reprises, dans un cérémonial qui se répétait à chacun de ses couchers et ne souffrait aucune entorse, il ouvrit et ferma lentement ses paupières. Il allait plonger dans la petite mort du sommeil. Si la magie se répétait, il se réveillerait le lendemain matin. Il inspira à nouveau, profondément. Deux fois. Pas une de plus.

À soixante-deux ans, il avait transformé en or le plomb qui coulait dans son crâne. Il avait été le président de la Société des gens de lettres. Il avait tout réussi. Du moins, presque tout. Il ne pouvait oublier que l'Académie française l'avait méprisé. Elle lui avait interdit les portes de son institution. Pas une fois ou deux, non. Pas même dix, ni douze. Mais dix-neuf. Voire plus, il ne possédait pas la mémoire des chiffres. Dix-neuf fois, on lui avait préféré des littérateurs du sérail, des germanopratins, des auteurs dont l'immense majorité ne passerait jamais à la postérité. Il n'en voulait pas à ces plumitifs. Certains avaient du style. Il y avait de la place pour tout le monde, sur cette terre. Mais ils ne faisaient pas le même métier. Sinon, pourquoi l'auraient-il refusé ? Et dix-neuf fois, encore.

Dès demain, il se remettrait au travail. Toute sa vie durant, il n'avait pu compter que sur cela. C'était finalement la seule chose qui payait lorsque l'on naissait pauvre, sans particule, à moitié nu. Lever à sept heures. Un bain dans la baignoire de cuivre. Un œuf sur le plat. Quelques journaux. À neuf heures, il serait à sa table d'écriture. Il se ferait porter par Jules ou Eugénie son litre de thé bouillant. Les reins enveloppés dans une ceinture de flanelle, en pantalon et veste de velours marron, écharpe blanche autour du cou, il écrirait. Quatre à cinq pages. Pas une de moins, pas une de plus. Il aimait écrire le matin, à l'heure où la tête est froide, les idées aussi nettes que le fil d'un rasoir. Écrire pour être digne de la maxime qu'il avait fait graver sur son fauteuil : « Si Dieu veut, je veux. »

Oui, il était décidément un homme comblé et, dans le silence de la grande chambre donnant sur la cour, il poussa un long soupir d'aise. Il avait réussi là où tant d'autres avaient abandonné leurs rêves en chemin. Il écrivait, il était publié, chacun de ses romans se vendait par charretées entières. De plus, il aimait et il était aimé en retour par l'homme de la rue, par les humbles et les opprimés, par le peuple dont il avait depuis toujours défendu les causes. Son *J'accuse!* avait déclenché des torrents de boue, de haine et de violence. La France avait été coupée en deux. Les fils s'étaient dressés contre les pères. Lui-même avait été jugé coupable et avait dû s'exiler en Angleterre, à Londres, durant une année entière. Avec l'amnistie de 1900, quand les pantins de la IIIe République avaient gracié dans un bel ensemble coupables et victimes, le temps de l'apaisement était revenu. Les lettres d'insultes, parfois trempées d'excréments, s'étaient faites plus rares.

Vérité, le troisième de ses *Quatre Évangiles*, partait bien. Les lecteurs de *L'Aurore* semblaient s'en délecter. Du moins, certains. Il avait fait œuvre utile. Sous couvert de fiction, il avait repris les grandes lignes de l'affaire Dreyfus. Il disait ses vérités. Comme le grand Voltaire avec Calas. Ou Hugo avec son Napoléon III d'opérette. « L'Affaire », comme l'on disait. Charpentier, son éditeur, serait content des ventes lorsque le roman paraîtrait en librairie. Bien sûr, il n'atteindrait jamais les tirages colossaux de *Germinal*, de *Nana* ou de *L'Assommoir*. Mais quoi ? Le tableau serait complet. Le petit Italien d'Aix-en-Provence ne serait pas venu ou revenu pour rien, sur cette terre.

À côté de lui, il sentit le corps lourd d'Alexandrine – Coco dans l'intimité – se retourner. Dans le mouvement, elle émit un chuintement désagréable, aussitôt remplacé par des bruits de gorge. Près de quarante années de vie commune. Cela non plus, ce n'était pas rien. Il pouvait être fier. C'était une maîtresse femme, un roc qui menait la rue de Bruxelles et le château de Médan à la baguette. Lorsque Cézanne la lui avait présentée, elle n'était qu'une fille de la rue, une grisette. Selon l'humeur, elle se disait modèle, blanchisseuse ou vendeuse de fleurs sur la place Clichy. Pas d'éducation, mais une charpente solide, une nature déjà plantureuse, un regard charbonneux et des éclats de voix à faire sursauter le bourgeois dans la rue. Elle posait pour des barbouilleurs maudits ou sans talent. Pourquoi l'avait-elle choisi, lui, le petit binoclard venu de sa province, pas même dessalé ? Cela resterait à jamais un mystère. Ils s'étaient aimés. Oui, sans doute, ils s'étaient aimés. Puis, le temps avait fait son œuvre. Le duvet si mignon qui ombrait sa lèvre supérieure avait noirci. La nourriture, de plus en plus riche à mesure que ses livres rencontraient le succès, avait transformé la sylphide en mégère qui, dans le privé, devenait volontiers acariâtre. Son sang trop lourd occasionnait chez elle des migraines qui n'en finissaient plus. La respectabilité avait bardé de lard les attaches fines de sa jeunesse. Ils vivaient ensemble. À Paris comme à Médan. Mais les fraîches années ne reviendraient plus. Aujourd'hui, Alexandrine ne prenait son chocolat quotidien que servi par les domestiques, dans une tasse en argent. Elle était sortie de sa condition. Il fallait que cela se voit. La gamine des Halles grouillantes, fille d'une marchande de fleurs et d'un ouvrier typographe, s'était métamorphosée de bon appétit, ensevelie par les terrines, les carpes farcies, les gibelottes et les gâteaux.

Lui aussi avait vieilli. Bien entendu. Le cheveu s'était fait plus rare. Les dents s'étaient gâtées. Des taches de tavelure étaient apparues sur le dos de ses mains et jusque sur ses avant-bras. Pourtant, à force de courses à bicyclette, de repas pris sans boire et d'exercice quotidien, il avait perdu vingt-cinq kilos. Il se sentait la force d'un jeune homme, le mollet ferme, l'œil vif. Jeanne, la petite lingère embauchée par Alexandrine, n'avait pas pu résister à son charme. Elle l'avait aimé immédiatement. Elle était tombée dans ses bras et avait réussi le miracle de refaire de lui un homme. Un amant. Sa femme avait préféré prendre la respectabilité et l'argent, les honneurs des voyages et des triomphes en Italie ou en Angleterre. Son amante, elle, lui avait donné coup sur coup deux enfants. Denise et Jacques. Alexandrine l'avait soutenu lors des années de vaches maigres et, aujourd'hui, elle se gobergeait avec délice des fruits de ses sacrifices. Jeanne le comblait d'amour, de frissons comme à vingt ans. À chacune de leurs rencontres quotidiennes, elle abandonnait sur ses lèvres de vieux sanglier le goût délicieux du péché et de l'interdit. Alexandrine était une cigale inféconde, une harangueuse que le génie de son mari avait tirée de l'ornière. Jeanne avait le corps souple, les seins encore fermes, le ventre plat et vingt-sept ans de moins que lui. L'une était autoritaire, comptait ses sous et son linge dans ses armoires profondes. L'autre était gaie, modeste, docile. Elle s'émerveillait d'un rien. Dans son lit, il côtoyait un corps qui révérait l'ordre, la propreté, l'efficacité sans faille. Dans ses bras, il serrait une jeune femme qui le faisait refleurir à la vie avec ses yeux toujours un peu tristes, son rire clair, ses lèvres veloutées, son élégance naturelle.

Exceptionnellement, le grand homme s'autorisa une entorse et inspira à nouveau à deux reprises, le plus longtemps et le plus profondément possible. Aujourd'hui, il se sentait le plus heureux du monde. Il était aimé. Cela seul importait, à ses yeux.

Deux

« ALORS, BARRÈS ? Y allons-nous ?

– Un instant, mon cher Maître. C'est que l'affaire est grave. Un discours tel que celui-ci ne s'improvise pas. Il faut de la méthode. Du fond, mais aussi de la forme. Du style. Oui, c'est cela : de la forme dans les arguments.

– Vous m'ennuyez, avec votre forme et votre fond. L'affaire est grave, certes. Mais elle est aussi d'une simplicité déconcertante.

– Pour ce qui est de votre part à vous, je n'en doute pas. Dieu vous a béni à la naissance. Vous êtes un tribun, Drumont. Un Marc Antoine, un Caius Marius, un Livius Drusus. Moi, non.

– Ne dites donc pas de sottises et dépêchez-vous un peu. Nous allons nous retrouver chez nous, à *La Libre Parole*, devant nos hommes. Vous aurez cent cinquante gueulards parfaitement acquis à votre cause. Alors oubliez toutes vos latineries, prenez vos notes et partons.

– Tout de même… Juste un instant encore, je vous prie. »

Vêtu d'un costume anthracite, les cheveux mi-longs plaqués en arrière avec de la brillantine, le haut-de-forme dans une main et la canne plombée d'un pommeau de trois kilos dans l'autre,

Édouard Drumont se mit à faire les cent pas dans les locaux de la permanence de la Ligue des patriotes. Rue du Petit-Musc, au rez-de-chaussée d'un immeuble bourgeois, une immense pièce de plain-pied accueillait régulièrement les partisans nationalistes qui, depuis maintenant vingt ans, embrassaient les idées de Paul Déroulède. Déroulède… À ce nom seul, dès 1882, des centaines de milliers de Français s'étaient levés, la rage au cœur. Pour bien des ouvriers, comme pour une large partie des intellectuels et des artistes, ce revanchard de la guerre de 1870 incarnait encore aujourd'hui l'espoir d'une France victorieuse, fière, débarrassée de l'amertume d'une défaite concédée face aux armées prussiennes. Déroulède ? Ça, c'était un homme ! Illustre combattant durant le conflit, inflexible face aux communards, grand artisan de la Semaine sanglante, il demeurait pour eux le guide suprême, le seul capable de les conduire par de nouveaux actes de bravoure sur le chemin de l'espoir.

Avec une pointe de jalousie, Édouard Drumont jeta un œil au monumental portrait de Paul Déroulède qui, placardé sur le mur du fond, semblait le fixer avec une étrange bonhomie. Sur cette photographie, l'homme apparaissait étonnamment serein, l'abdomen confortable, le regard perdu dans ses pensées. L'auteur des *Chants du soldat* posait avec une douceur que le journaliste ne lui connaissait pas et ne lui aurait même pas soupçonnée. Dans son cadre de bois doré, la Légion d'honneur à la boutonnière, une main posée avec nonchalance contre sa joue, il incarnait le père. Avec ses yeux clairs et sa frange d'écolier ridiculement courte, rien ne trahissait le fauve, celui qui s'était battu en duel au pistolet avec Clemenceau et dont le cri de guerre rageur résonnait depuis trois décennies aux quatre coins de Paris : « Qui vive ? La France ! »

Le cou maigre et pourtant étranglé par un col de celluloïd, Maurice Barrès grommela dans son coin, sans cesser de trier ses feuillets manuscrits : « Un public tout acquis à notre cause, certes. Mais tout de même… Je dois paraître à mon avantage. Ça, oui. À mon avantage… »

Sans même se retourner, toujours obnubilé par le regard calme et paisible de Déroulède, Édouard Drumont gronda :

« Que dites-vous ?

– Rien, cher ami.

– Eh bien ? Y allons-nous, alors ? »

Ses longues mains osseuses farfouillant en tremblant dans une chemise gonflée de notes, l'ancien rédacteur en chef de *La Cocarde* chuchota avec agacement :

« Tout de même… Je ne fais pas d'appel à l'insurrection ni à la guerre civile, moi. Ma tâche est autrement plus complexe.

– Pardon ? »

Dans un costume noir, lune maigre mèche raide battant sur son front bombé, Maurice Barrès se récria aussitôt :

« Le discours que vous attendez de moi nécessite un minimum d'application et de méthode, je vous l'ai déjà dit. Vous, vous vous réservez les aboiements et la vindicte. Et moi… moi…

– Vous, quoi ?

– Comment voulez-vous que j'explique à un public de déguenillés, de crève-la-faim, qu'il est à sa place et qu'il ne doit rien espérer de mieux dans l'avenir ? Tout de même !

– C'est pourtant bien ce que vous avez déjà écrit, non ?

– Entre écrire et dire, la différence est de taille, ne vous en déplaise. Il faut que les pauvres aient le sentiment de leur impuissance, car c'est la condition première de la paix sociale. Mais le clamer à une tribune est une autre paire de manches. Et si j'étais mal compris ? Et si l'on me huait ? »

Dans le silence du rez-de-chaussée éclairé à l'électricité, Édouard Drumont fit soudain claquer avec sévérité sa canne sur le sol. Puis, il s'exclama :

« Puisque je vous dis que vous serez salué par des vivats ! Ce sont nos hommes, et les meilleurs, qui vous écouteront. De toute façon, ils n'entendront de votre discours que sa musique, pas ses paroles.

– Mon cher Maître, en êtes-vous sûr ?

– Sûr et certain. Puis, si vous sentez que votre public vous échappe, parlez-lui de la grandeur de la France, de la guerre qui menace, des morts pour la patrie ou de l'Alsace et de la Lorraine qu'il nous faudra bientôt reconquérir. Parsemez tout cela de barbares qui rêvent d'envahir la Gaule, et le tour sera joué. Il n'y a, en tout état de cause, rien de plus imbécile qu'une foule. »

Voûté, Maurice Barrès considéra un instant la silhouette imposante de Drumont par en-dessous. Sans cesser de trembler de ses longues mains, il hésita encore un instant, puis finit par hasarder :

« Et Dreyfus ? Pourrai-je aussi parler de Dreyfus ?

– Si cela vous fait plaisir. Mais dépêchez-vous donc un peu !

– Et de Zola ? Il y a bien longtemps que je n'ai pas… »

Aussitôt, la canne claqua à nouveau sur le parquet, réveillant un écho sinistre sous les plafonds hauts. Avec fermeté, le journaliste de *La Libre Parole* cingla : « Oubliez Zola. Lui, je m'en charge. »

Le ton de la voix ne souffrait aucune réponse. Vexé, l'ancien député de Nancy enfonça un peu plus son cou entre ses épaules et se remit à compulser ses fiches avec fièvre. En l'écoutant marmonner dans sa moustache de nouveaux chapelets de « Tout de même… », le député de la VIIe législature d'Alger, lui, demeura immobile. La barbe frémissante, il écrasa de son regard celui qui, à son sens, n'avait pas volé son surnom de Corbeau. Obsédé tout à la fois par l'idée de la mort et le culte du moi, ce pamphlétaire n'avait décidément aucun nerf. Grand pourfendeur des Juifs dans la tiédeur de ses appartements, il avait des pudeurs de jeune fille dès lors qu'il fallait se salir un peu les mains. Un corbeau, oui. Voilà ce qu'il était. Un esprit brillant, peut-être, mais dans une tête de corbeau. C'était un volatile glacé qui, avec méthode et application, dépeçait à coups de bec hargneux la juiverie internationale, sans pourtant jamais prendre le moindre risque.

Après avoir adressé un ultime regard à Déroulède – qui, à cette heure grave, purgeait sa peine de bannissement en Espagne, dans la ville de San Sebastian –, Drumont passa devant Barrès et lui lança : « Je vous attends dans le fiacre. Mais je n'attendrai pas longtemps. Au journal, j'ai une affaire de la première importance à régler. »

Sur ces mots, il quitta la permanence de la Ligue des patriotes et disparut dans la nuit. Un instant interdit, le Corbeau se remit à classer les dernières feuilles de son discours, sans cesser de chevroter : « Tout de même… Une affaire de la première importance. Mais quoi ? Tout de même… »

Sur le quai des Célestins, encadré par la Seine charriant des flots noirs et la rue de l'Hôtel-de-Ville, le fiacre avançait au petit trot, semblant seul au monde dans les claquements des fers des chevaux sur le pavé. À cette heure, l'île Saint-Louis s'était assoupie entre ses deux bras d'eau. Canne à la main, de rares bourgeois affrontaient le froid précoce apporté par septembre et rentraient chez eux tête basse, engoncés dans des pardessus de laine. Absolument indifférent à la présentation embrouillée que Barrès s'entêtait à lui faire de son discours à venir, Drumont se contentait d'observer Paris dans sa robe du dimanche. Ce n'était pas une tenue aux couleurs vives et chatoyantes, propre à affrioler les hommes et à faire pâlir les femmes de jalousie. Bien au contraire. Avant de reprendre le joug du lundi matin, Paris se contentait d'un linge de nuit, pudiquement remonté jusque sous son menton. Elle ne possédait plus rien de la gourgandine en colliers de diamants dont rêvaient les hommes. Sagement, elle avait ôté son maquillage et s'offrait ainsi à qui voulait bien la voir, dans sa plus parfaite simplicité.

« Je vais leur parler des Sémites et du complot international. Oui. Ça, je peux et je vais le faire. Non. Je peux et je dois le faire. Il faut enfoncer le clou. Oui, le clou. Ces salauds-là doivent payer. Ils ont du sang du Christ sur les mains. Le sang du Christ. Tout de même… »

Bercé par le balancement régulier du fiacre, Drumont n'entendait plus rien de ce que Barrès pouvait bredouiller. Sur la banquette moelleuse de la voiture, il était en parfaite résonnance avec son Paris. Cette ville, il la rêvait débarrassée de tous ceux qui, à ses yeux, la souillaient par leur seule présence. Les Juifs, c'était entendu. Mais il y avait aussi les métèques, les francs-maçons et les protestants. C'était à cause d'eux, à cause des Alphonse de Rothschild et des Léon Blum, des Reinach et des Lévy-Bruhl que la France était tombée aussi bas. C'était à cause d'eux qu'il avait lancé *La Libre Parole*, un quotidien à cinq centimes dont la signature, aujourd'hui encore, le ravissait jusqu'aux frissons: *La France aux Français!* Depuis dix ans, cet organe de presse foulait aux pieds les politicards, les affairistes, les cumulards et les boursicoteurs de tous poils. Malgré une maudite période d'apaisement voulue par le gouvernement de cette canaille d'Émile Loubet, il ne se passait pas une seule journée sans que le quotidien ne tire à boulets rouges sur tous ceux qui, de près ou de loin, salissaient sa belle France.

« Ça, c'est une bonne idée que je viens d'avoir. Vraiment, une bonne idée. Qu'en pensez-vous, mon cher Maître? Je vais leur rappeler ce que j'ai dit à Blum lorsqu'il est venu me voir pour que j'épouse avec lui la cause des dreyfusards. Pour le petit Blum, j'étais un Maître en littérature. Du moins, jusqu'à ce qu'il soit enjuivé par Jaurès. Saleté... Je vous ai raconté ma réponse à Blum sur les dreyfusards, n'est-ce pas? »

Comme Drumont se tassait dans son silence, Barrès remit en place avec nervosité sa mèche sur son front blanc et reprit: « Je lui ai dit non, comme de bien entendu. Moi? Épouser la cause d'un petit Juif allemand qui a trahi l'armée française? Comment aurais-je pu? Mais je ne le lui ai pas envoyé dire, cher ami. Au petit Blum, je lui ai rétorqué que Dreyfus était plus que capable d'avoir trahi. Et cela, je le concluais de sa race, tout bonnement. De sa race! Car le Juif est traître. Tout de même... Savez-vous que Blum m'a répondu que... »

Absent de ces palabres sans intérêt, Drumont souriait. Âgé de cinquante-huit ans, il éprouvait désormais le sentiment délicieux d'avoir réussi sa vie. Certes, il ne rayonnerait jamais de la gloire d'un croisé rentrant de Jérusalem. Lui, il avait dû se faire seul, envers et contre tous. Fils d'un couple de paysans des Flandres, son père n'avait pas été un affairiste ni un industriel, pas plus qu'un bourgeois ou le rejeton d'une haute lignée. Il avait occupé un modeste emploi d'expéditionnaire à l'Hôtel de Ville de Paris. Humble, discret, cet homme n'avait rien eu du héros, du pater familias. De plus, il avait très tôt été frappé par la maladie et avait même dû être interné à l'hôpital psychiatrique de Charenton, pour cause de mélancolie délirante. Il n'avait pas été la figure tutélaire idéale sur laquelle s'appuyer. Aussi, sans soutien familial, sans connaissance dans le monde des affaires pas plus que dans celui de la politique, Édouard avait dû se construire un avenir à la force du poignet.

« Dites-moi, Maître ? Est-ce bien exact, ce que j'ai appris hier ? Edmond de Goncourt vous a-t-il réellement affirmé que ce ne serait que justice que la fille Rothschild soit quotidiennement vêtue de jaune, comme l'étaient les Juifs au Moyen Âge ? Tout de même… Et il aurait ajouté que le Juif fait partie d'une race éclaboussée par le sang du Christ ? Goncourt ne se cache plus pour proclamer son antisémitisme, alors ? »

Peu regardant sur les moyens employés, Édouard Drumont s'était fait journaliste, trahissant les uns et flattant les autres, au gré de ses besoins. Obsédé par l'idée de la réussite, il avait trouvé des fenêtres pour ses pamphlets au *Figaro*, au *Bien public* ou au *Petit Journal*. La presse étant, selon lui, trop tiède pour publier ses chroniques, il avait fondé *La Libre Parole*, en 1892. Deux ans plus tard, le jeune journaliste Adrien Papillaud avait rédigé dans son quotidien l'entrefilet qui avait mis le feu aux poudres et lancé l'affaire Dreyfus. Un officier juif avait été arrêté pour cause de haute trahison et d'espionnage. Il n'en avait pas fallu plus pour que toute la France se mette à lire son journal. Avec une égale avidité, les antisémites l'achetaient afin d'être confortés dans l'idée qu'ils n'étaient pas seuls. Les Juifs, eux, le compulsaient chaque matin, avec angoisse, pour savoir ce qu'on leur mettait sur le dos.

Dès lors, Drumont n'avait plus quitté sa ligne dure. Malgré les duels et les procès en cascade, malgré ses trois mois de prison à Sainte-Pélagie, il savait que l'antisémitisme payait. En 1886, il avait écrit *La France juive*, un brûlot de mille deux cents pages publié chez Flammarion. Le bon Alphonse Daudet, pour l'occasion, avait corrigé ses épreuves, lui avait prêté l'argent de la première publication et avait même fait pression sur Francis Magnard, le directeur du *Figaro*, afin d'en assurer le lancement. L'index seul de ce pamphlet réunissait une liste de trois mille noms de personnalités ayant cultivé des liens avec les Sémites. Un coup de maître qui l'avait propulsé au firmament.

Suite à ce tour de force, son entrée en politique s'était accomplie avec toute la saveur de l'évidence. Aujourd'hui, il roulait carrosse et sa *France juive*, vendue à soixante-deux mille exemplaires dès sa sortie, atteignait déjà la centième réimpression. Fondateur de la Ligue nationale antisémitique de France, il avait été élu député d'Alger en 1898. Appuyé par quinze députés, il avait endossé avec délice le costume de chef du groupe antijuif à la Chambre. Il pouvait désormais ambitionner, de façon parfaitement légitime, de…

« Répondez-moi, mon ami ! Votre silence est agaçant, tout de même… »

Comme au sortir d'un rêve, le polémiste caressa doucement sa barbe poivre et sel. Puis il remit en place ses lunettes, avant de répondre :

« Oui, c'est bien ce qu'a déclaré Goncourt. Vous pourrez le dire, dans votre discours.

– Alors, c'est parfait. C'est tout bonnement parfait !

– Et n'oubliez pas de préciser, tant que vous y êtes, qu'il m'a aussi publiquement qualifié de meilleur combattant contre la juiverie républicaine.

– Voilà qui est excellent ! Excellent. Je dirai aussi que... »

En croisant la rue aux Ours, à l'angle du boulevard Sébastopol, le fiacre dut patienter un instant afin de laisser passer une cohorte de voitures à chevaux ou à bras venant gaver le ventre des Halles. Malgré les odeurs fortes de fromage et de marée, Drumont replongea aussitôt dans sa méditation, les yeux mi-clos. Oui, il avait réussi. Il avait bâti toute sa renommée par ses attaques incessantes contre le système politico-financier qu'il disait entièrement aux mains des Juifs. Ses lecteurs l'adoraient. Déroulède avait fait de lui son homme de confiance. Barrès le vénérait. Maurras voyait en lui un prophète. L'essayiste Gaston Méry claironnait partout qu'il était le « génial accoucheur de la pensée française ». Léon Daudet, le fils d'Alphonse, l'avait supplié de le prendre dans son journal, passant du *Soleil* et du *Gaulois* à *La Libre Parole*.

Au prix de quelques coups de fouet vigoureux, le cocher du fiacre força le passage dans la file des voitures et, maintenant au prix d'un trot un peu plus vif, l'équipage s'engagea dans la rue Réaumur. Au fond du Paris endormi, l'imposant édifice de la Bourse se dressa soudain. À cet instant, Drumont ne put s'empêcher de cracher par la fenêtre. C'était dans ce cube soutenu par des colonnes de pierre que les Juifs et les francs-maçons, il en était intimement persuadé, travaillaient de concert à perdre la France. Il était là, le temple de l'internationale antipatriotique qui profitait sans rougir de la race aryenne. Après la débâcle de 1870, la France s'était vendue aux marchands, aux bouviers des veaux d'or. Elle s'était engourdie, anesthésiée. Mais lui, Édouard Drumont, allait tout mettre en œuvre pour la réveiller. Et il ne s'agirait plus désormais de simples pamphlets ni de brûlots. Depuis quelques semaines, le plan qu'il avait ourdi dans l'ombre était en marche. Dès demain, la période d'apaisement voulue par Loubet volerait en éclats. Demain, le pays et le monde entier sursauteraient en apprenant la nouvelle. Demain, les journaux du soir feraient claquer leurs unes sur huit colonnes. Si tout fonctionnait comme il l'avait prévu, rien ne serait plus jamais comme avant.

Alors que le fiacre ralentissait maintenant à l'approche du numéro 14 du boulevard Montmartre, Maurice Barrès allait se risquer à poser une nouvelle question lorsque Drumont l'interrompit. Une main amicale posée sur son épaule, il murmura : « Votre discours fera date, mon cher Maurice. Soyez-en sûr. Et n'oubliez surtout pas de le conclure par une formule enlevée, quelque chose que nos amis journalistes de *L'Intransigeant*, de *La Croix* ou du *Charivari* pourront reprendre en gras. »

Peu habitué à une telle marque d'amitié chez ce tribun à la voix cuivrée, le Corbeau frissonna de plaisir et acquiesça :

« Mais tout à fait, mon cher maître. Tout à fait. C'est très exactement ce que je…

– Qu'avez-vous choisi comme diatribe de conclusion ?

– Je ne sais pas encore. Tout de même, il faut que cela reste crédible. Je ne suis pas Quintilien. Crédible, oui. Crédible et élégant. Non ? Oui ? Qu'en dites-vous ?

– Foutaises ! »

S'ouvrant d'un sourire inquiétant, les yeux luisant dans la lumière falote d'un lampadaire, Drumont le corrigea :

« Essayez donc plutôt ceci. C'est un peu gros et digne d'un bateleur de foire, je vous le concède. Mais n'oubliez pas votre public. L'énormité d'un propos disparaît sous la conviction que l'orateur peut mettre à la proférer.

– Diantre… À quoi pensez-vous ?

– Lorsque vous aurez apaisé les acclamations qui ne manqueront pas de ponctuer votre discours, réclamez le silence. Faites-le avec bonhomie, les bras et les mains ouverts, en ami.

– Je tâcherai, je tâcherai. Et après ?

– Après ? Essayez quelque chose dans ce genre… »

Se penchant alors sur Barrès, le frôlant même de sa barbe, Drumont tempêta soudain un vibrant :

« Mes amis ! Il est temps de pendre le dernier banquier avec les boyaux du dernier Juif.

– Tout de même…

– Faites-le. N'ayez aucune crainte. Agissez comme je viens de vous le montrer et vous serez salué comme un héros… »

Édouard Drumont était loin de la vérité lorsqu'il avait évoqué cent cinquante gueulards. Ce soir-là, ils étaient plus de quatre cents à avoir envahi la chaussée donnant sur le numéro 14 du boulevard Montmartre. Face au siège de *La Libre Parole*, les cafés Ducastaing, de la Comète et de Maxéville étaient restés exceptionnellement ouverts. Depuis le milieu de l'après-midi, des garçons débordés distribuaient à pleins plateaux des demis et des bocks, des carafes de vin blanc et, pour les plus fortunés, des tournées de fine, d'armagnac et de champagne. Dans cette foule, pour l'instant désorganisée et bon enfant, ne bruissait encore qu'une rumeur qui, bientôt, deviendrait un cri de ralliement : *La France aux Français !*

Lorsque le fiacre, loué à l'année par le journal, apparut dans la rue, un instant de flottement remplaça les éclats de voix. Puis, comme une traînée de poudre, le nom de Drumont vola de bouche en bouche. Le Maître arrivait. Le guerrier, le grand pourfendeur de la juiverie internationale, allait enfin se montrer dans la nuit. Aussitôt, une haie se forma, empreinte de respect. Dans les yeux de chacun, l'espoir et la fièvre. À la fenêtre du landau, un sourire faussement modeste sur les lèvres, Drumont pouvait reconnaître chacun des participants. Déroulède en bannissement à San Sebastian, Guérin en exil à Bruxelles, c'était lui, le sauveur du peuple. À cause de cette maudite période d'apaisement – ou peut-être grâce à elle –, les ligues et les factions de tous poils s'étaient réunies ici, les coudes et les poings serrés. Le corps bientôt à demi penché par la fenêtre, le Maître se mit à distribuer des poignées de main avec une joie d'enfant. Ligue de la patrie française, Comité antijuif, Ligue antisémitique, Jeunesse antisémitique, Grand Occident fondé par Guérin pour faire la nique à la loge maçonnique du Grand Orient, comité royaliste nommé l'Œillet Blanc, tous les plus fervents des partisans s'étaient donné rendez-vous sur les pavés du boulevard Montmartre.

Avant de descendre du fiacre et de traverser la haie d'honneur formée par le comité de rédaction de *La Libre Parole*, Édouard Drumont eut le temps d'échanger des regards entendus avec les plus fidèles des fidèles qui s'étaient mêlés à la foule. Ceux-là ne couraient pas les salons ni les grands hôtels parisiens. Hermétiques aux longues discussions, ils se moquaient des lauriers comme de leur première chemise et ne juraient que par l'action. Ainsi, les représentants des bouchers de la Villette ne manquaient pas à l'appel. Se surnommant eux-mêmes les Tueurs, ils ne quittaient jamais leurs cannes – des barres de fer recouvertes de bois qu'ils désignaient sous le nom de cannes antisémites. Formant une troupe de cinq cents hommes lors des affrontements en masse, ils étaient emmenés par un géant taciturne nommé Sarrazin. Le sang ne leur faisait pas peur, affirmaient-ils avec un sourire bravache, puisque le sang et la mort étaient leur métier. Par groupes de deux ou trois, parfois seuls, les Algériens des frères Max et Louis Régis fumaient en silence de fins cigares. Ceux-là aussi étaient de toutes les rixes, sans la moindre exception. Ils avaient fait le coup de poing lors de la campagne électorale qui avait conduit le Maître à la députation d'Alger. L'exercice leur avait plu. L'exercice était bien payé. L'exercice était patriote. Des deux procès contre Zola au pathétique épisode du fort Chabrol, où Guérin avait perdu ses derniers espoirs de renverser le gouvernement, ils avaient toujours tenu le rôle de briseurs de meetings, de provocateurs, de perturbateurs. Les Tueurs de la Villette et les Algériens du Beau Max avaient ainsi, au fil des ans, formé la garde prétorienne de Guérin. Aujourd'hui, mus par le même désir de multiplier les youpinades, ils obéissaient aveuglément à Drumont.

Dès que le Maître, suivi par un Barrès liquéfié par la peur, posa les pieds sur les pavés, une clameur enthousiaste fit trembler jusqu'aux plus hautes cheminées de Paris. Alors, sortant de la Comète, complètement éméchés mais faisant de leur mieux afin de se montrer dignes des circonstances, une vingtaine de bouchers s'avancèrent sous la lumière des lampadaires. Après une introduction soufflée par cinq trompettes et un cor de chasse, la troupe se mit à entonner à pleins poumons, les yeux humides, *La Marseillaise antijuive*:

« *Y'a trop longtemps qu'nous sommes dans la misère*
Chassons l'étranger
Ça f'ra travailler
Ce qu'il nous faut, c'est un meilleur salaire
Chassons du pays
Tout'cette bande de Youddis! »

Pendant que la foule galvanisée par les cuivres applaudissait à tout rompre et reprenait en chœur les deux derniers vers, Drumont s'inclina respectueusement. Soudain, jouant des coudes et des épaules sans ménagement, Sarrazin vint se planter de façon martiale devant le Maître. Entouré par deux gros bras, le tablier de cuir fauve sur l'abdomen portant de larges auréoles de sang brun, la moustache hérissée et les favoris en broussaille, Sarrazin réclama le silence, avant d'entamer de sa profonde voix de basse *La Marche des Youpins*, considérée par tous les partisans comme la chanson de geste de la conquête sémitique:

« *Quand ils sont arrivés de tous les coins du monde,*
En nombreuses tribus pour s'implanter chez nous,
Ils étaient si crasseux, pleins de vermine immonde,
Qu'en leur touchant la tête, on leur tâtait le pou.
C'étaient les Youpins,

Les petits Youpins.
Les Youpins venus pour faire du gommerze
C'étaient les Youpins,
Les petits Youpins
Qui ne faisaient pas encore les malins… »

Dans les acclamations qui crépitèrent, Drumont serra contre son cœur cet hercule et fit mine d'essuyer une larme à ses paupières. Le public entonna spontanément la virile *Marche antisémite*, aux sons de :

« *À mort les Juifs ! À mort les Juifs !*
Il faut les pendre
Sans plus attendre.
À mort les Juifs ! À mort les Juifs !
Il faut les pendre
Par le pif ! »

Vibrante de joie, la foule escorta son mentor jusqu'à l'entrée de *La Libre Parole*, lui bourrant le dos de tapes amicales et l'encourageant déjà pour le discours à venir. Une jeune fille aux mines distinguées, profitant d'une brèche dans le rempart humain, se fraya un chemin jusqu'au Maître. Là, toute rosissante, elle lui épingla à la boutonnière un petit bouquet de bleuets, la fleur qui symbolisait l'antisémitisme radical. Puis, elle disparut, digérée par la marée bouillonnante.

Piétinant les planchers dans le vestibule et dans la salle de rédaction tendue de papier couleur sang de bœuf, la foule s'était massée. Au milieu d'une odeur mêlée d'alcool, de crasse et d'eau de Cologne, les nationalistes côtoyaient les conservateurs, les royalistes sympathisaient avec les bonapartistes, les ouvriers, les bureaucrates, les commerçants, des policiers en civil ou des avocats sans robe s'interpellaient avec de grands sourires entendus. Aux fenêtres, des partisans s'agglutinaient et s'accrochaient dans un dernier espoir tandis que, au fond de la pièce, une petite estrade avait été dressée. Au centre, sur la chaise la plus haute, Édouard Drumont trônait. À sa gauche, Maurice Barrès et, à sa droite, Gaston Méry, le rédacteur en chef de *La Libre Parole* et l'inventeur glorieux du terme *racisme*, dans son roman *Jean Révolte*. Puis, l'on trouvait en rang d'oignons le directeur du *Petit Journal* Ernest Judet, Léon Daudet, Édouard Dubuc et Jacques Cailly, tous deux fondateurs du mouvement de la Jeunesse antisémitique.

Les discours, comme à l'habitude, furent interminables. Celui de Barrès, trop intellectuel et donc trop brillant, ne reçut pas les ovations espérées. Fébrile, le cœur dans la bouche et le souffle court, il en oublia même de pendre le dernier banquier avec les boyaux du dernier Juif. Lorsque le Maître prit la parole, en fin de séance, il ne s'embarrassa pas, lui, de bons mots ni de tournures complexes. Cisaillant l'air de ses lourdes mains à chacune de ses phrases, tapant du poing sur la table, ébrouant sa crinière de guerrier et secouant sa barbe tremblante d'indignation, il entra aussitôt dans le vif du sujet. Il clama sa colère à l'encontre de la juiverie internationale, il déversa sa haine des Sémites et des bourgeois, flatta le bon peuple de France et tira même des larmes aux plus endurcis en dépeignant les paysages de l'Alsace et de la Lorraine qui, désormais, étaient la propriété des Juifs d'Allemagne. D'instinct, il appela au banc des souvenirs le marquis de Morès, son fidèle second qui avait quitté ce monde assassiné en Tunisie, à El Ouatia. Les tempes en feu, Drumont déchaîna des hurlements de colère lorsqu'il évoqua Dreyfus et, dans la foulée, il fit siffler et injurier le nom d'Émile Loubet. La voix tremblante et à dessein tout juste audible, il qualifia de frères et d'amis incomparables Déroulède et Guérin, et il leur jura une fidélité absolue. Ouvrant ses bras en grand, il chanta enfin les louanges des bons Français d'Algérie qui, de l'autre côté de la Méditerranée, nettoyaient leurs terres de tous les Juifs qui s'y cachaient et complotaient contre la race aryenne. À chacune de ses envolées, la salle applaudissait à s'en brûler les mains, les yeux écarquillés et la bouche tordue par le plaisir.

Enfin, Édouard Drumont se leva avec lenteur de sa chaise. Un bon sourire sur son visage emperlé par la sueur, il imposa le silence. Puis, il conclut en ces termes, reprenant de mémoire quelques lignes de sa *France juive*: « Le Sémite se croit sûr de sa victoire. Il a envahi la France subrepticement, sans tapage. Il a pris possession, sans éclat, de toutes les places, de toutes les fonctions de notre pays, depuis les plus basses jusqu'aux plus élevées. Mais nous ne tolèrerons plus cela, mes amis. Que voulez-vous? Le Juif est mercantile, cupide, intrigant, subtil, rusé. L'Aryen, lui, est enthousiaste, héroïque, chevaleresque. Il est désintéressé et franc, confiant jusqu'à la naïveté. Le Sémite, lui, est négociant d'instinct. Fort heureusement, il est facile à reconnaître! Regardez-le! Il est là, avec son nez recourbé, ses yeux clignotants, ses dents serrées, ses oreilles saillantes. Il a des ongles carrés, une main moelleuse et fondante d'hypocrisie. Ce sont autant de signes qui trahissent sa race maudite! Mais l'heure a sonné, mes très chers amis ! L'heure a sonné ! Et tant pis pour ceux qui sont trop vils pour défendre notre Dieu ! Et tant pis pour ceux qui sont trop lâches pour défendre leur patrie ! Et tant pis, enfin, pour ceux qui sont trop bêtes pour protéger leur argent des mains crochues ! Nous leur ferons rendre gorge plus tôt qu'ils ne le pensent, à ces cochons ! Guerre aux Juifs ! Mort aux Juifs ! »

À chaque fois que le terme de *Juif* était lancé – prononcé par Drumont, cela sonnait à la façon de *juëf* –, la salle tressautait, battait des mains et tapait des pieds, pressée maintenant d'en découdre avec l'ennemi sournois de la patrie. Alors que les cors et les trompettes retentissaient à nouveau, et que les chevillards de la Villette s'échangeaient de sonores claques de plaisir dans le dos, le Maître se pencha à l'oreille de Léon Daudet et murmura : « Eh bien ? Tout s'est-il déroulé comme prévu ? »

Essuyant un peu de sueur qui coulait de son double menton, le journaliste de l'Action française grommela :

« A priori, tout est en place. Nous irons ce soir, avec Galli, vérifier qu'il n'a pas laissé de traces de son passage. L'homme est un professionnel de la chose. Vous pouvez être tranquille.

– Si vous le dites… Vous répondez de sa discrétion ?

– Comme de moi-même.

– Je suis content de vous, mon ami. Et je ne vous oublierai pas le moment venu, soyez-en assuré… »

Trois

LE PLUS HEUREUX DES HOMMES, oui. Quant à l'Académie française, la chose se ferait. Ou ne se ferait pas. Cela ne dépendait pas de lui. Avec le temps, il avait fini par comprendre que son rôle, le rôle de l'écrivain, devait se limiter à rendre à son éditeur le meilleur livre possible. Après ? Que la critique l'éreinte ou que s'ouvrent soudain en grande pompe les portes de toutes les académies de la création, cela ne rendait pas le livre pire ni meilleur. C'était tout au plus des conséquences heureuses ou malheureuses. Seule comptait la chose écrite. Seule restait la chose écrite.

D'ailleurs, que n'avait-on dit sur son compte ? Membres de la SGDL[1], de la SACD[2] ou de l'Académie, journalistes de haut vol ou scribouillards mus par des raisons plus ou moins avouables, tous s'étaient déchaînés plus qu'à leur tour sur ses *Rougon-Macquart*. Il en souriait, aujourd'hui. Mais il n'en avait pas toujours été ainsi. Jules Clarétie, l'administrateur général de la Comédie-Française, avait osé : « Ses livres sentent la boue. Une

1. Société des gens de lettres.
2. Société des auteurs et compositeurs dramatiques.

odeur de bestialité se dégage de toutes ses œuvres. C'est du priapisme morbide. » Léon Bloy l'avait traité d'« imbécile colossal » et d'« incomestible pourceau », Francisque Sarcey de « malfaiteur littéraire » et Louis Ulbach, qui signait Ferragus dans *Le Figaro*, avait qualifié son *Assommoir* de « putride ». Ces crapauds, comme il aimait à les appeler, s'étaient ligués contre lui, bien avant la tempête Dreyfus. Pêle-mêle, lui revenaient des bouts de phrases : « littérature visqueuse », « souilleur d'âmes », « roi de l'ordure ». Même le cher vieil ami Goncourt, fidèle à lui-même, persuadé que le *vilain Italianasse* se contentait de le plagier, colportait partout qu'il était « le plus roublard de la littérature : il dégote les Juifs pour avoir la voix d'Halévy », à l'Académie.

Dans la tiédeur de son lit, il se serait voulu poète. Poète et dramaturge. Mais le directeur de Hachette, où il avait travaillé durant une année, l'en avait dissuadé. En revanche, il s'était accroché au théâtre. Malgré ses romans qui le rendaient, à chaque nouveau lancement, toujours plus populaire, il n'avait pas réussi à lâcher ce satané théâtre. Question de fierté, sans doute. Mal placée, certainement. Il n'était pas fait pour l'art dramatique. C'était injuste. Il n'avait pas le don. Il ne maîtrisait pas l'art de la répartie, cette petite phrase qui part comme un frelon se ficher dans les dialogues et fait se pâmer de rire des salles entières. Il ne pouvait pas tout avoir. Certes.

Pris d'une légère nausée – peut-être était-ce une simple sensation de nausée, il l'ignorait –, le littérateur se retourna sur son côté droit, évitant avec soin de frôler le corps d'Alexandrine. Mentalement, il revint sur la composition du repas du soir, avalé quelques heures plus tôt. Une assiette de bouillon, du bœuf en pot-au-feu, un magnifique poulet rôti apporté de Médan et quelques mignardises. Pas de quoi se plaindre d'indigestion pour lui qui, comme le disait Maupassant, mangeait comme quatre romanciers. Peut-être étaient-ce ses dents ? Elles lui faisaient souffrir le martyre depuis son enfance. C'était d'ailleurs à cause d'elles qu'ils avaient dû quitter le château de manière précipitée, sans prévenir personne, cette après-midi.

C'était sûrement cela. À moins que…

Subitement, dans le silence de la chambre, le grand écrivain sentit une sueur glacée l'envelopper. Un étau se mit à lui serrer les tempes. Sa respiration – il l'aurait juré – semblait même se faire plus courte. Après avoir réuni un peu de salive sur sa langue sèche, il déglutit de son mieux. Mais rien n'y fit. L'angoisse, sa compagne nocturne la plus assidue, se remettait à taper de sa corne infectée dans sa béatitude. Il la connaissait bien. Elle avait beau, à chaque fois, varier ses symptômes, il finissait toujours par l'identifier. Malgré la valise de médicaments qui ne le quittait jamais, elle parvenait à s'insinuer en lui pour lui annoncer sa mort imminente. Selon les jours, au gré des nuits, ses mains se mettaient à trembler. Ses reins le faisaient souffrir. Les palpitations de son cœur devenaient anarchiques. Il ressentait des douleurs lancinantes au niveau de la vessie. D'autres fois, ses intestins se nouaient et le pliaient en deux. Lorsque l'angoisse s'intensifiait, il se découvrait alors des angines de poitrine fatales et la totalité de son bras gauche lui faisait un mal de chien. Pire encore : il entendait battre son cœur. Dans ses oreilles. Puis, dans son ventre. Enfin, c'était toute sa cage thoracique qui résonnait de ces coups de masse lui donnant, à chaque battement, un rendez-vous toujours plus proche avec la mort.

Sa mère lui avait dit qu'il était arthritique et qu'il souffrait de l'aura, cette impression d'avoir soudain une boule qui obstrue la gorge et empêche l'air de passer. Il l'avait crue. Il la croyait encore. Comme le lui avait dit Édouard Toulouse, grand psychiatre ou aliéniste devant l'Éternel, il pouvait être rangé dans la catégorie des névropathes hyperémotifs. Son système nerveux était douloureux. La belle affaire ! Ce diagnostic, aussi docte qu'il fût, ne l'empêchait pas de se voir mourir chaque nuit. Il savait, d'évidence, qu'il mourrait du diabète. Il n'en avait pas encore, mais cela viendrait. Il mourrait de cela. Ou enterré vivant. Emmuré.

Poisseux de sueur, il se remit sur le dos. N'y tenant plus, il ouvrit les yeux afin de chasser de son esprit l'image d'un mur de briques se construisant autour de lui et le condamnant *ad vitam æternam*. Quelle fameuse idée il avait eue de lire *La Barrique d'amontillado*, cette nouvelle écrite par Edgar Allan Poe ! De façon instinctive, il remua ses pieds et ses mains afin de vérifier qu'ils n'étaient pas liés par une lourde chaîne. Puis, il respira à nouveau de son mieux. Cet exercice, en règle générale, suffisait à l'apaiser un peu. Cette nuit, pourtant, chaque inspiration semblait lui coûter un effort inhabituel et la sensation de nausée ne fit que s'accentuer. Et si, cette fois, c'était la bonne ?

Afin de ne pas céder complètement à la terreur qui l'ensevelissait, il observa alors par en-dessous – puisque la photographie barrée d'un crêpe noir était accrochée à la tête de son lit – le portrait de son père, Francesco. Aussitôt, les traits de cet homme au front volontaire et aux pattes fournies descendant jusqu'aux commissures des lèvres, suffirent pour desserrer un peu la pression de l'étau. Quel homme ! Emporté par une mauvaise pleurésie alors que, lui, allait fêter ses sept ans, il l'avait peu connu. Pourtant, de Francesco, il savait tout. Du moins, tout ce que sa mère avait bien voulu lui raconter. À la fois Grec de Corfou et Italien de Venise, officier d'artillerie à cheval et docteur en mathématiques, il avait traversé une existence trépidante, à l'opposé exact de celle que son fils avait vécue. Membre de l'Académie de Padoue, décoré pour son *Trattato di livellazione* par le roi de Hollande, dans le même temps carbonaro et franc-maçon, Francesco avait endossé mille costumes et entrepris autant de projets, presque tous abandonnés aussitôt.

La seule zone d'ombre, dans cette aura de héros, se limitait à son séjour en Algérie. Il s'y était fait infirmier pour cholériques, à l'hôpital du Dey. Il avait l'âge où l'on voulait sauver le monde et voir du pays. Lié d'amitié avec un *paese* comme lui, un certain Pietro Antonio Giono[3], il était ensuite devenu lieutenant dans la Légion étrangère, en 1831. Du même coup, et sans que l'on sache vraiment pourquoi, il avait changé *Francesco* en *François*, et supprimé aussi un L à son patronyme. Là, entre oueds et déserts, le soldat était tombé amoureux d'une troublante madame Fischer, femme d'un sous-officier réformé. Très vite, la belle lui avait donné son cœur et son corps. En retour, il lui avait naïvement prêté mille cinq cents francs, prélevés sur la caisse du magasin d'habillement de l'armée dont il était responsable. Et ce qui devait arriver arriva. Le couple Fischer, fort du larcin et de quelques entôlages commis durant la même période, avait fui pour la France. Désespéré à la vue du bateau qui s'éloignait, François s'était jeté à l'eau dans l'espoir fou de les rejoindre. Cela avait été miracle qu'une barque de pêcheurs le tire de ce mauvais

3. Grand-père de Jean Giono.

pas. Effondré par ses désillusions et sa propre bêtise, François avait remboursé à l'armée l'intégralité de sa dette et avait présenté sa démission.

D'un geste maladroit, le dormeur tenta de saisir la bouteille d'eau chloroformée sur la table de nuit et, ce faisant, il déclencha chez Alexandrine un grognement mauvais. Aussitôt, il remisa sa main sous l'édredon et fixa à nouveau l'ombre du portrait de son père. En 1833, ce dernier avait débarqué du *Zèbre* sur le port de Marseille. Ouvrant dans la foulée un cabinet d'ingénieur civil rue de l'Arbre, il avait multiplié les projets ambitieux, rêvant d'un port aux Catalans, d'un éclairage public au gaz pour l'antique Phocée, sans parler de fortifications pour Paris grâce à la construction de forts isolés. Tous ces desseins étaient tombés à l'eau, mais il avait trouvé à rebondir à l'occasion d'un voyage à Aix-en-Provence. Immédiatement, la ville l'avait séduit. Cette Versailles provençale aux demeures seigneuriales et aux hôtels particuliers majestueux, enrichie par le commerce des huiles et des amandes, tout à la fois un haut lieu universitaire, judiciaire et catholique, cette cité manquait cruellement d'eau. Sans même un chemin de fer, ignorée par Paris, plantée de pins, d'ormeaux, de genévriers et de lavande, cette sous-préfecture séchait sur pied.

Se promenant le long des rivières de la Cause et de l'Arc, l'ingénieur avait alors eu l'idée de sa vie. Son grand œuvre. Aix-en-Provence avait soif? Lui, Francesco devenu François, allait gaver la belle endormie d'une eau fraîche et pure. Il lui suffirait de capter les cours de tous les ruisseaux et de construire, à sept kilomètres de la cité, un immense barrage alimenté par des canaux: le premier barrage voûte d'Europe. Il le bâtirait ici, au pied de Sainte-Victoire, entre les Roques hautes et les Infernets.

Aussitôt dit, aussitôt fait. Travaillant sans relâche, effectuant d'innombrables allers et retours entre Aix-en-Provence et Paris, le fier Vénitien avait même trouvé un appui sûr en la personne d'Adolphe Thiers, alors tout juste débarqué de sa fonction de président du Conseil.

Se pelotonnant dans les draps de flanelle, le dormeur sourit faiblement dans la nuit. Ce barrage, ce n'était quand même pas rien. Piqué par la fierté et le désir impérieux de bâtir – enfin – quelque chose de grand, Francesco avait abandonné toutes ses autres chimères. Ce projet, par son ambition et sa modernité, ferait sa fortune et sa respectabilité. Grâce à lui, il ne serait plus, pour Aix-en-Provence, réduit au seul rang d'Italien. Autant dire un étranger, et de la pire espèce qui soit. Un miséreux, un voleur de poules. Un crève-la-faim jeté sur les routes. Par le miracle de cet ouvrage, il deviendrait un notable en costume, vivant dans une aisance bourgeoise et possédant sa propre voiture.

Si le maire, monsieur Aude, avait applaudi des deux mains à l'exposé de son entreprise architecturale, les petits notables de la région, mais aussi les paysans accrochés à leurs terres caillouteuses et sans grande valeur s'étaient, eux, immédiatement opposés à cette construction pharaonique. Le marquis de Galliffet, seigneur du Tholonet – il se souvenait encore fort bien de ce nom ridiculement pompeux –, avait mené la fronde. Rétif à toute idée de progrès, cet aristocrate vipérin s'était accroché bec et ongles à ses privilèges. L'argent ? Ça n'était pas le nœud du problème. Les questions pécuniaires ne pouvaient intéresser que les laboureurs de l'inutile. Ceux-là étaient âpres au gain, madrés, sournois. L'occasion était belle, pour ces soldats de la terre, de négocier à prix d'or le moindre de leurs arpents infertiles. Mais lui ? Alexandre Justin Marie de Galliffet, dont le fils gagnerait, durant la Semaine sanglante de la Commune, les surnoms de *Marquis aux talons rouges* et de *Massacreur* en raison des trois mille communards qu'il ferait fusiller dans les fossés des fortifications ? Lui, avec son rejeton marié à une fortune de la banque, s'était comporté de la pire des façons. En nobliau de province, vivant toujours dans la nostalgie d'un temps où la gabelle et le droit de cuissage avaient cours, il n'avait pu accepter que ce projet qui délivrerait Aix-en-Provence des affres de la soif soit porté par un étranger, un traîne-patins sorti l'on ne savait trop d'où. De prévarications en arguties, de menaces en cabales, de bruissements de couloirs en coalitions de l'ombre, la maison Galliffet avait tout mis en œuvre pour faire capoter cette entreprise de barrage et de canaux qui brillait par sa modernité. Mais le père avait tenu bon.

En 1839, il avait rencontré Émilie Aubert, une jeunesse de dix-neuf ans, alors que lui en avait déjà quarante-deux. L'amour avait été immédiat, violent dès leur première rencontre, au sortir de la messe, sur le parvis de l'église parisienne de Saint-Eustache. Un an plus tard, le petit était né. Aujourd'hui, à soixante-deux ans passés, il ne se souvenait plus avec précision de cette époque. Sa mère lui avait dit qu'ils vivaient alors au 10 bis de la rue Saint-Joseph, dans un quartier populaire situé entre le Sentier et Montmartre. C'était là que, jour et nuit, ronflaient les imprimeries crachant leurs journaux. Là, aussi, que les saute-ruisseau beuglaient leurs nouvelles venues du monde entier. Le nouveau-né avait poussé ses premiers cris dans une maison bâtie sur le cimetière où le corps de Molière avait été jeté, et celui de Jean de La Fontaine plus chrétiennement déposé. Le journalisme et le théâtre. Il n'avait pas parlé de cela à l'aliéniste Édouard Toulouse. Il avait eu tort. Ce clin d'œil de l'Histoire l'aurait fait rire un peu.

À deux ans, l'enfant avait failli quitter ce monde. Des fièvres cérébrales malignes. Les sangsues n'y avaient rien fait. Mais il avait été plus fort que la mort. La mère en avait pleuré de joie. Le père, même s'il ne l'avait sans doute pas dit, avait dû être fier d'avoir un fils avec autant de vie chevillée à son petit corps. En 1843, il avait tout juste trois ans, la famille s'était installée à Aix-en-Provence dans la grande maison du cours Sainte-Anne. Puis dans celle, plus grande encore, de l'impasse Sylvacanne. Le barrage et les canaux avaient enfin été déclarés d'utilité publique. Les contrats avaient été signés, en bonne et due forme, entre les mairies d'Aix-en-Provence et du Tholonet. Le père, qui avait accompli le prodige de monter une société à capital de six cent mille francs, pouvait exulter. Il avait réussi son coup. Rien, désormais, ne pourrait se dresser entre lui et la fortune. De son côté, l'enfant, lui, souffrait encore des conséquences de ces fièvres cérébrales. Il avait le physique frêle et fragile d'une fille. On lui passait tout. Il ne se privait de rien. Après la rue noire et fangeuse de Paris, il renaissait sous le soleil de Provence. Sans connaître leurs noms, il aimait jusqu'à la déraison les micocouliers et les figuiers qui poussaient dans le jardin, les clématites plus sèches que des doigts de sorcières et les lourds massifs odoriférants des lauriers roses. Il rôdait avec gourmandise près des bosquets où poussaient les mûres noires, entendait le mistral dans les oliviers, les hêtres ou les tilleuls qui, au printemps, dégageaient un parfum à vous tourner la tête.

Chaque matin, en redingote noire, canne et haut de forme, le père allait conquérir les déserts de la Provence avec l'eau promise des Alpes. Du temps qu'il partait transformer ses rêves en pierre, Émilie dirigeait la maison, les servantes, la gouvernante, la cuisinière et le cocher. Ce bonheur était mérité, l'écrivain le savait aujourd'hui. À l'époque, il passait l'essentiel de ses journées à observer les processions des fourmis, à traquer les cigales et les grillons, à faire tourner des bouchons de liège sur les tomettes sentant fort l'encaustique. Et il s'abîmait dans la contemplation du puits qui, au fond du jardin, le terrorisait et le fascinait tout à la fois.

Un jour, les gendarmes s'étaient présentés à la porte. Ils venaient au sujet d'une plainte déposée par le père ou la mère, il ne s'en souvenait plus. Mustapha, le jeune domestique âgé de douze ans, venu d'Alger, l'avait caressé bien plus qu'il n'aurait dû. Le garçon avait été renvoyé sur l'heure. Il n'en gardait aucun souvenir. Cela non plus, il ne l'avait pas dit à l'aliéniste.

Soudain, une vague d'écœurement monta dans le ventre du dormeur et progressa jusqu'à son œsophage à la façon d'une plante vénéneuse. Le souvenir du petit Mustapha n'y était pour rien. La cause, cette fois, était étrangère à ses angoisses. À nouveau, il eut l'idée de saisir la bouteille d'eau chloroformée. Ou autre chose. Le tiroir de son chevet regorgeait de pilules et de sirops. Il n'eut même pas le temps de tirer sa main de sous l'édredon. Le tourbillon tendre des souvenirs d'enfance, comme par miracle, tua dans l'œuf son envie de vomir. Le père, majestueux, avait terrassé la maison Galliffet. Bien sûr, les tracasseries des imbéciles qui s'étaient ligués dans la méfiance – puis, dans la haine

– de l'Italien constructeur de barrage avaient réussi à retarder les travaux. En 1847, pourtant, au lieu-dit de Jaumegarde, les premières charges de dynamite avaient ouvert le bal des festivités. Ce jour-là, le père était revenu à la maison avec un pardessus blanc de poussière et de grands rires dans la gorge. François avait été le chef d'orchestre tout-puissant. En premier violon, gérant les hommes, il avait installé Pietro Antonio Giono, qu'il avait retrouvé à Marseille. Les explosions promettaient d'être belles !

Grâce à l'eau qui, bientôt, coulerait toute l'année, la famille sortirait enfin de sa condition ! Dès que les Aixois verraient le barrage achevé, ils comprendraient que le vilain Italien était un bienfaiteur ! Du haut de ses sept ans, le dormeur en avait, lui aussi, ri de plaisir. C'était donc cela, la vie ? C'était donc aussi simple qu'un vœu que l'on réalisait ? Il suffisait de travailler avec acharnement, de faire sauter quelques pains de dynamite, et l'affaire était bouclée ?

« Émile… Émile ? »

La voix enrouée d'Alexandrine tira l'écrivain de son voyage dans le temps. La nausée reprit immédiatement sa place dans son estomac. Feignant le dormeur que l'on réveille, il bougonna :

« Que veux-tu ?

– Je ne me sens pas bien.

– Ce n'est rien. Dors… »

Cette réponse sembla suffire. Alexandrine, se rencognant de son mieux dans le matelas, se rendormit aussitôt. L'envie de vomir, cette fois encore, s'évapora dans le silence revenu.

Oui. Il avait eu une enfance de rêve, protégée des cours de récréation et des jeux cruels que l'on y pratique dans le seul but de se montrer le plus fort. Certes, une fantaisie de la nature avait voulu qu'il zézaie. Mais durant sa petite enfance, chacun s'était accordé pour reconnaître que ce défaut de prononciation était charmant. Qu'il finirait bien par passer. Hélas, cette anomalie était restée et lui avait valu bien des tracas, notamment lors des deux procès consécutifs à l'affaire Dreyfus. Comment prendre au sérieux un homme qui zézaie ? S'exprimer en public lui était une torture. Il avait enduré cette malédiction toute son existence, sans se plaindre. Dans le box des accusés, il ne s'était pas défilé. Pour se battre, il préférait cependant coucher sur le papier ses révoltes et ses colères plutôt que de les clamer à haute voix.

Il y avait eu les fièvres malignes. Ce maudit zézaiement. Mustapha. Et le drame. La fin du monde.

À cette époque où le téléphone moderne n'existait pas encore, la nouvelle avait cheminé avec lenteur, par le biais de l'omnibus reliant Marseille à Aix-en-Provence. Un voyageur obligeant, porteur d'un bien triste message, s'était rendu dans la grande maison. Émilie avait pâli. Dans un même mouvement, elle avait attrapé son châle et la main du petit. Muette, les lèvres serrées, une mèche de cheveux noirs échappée de son chignon, elle avait franchi les trente kilomètres, frissonnante d'angoisse et de chagrin. Lui, il n'avait rien compris. Sa mère, cette Beauceronne toujours inquiète et irritable, ne vivant que dans l'ombre de son mari, n'avait pas décroché un mot du voyage. À Marseille, tous deux étaient partis à la recherche de la rue de l'Arbre. Personne ne semblait la connaître. Durant des heures, ils avaient arpenté le quartier du port et celui de la Fosse. Là, de grosses femmes aux visages peints de couleurs criardes se donnaient à des marins et à des soldats, derrière l'intimité de rideaux déchirés donnant sur la rue. Émilie avait cru devenir folle. Il l'avait suivi, les jambes douloureuses.

Rue de l'Arbre. L'hôtel de la Méditerranée, tenu par un certain monsieur Moulet. Des explications embarrassées. Puis, des escaliers qui empestent le chou trop cuit et laissent flotter des relents d'urine. Le patron, un brave homme, les conduit à l'étage. Derrière la porte d'une chambre anonyme, le père est là. Il a cinquante et un ans. Son visage est déjà cadavérique. Émilie s'effondre en larmes. Lui, il ne parvient pas à reconnaître le fier Vénitien. En deux jours, la maladie l'a complètement dévoré. Ses joues creuses, son teint hâve, ses quintes de toux de plus en plus faibles. Et ses yeux, ses bons yeux qui ne regardent ni ne voient plus rien. Quelques jours plus tôt, la pleurésie s'était abattue sur lui après qu'un mistral glacé s'était engouffré entre les combes et les vallons du chantier. Il aurait dû rejoindre la maison et se laisser dorloter. Mais il y avait des papiers. Des papiers et encore des papiers à signer à Marseille. Les travaux devaient avancer, coûte que coûte. L'Italien devait prouver au monde entier que son idée était bonne. Qu'il avait raison. Il avait donc pris l'ordonnance tirée par quatre chevaux. Dans son étude, il avait eu le temps de parapher quelques documents administratifs. Puis, à bout de force, il n'avait pu rentrer à Aix. Il s'était traîné, dans la rue de l'Arbre, jusqu'à l'hôtel de la Méditerranée. Et il avait fini par mourir, entre les bras d'Émilie.

Avec un grondement de rage mal contenu, le grand écrivain se retourna à nouveau dans le lit. La nausée avait forci. Mais quelle importance ? Les yeux fixés dans l'obscurité sur l'ombre du père, il revit en accéléré la suite des événements. Le corps ramené à Aix-en-Provence. L'enterrement, suivi par quelques rares personnes, au cimetière municipal. Une simple pierre tombale, six bornes de granit. Un nom, deux dates. Et la descente aux enfers. Émilie n'est pas de taille contre la maison Galliffet. Les paysans ne veulent plus vendre leurs terres. Plus au prix qu'ils avaient promis à François, en tout cas. À cela, s'ajoute un nouveau nom, maudit entre tous. Migeon. Jules Migeon. Lui non plus, il ne l'a pas oublié. Une espèce de gandin d'à peine trente ans. Un conservateur, un monarchiste, un profiteur. Un homme qui ne tarderait pas à tomber sous les coups de la justice pour cause d'élections truquées et port frauduleux de médailles. À la mort du père, ce Migeon – qui par la suite se ferait reconnaître comte romain par le pape Grégoire XVI – flaire la bonne affaire. En intrigant discret, il se renseigne. Il sait manœuvrer avec les élus locaux. Il connaît l'art de la flatterie, le poids réel d'un bouquet de fleurs envoyé à Madame, l'impact d'une caisse de vin, d'un coffret de cigares. Il fait aussi courir des bruits, pendant qu'Émilie s'abîme dans le deuil. Sans avoir l'air d'y toucher, il rappelle que cet ingénieur, somme toute, n'est pas français. Que l'on ne peut pas faire confiance à un Italien. Qu'il s'agit d'argent public. Donc d'argent français. Les notables confirment la chose avec gravité et, même, avec componction.

Un jour, Migeon sort des fourrés. Il accuse frontalement Émilie de s'être livrée à des malversations. Il affirme qu'elle a détourné les fonds d'une souscription ouverte par la Provence, souscription destinée à placer une pierre tumulaire sur la fosse où repose Francesco. Durant des années, il multiplie les coups bas, enchaîne les roueries, salit la mémoire du défunt. Aix-en-Provence, elle, se laisse emporter. La curée est pour bientôt. Émilie, à bien y penser, n'est pas franche du collier. Puis, il faut être bizarrement tournée pour s'amouracher d'un étranger. Ce Francesco, paix à son âme, était certainement une espèce d'aventurier libertaire. Et saviez-vous qu'on l'avait trouvé dans une chambre d'hôtel ? À Marseille ? Cette ville où le stupre est le roi ? Sans doute qu'il n'y était pas seul, ce dégoûtant.

Aux terrasses des cafés du cours Mirabeau – qui, depuis deux cents ans, s'imagine être les Champs-Élysées de la Provence –, les notables prennent fait et cause pour Jules Migeon. Migeon, Galliffet : ceux-là, au moins, sont bien français. Avec des airs entendus, ils balaient d'un revers de main le travail et la mémoire du Vénitien. Ils en rajoutent même, tout en dégustant leur absinthe à petites gorgées gourmandes.

Émilie ne parvient plus à payer les traites. Les créanciers battent le pavé. De Paris, où ils coulent leur petite retraite, elle fait venir ses parents. Lui, c'est un homme cassé par une vie de peintre passée sur les échafaudages. Il n'est d'aucune utilité. Mais Henriette, elle, on ne la lui fait pas. Elle reprend les choses en main. Elle intente des procès. Adolphe Thiers, de passage à Aix-en-Provence, visite la veuve et l'assure de tout son soutien. Le politicien marseillais, toutefois, ne fera rien. Ou si peu. Les avocats coûtent cher ? On se sépare des domestiques. Henriette est encore vaillante et l'ouvrage ne l'effraie pas. Les économies du couple, puis celles des parents d'Émilie disparaissent dans les procédures ? Peu importe. Petit à petit, Henriette se défait des bibelots. Des meubles. Des bijoux. Des costumes du défunt. La maison est un gouffre financier ? On déménage. À Pont-de-Béraud, d'abord. Loin de ce centre-ville qui rit des malheurs de la veuve beauceronne et de son fils chétif qui, à sept ans, ne sait ni lire ni écrire.

« Émile, je ne me sens vraiment pas bien…

– Dors, Coco. Ce n'est rien. »

L'enfant, lui, se moque de tout cela. Sur les bords feuillus de la Torse, il apprend enfin la vie. Fait connaissance avec la liberté. Plus important encore, il se frotte aux arcanes de la toupie, des billes, du cheval fondu et de la balle au chasseur. Le jardin a disparu à grands coups de Galliffet et de Migeon. Il le remplace par les ronces, les platanes tordus, les buissons d'orties et les herbes folles. Ses nouveaux camarades ne portent pas le costume, pas plus que les souliers de cuir ou la bavette de batiste et de dentelle. Ils sont à son image. Des fils de rien, pour les Aixois. Des rejetons de manouvriers qui se louent à la journée, des enfants de maçons italiens ou portugais qui s'échinent sur les chantiers. De la mauvaise graine de Gitans qui tissent l'osier et de diseuses de bonne aventure dont on s'écarte avec soin afin de ne pas croiser leur chemin.

Durant quatre années, l'enfant brûle sa liberté toute neuve par les deux bouts. Il ne veut rien savoir des tourments qui creusent leurs rides sur le visage de sa mère et qui font, parfois, chanceler sa raison. La veuve affaiblie se bat contre les vautours qui se disputent la société du Canal. Elle se perd en querelles sans fin, emprunte pour payer de nouveaux avocats, de nouveaux experts. Elle part même à Paris afin de suivre les actions en justice et veiller au grain. La cruauté des hommes de loi est implacable. La société est déclarée en banqueroute. Elle ne vaut plus rien. Mais lui, tout cela ne l'intéresse pas. À la très modeste pension Notre-Dame, l'enfant rattrape son retard et apprend à lire dans une édition des fables de La Fontaine illustrées par Chauveau. M. Isoard, le bon directeur, l'a pris sous son aile.

Pourquoi lui plutôt qu'un autre ? Sait-on jamais le pourquoi des choses ?

« Ça ne passe pas, je vais au cabinet de toilette. Pour de l'eau. Sur la figure.

– Oui, Coco. Tu fais bien. »

Il rencontre aussi deux gaillards. Marius Roux. Philippe Solari. Et, surtout, la jolie sœur de Solari. À onze ans, la chair s'éveille. Même chez les enfants pauvres et sans père. Même chez ceux qui zézaient. Lui, il rougit en apercevant le moindre jupon.

Quatre

PEU AVANT NEUF HEURES DU SOIR, la réunion organisée dans les locaux de *La Libre Parole* s'était achevée dans le calme. Les membres de chaque ligue avaient eu leur content de haine beuglée, magnifiée par des tempêtes d'applaudissements frénétiques. Les discours avaient fortifié chacun dans ses certitudes. Bientôt, viendrait le temps où l'on pourrait marcher sur l'Élysée. Où les Juifs devraient se terrer dans leurs caves, ou bien se balanceraient aux lampadaires. Le gouvernement de Loubet sauterait sous le fil du couteau, à la façon d'une croûte malsaine. À n'en pas douter, Zola finirait en prison avec les Labori[4], les Lazare[5], les Clemenceau[6] et autres Scheurer-Kestner[7]. Dreyfus serait renvoyé vers l'île du Diable qu'il n'aurait jamais dû quitter. Enfin, l'armée, l'éducation et l'Église seraient purgées des Juifs, des métèques, des francs-maçons et des protestants.

4. Fernand Labori, avocat de Zola lors de l'affaire Dreyfus.
5. Journaliste dreyfusard et théoricien du sionisme libertaire.
6. À l'époque, Georges Clemenceau était journaliste, rédacteur au quotidien *L'Aurore*.
7. Député et sénateur, protestant, il fut l'un des premiers politiciens à croire en l'innocence de Dreyfus.

Tous seraient remplacés par des Français, de vrais Français, des Français de souche. Le grand jour était pour demain.

Mains dans les poches, canne sous le bras, légèrement gris de trop de vin, les joues enflammées par l'excitation et le froid vif qui glaçait un Paris silencieux et désert, un homme de vingt-huit ans hâtait le pas, dans la rue de Richelieu. Derrière lui, à deux mètres à peine, une femme suivait, tenant par la main un enfant de sept ans qui faisait de son mieux afin de ne pas retarder le couple.

Se plantant soudain sous l'enseigne éteinte de l'Hôtel de Bretagne et d'Orléans, l'homme, vêtu à la façon d'un employé de bureau, chapeau melon sur son crâne rond, s'exclama dans un sursaut d'enthousiasme : « Nom de Dieu ! Demain, on marchera sur l'Élysée… »

Habillée d'une simple robe de cotonnade, les cheveux emprisonnés en chignon dans une chenille bleue bon marché, une écharpe de velours entortillée autour du cou, la femme se récria, à la fois gênée et amusée par ce cri qui mit de longues secondes à se dissoudre dans le silence : « Henri, pas si fort ! On pourrait t'entendre, tout de même… »

Sûr de son bon droit, l'homme ricana avec insolence :

« Qu'est-ce que ça peut me foutre qu'on m'entende ou pas ? Si je veux parler, je parlerai.

– Parle, alors. Mais ne crie pas. Tu vas nous attirer des ennuis.

– Des ennuis avec qui ? La police ? Tu oublies à qui tu parles, ou quoi ? Puis, les forces de l'ordre sont avec nous. Comme en Algérie ! Drumont l'a dit ou il ne l'a pas dit ? »

La femme, tête baissée, serra contre elle l'enfant qui claquait des dents. Puis, elle reconnut, à voix basse : « Oui, il l'a dit. Il a dit aussi qu'il ne fallait pas le crier sur tous les toits. »

À ces mots, Henri écarquilla ses yeux légèrement globuleux dans l'obscurité. Avec le sérieux d'un épicier, il scanda, tout en comptant sur ses doigts :

« Drumont l'a dit. Le petit Barrès l'a dit. Gaston Méry l'a dit. Ernest Judet l'a dit. Léon Daudet l'a dit et il l'a même redit. Édouard Dubuc l'a confirmé – même que ses moustaches tremblaient. Et Henri Galli, notre bon Henri, il ne voit plus le moment où on pourra marcher sur l'Élysée. Alors ? Qu'est-ce qu'il te faut de plus ? Demain, ou après-demain au plus tard, ce sera le grand jour, et tu voudrais que je fasse la carpe comme tous ces cochons de Parisiens du 1er ?

– Henri !

– Parfaitement ! Des carpes ! Des carpes et des cochons ! »

Comme seul le silence lui répondait, Henri Buronfosse s'enhardit et balaya les façades d'un regard bravache. Puis, les mains ouvertes en porte-voix, tout à la fois hilare et hargneux, il s'égosilla dans la nuit : « Cochons ! Cochons et salopards ! Dormez bien ! Et préparez-vous ! Vous ne pourrez pas vous planquer éternellement ! Le grand jour est pour demain ! »

Anonyme, montant de nulle part, une voix d'homme excédée claqua soudain : « Ta gueule ! »

Un instant interdit, Henri hésita tout d'abord à répliquer. La voix pouvait venir de n'importe quel immeuble, proche ou lointain. Remisant ses mains dans les poches de son pardessus, il préféra grogner : « Saleté… On verra bien qui rigolera, à la fin. Cochon ! »

Aussitôt, la voix brailla à nouveau, derrière une fenêtre : « J'ai dit : ta gueule ! Ta gueule, ou j'appelle les gendarmes ! »

Henri fouilla la pénombre du regard. Lorsqu'il vit qu'une

lumière s'allumait au deuxième étage de l'immeuble bourgeois jouxtant l'hôtel, il réajusta son melon et reprit sans tarder sa marche pressée.

Pendant que la femme tirait à nouveau derrière elle le garçonnet par la main, Buronfosse marmonna pour lui-même : « C'est ça. Appelle-les. Et prie Dieu que je te mette pas la main dessus. Saloperie… »

L'immeuble, situé au numéro 10 du quai des Orfèvres, ne se distinguait en rien des bâtiments voisins. Avec ses six niveaux – pour peu que l'on comptât les chambres de bonne minuscules refoulées sous les ardoises et le plomb des toits –, sa façade blafarde, cloquée d'humidité par endroits, s'ouvrait sur la Seine. Comme au garde-à-vous, trois fenêtres à six carreaux séparaient chaque étage et se doublaient de deux barres parallèles, en guise de rambardes. Au rez-de-chaussée, une brasserie débitait du poulet et du canard frits, à longueur de journée. Pour quelques sous, les ouvriers du quartier pouvaient se restaurer dans une ambiance bon enfant, un œil sur la viande, l'autre sur leur chopine de vin clairet ou sur le verre de tord-boyaux que le patron, un petit homme sec venu de sa lointaine Auvergne, distillait lui-même dans son arrière-salle. Au milieu des fumées et des vapeurs qui vous saisissaient à la gorge dès le seuil, des serpentins de cuivre ronflaient sans discontinuer, extrayant un alcool blanc et transparent. À bien y regarder, c'était là, dans ce réduit aux murs crasseux de suie, que battait le cœur du bâtiment. Les soûlauds ne s'y trompaient pas. La cigarette aux lèvres, une fois leurs bedaines lestées des bas morceaux ingurgités à la va-vite, la bouche encore huileuse, ils venaient s'accouder au fenestron donnant sur la bête, la machine à étourdir. Silencieux, comme devant l'autel d'une église, ils se mettaient alors à rêver.

Après plusieurs tentatives sur le cordon de la sonnette du concierge, la porte finit par s'ouvrir avec un grincement lugubre. Dans l'obscurité, l'homme, la femme et l'enfant passèrent devant la loge, sans un regard pour ses vitres muettes, et s'engagèrent dans des escaliers noirs où des odeurs de recuit de graisse de volaille voisinaient avec l'haleine, plus âcre et entêtante, de l'alcool. Ils montèrent jusqu'au quatrième et ne se retournèrent pas lorsque le concierge, sorti de son antre, les héla. Une chandelle à la main, en pantalon de velours et chemise défaite, un bonnet de laine sur le crâne, traînant des pantoufles d'un autre âge au milieu des poubelles de fer galvanisé, il lança : « Monsieur Henri ? Monsieur Henri ? Et votre terme du 15, monsieur Henri ? »

Comme seuls, de loin en loin, les claquements des pas sur les escaliers de bois lui répondaient, le bignolle haussa les épaules. Après avoir vérifié, de façon machinale, le bon ordonnancement des récipients bourrés d'ordures en tous genres, il repartit lentement, traînant toujours ses savates.

« Alors ? Nous ne buvons pas, ce soir ? Augustine ? J'ai soif, figure-toi.

– Tu as toujours soif.

– C'est possible. Mais un soir comme aujourd'hui, j'ai plus soif que d'habitude. Et je compte bien trinquer avec toi, avant l'arrivée de nos amis. »

Encore grisé par la soirée et la course dans le froid glacial, Henri Buronfosse s'était assis en patriarche à la table du séjour que recouvrait une nappe faite au crochet. Autour de lui, le décor semblait hésiter à trouver sa véritable unité. Au milieu de mauvaises copies de meubles figurant par endroits une salle à manger Henri II aux motifs surchargés et régulièrement passés au cirage, quelques pièces Modern Style, héritées de l'engouement pour l'exposition de 1900, détonnaient. Alourdis par des grappes et des fleurs sculptées, des sièges inconfortables côtoyaient des guéridons et des coiffeuses, des sellettes à plateaux où des géraniums anémiques blanchissaient par manque de soleil. Partout, des gravures et des bibelots mangeaient l'espace, affichant un luxe de pauvres pour qui la quantité primait toujours sur la qualité.

À nouveau, Henri gronda : « Monte donc un peu le tirage du fourneau, Augustine. On gèle. Tu ne voudrais quand même pas que nos amis disent qu'il gèle chez nous, non ? Et laisse ce gosse se débrouiller tout seul. J'ai soif, je t'ai dit. »

Un genou à terre, triturant le lacet emmêlé sur l'une des chaussures de l'enfant, la femme répliqua sèchement :

« Débrouille-toi.

– Pardon ?

– Je t'ai dit de te débrouiller. Tu as deux bras et deux jambes. Si tu as froid, tu te lèves et tu montes le tirage toi-même. Si tu as soif, tu sais où se trouvent les verres et les bouteilles. »

Augustine, tout juste âgée de vingt-six ans, avait parlé sans colère, mais d'un ton qui ne souffrait aucune remarque. Séduisante, malgré une silhouette qui avait tendance à s'empâter avec l'âge, elle faisait partie de ces femmes qui ne s'en laissaient pas conter, méfiantes, sourcilleuses, toujours prêtes à négocier avec les commerçants pour gagner un sou ou gratter deux tranches de saucisson de rabiot, sans bourse délier.

Une main sur le cœur, Henri fit mine de s'offusquer :

« Comment me parles-tu, à cette heure ? Et devant le petit, en plus ?

– Je te parle comme je te parle. Si tu étais mon mari, je ne dis pas. Je te devrais le respect, puisque c'est la loi.

– Je suis tout de même ton frère ! »

Du tac au tac, elle grinça : « Et moi, je suis ta sœur. L'un vaut bien l'autre, non ? Dans tes réunions, tu fais l'homme et ça me va comme ça. Mais à la maison, on change de partition. Du moins quand on n'est que tous les deux, avec le petit. Si tu as faim, soif ou froid, tu te prends par la main. Je ne suis pas ta bonniche. »

Vexé, Henri finit par abandonner son siège et alla chercher sur le manteau de marbre de la cheminée une bouteille de blanche. Puis, il saisit deux petits verres qu'il disposa sur la table. Augustine n'était pas commode, loin s'en fallait. Comme lui, c'était une bâtarde, une enfant sans père. Leur mère, Blanche Buronfosse, avait été couturière à Saint-Quentin. Elle les avait mis au monde presque coup sur coup, à la façon dont on attrape un rhume. Pour un peu de plaisir volé au passage, elle s'était retrouvée grosse. Les deux amants n'avaient pas voulu des enfants. Dieu seul savait où ils pouvaient être aujourd'hui. Sans cesser de coudre ni de faire la noce à la première occasion, Blanche avait mis bas. Quelques années plus tard, elle était morte. Les deux enfants n'avaient hérité d'elle que son patronyme : Buronfosse.

Les yeux toujours fixés sur ce nœud de lacets que l'eau des flaques avait serré à étouffer, Augustine gronda : « Et mets des sous-verres. Ça se voit que ce n'est pas toi qui t'uses les mains avec la brosse pour rattraper les auréoles… »

Trimbalés de voisins en vagues connaissances, faisant aussi à l'occasion des passages à l'Assistance publique, les deux bâtards s'étaient élevés seuls, à la va-comme-je-te-pousse. Pourtant cadette de deux ans, Augustine s'était rapidement imposée. Elle était la plus raisonnable – mais aussi la plus dure – de la paire. Un temps, elle avait caressé le projet de se faire institutrice, mais la vie en avait voulu autrement. Aujourd'hui, elle se louait à la journée, faisait la couturière pour des travaux à façon et elle prenait soin de son frère, de ses vêtements et de leur intérieur, gérant l'argent au plus près, économisant avec une rage sourde, n'en ayant jamais assez. Un beau parleur, huit ans plus tôt, lui avait fait rêver d'amour. Elle l'avait cru. Il lui avait parlé de mariage et de noce. Elle s'était imaginée devant Monsieur le maire et Monsieur le curé. Succombant à la tentation, elle s'était donnée un peu de plaisir, à l'avance. Juste pour caresser la fleur du péché. Dès que son ventre s'était arrondi, le galant avait pris la poudre d'escampette et elle ne l'avait plus revu. À croire que les enfants répétaient toujours, avec application, les erreurs commises par leurs parents.

Comme le lacet ne voulait rien savoir, Augustine s'escrima encore un instant. Puis, s'avouant vaincue, elle se redressa et sermonna l'enfant : « Voilà ce qui arrive quand on marche dans les flaques, Marcel. Le nœud est serré comme une corde autour du cou d'un pendu. »

Les mains sur les hanches, elle posa sur son fils un regard désolé, empreint d'un irrépressible mépris. Puis, elle marmonna : « Mon pauvre garçon. Je ne sais pas ce que je vais bien pouvoir faire de toi. En tout cas, cette nuit, tu dormiras avec tes chaussures. Demain, quand les lacets seront secs, on avisera. »

D'un pas fatigué, Augustine Buronfosse se dirigea alors vers le fourneau émaillé de motifs marron. Du bout du tisonnier, elle fit coulisser la plaque de fonte et farfouilla un instant dans les braises maigres. Puis, elle souleva le couvercle du faitout et promena son nez au-dessus du petit salé aux lentilles qu'elle avait mis à mijoter avant d'accompagner son frère boulevard Montmartre. Satisfaite par son inspection, elle alla s'asseoir près d'Henri, juste au moment où celui-ci grommelait :

« On pourra dire ce qu'on voudra, mais cette pipelette de Méniane n'a pas plus de cœur qu'un poulet…

– Qu'est-ce que tu dis ? »

Observant le dé à coudre empli de vitriol qui semblait minuscule entre ses doigts forts, Henri répéta :

« Le concierge. Je dis qu'il n'a pas plus de cœur qu'un poulet. Comme si ça ne pouvait pas attendre demain, cette histoire de terme.

– Pourquoi ne l'as-tu pas réglé ?

– Avec quoi ? »

Sourire en coin, Augustine saisit son verre et le promena un instant sous son nez. Puis, elle répondit :

« N'oublie pas que c'est moi qui m'occupe de ton linge. Et je sais ce que tu as dans les poches.

– Et alors ?

– Des sous, tu en as. Et beaucoup. Même que je me demande des fois d'où ça peut bien venir, tout ça. »

Gêné, Henri détourna la tête et fit semblant de s'intéresser au petit Marcel. Celui-ci, toujours assis sur son tabouret, ne lâchait pas des yeux ses chaussures trempées de pluie sous lesquelles commençait à se former une minuscule mare.

Dans la lumière de la lampe à suspension, la couturière reprit :

« J'ai calculé. Tu n'as jamais moins de cinq mille, sur toi. Parfois même huit ou dix. Et que des billets neufs.

– Ça ne te regarde pas.

– Note bien que je ne te demande pas d'où ils viennent.

– Encore heureux… »

Fine mouche, Augustine finit par avaler une petite gorgée de blanche translucide, puis elle ajouta :

« En tout cas, ça ne peut pas venir de ton atelier. Un fumiste qui gagne des dix mille francs, ça ne s'est jamais vu. Puis, tu n'y vas jamais. Tu passes le plus clair de ton temps dans tes réunions politiques.

– Qu'est-ce que tu en sais ? Tu as fait une enquête ? »

Avec un petit rire de gorge que l'alcool rendait légèrement plus gras, elle répliqua :

« Pas besoin. Envoyer des têtes de loups dans des conduits de cheminée, ça n'a jamais guère payé plus que la suie qu'on en retire.

– Tais-toi donc. Et arrête un peu de te monter la tête.

– Que tu dis ! Je suis sûre que tu ne te souviens même plus de la dernière fois où tu es monté sur un toit. Je me trompe ?

– Je t'ai dit de te taire. Tu parles sans savoir, comme d'habitude. Et quand on parle, on parle toujours trop. »

Augustine lécha l'intérieur de son verre avec application. Puis, poursuivant son petit jeu, elle reprit :

« Il faut dire que tu as bien changé, ces derniers temps. À te voir dans la rue, comme ça, on croirait un bourgeois, le père Buronfosse…

– Pourquoi dis-tu ça ?

– Dame ! Regarde-toi un peu. Mon cher frère ne fait plus partie des ouvriers. Il a abandonné les souliers ferrés et le paletot de toile. C'est qu'il prend soin de lui, le coquin… »

Déstabilisé, agacé, Henri posa son verre sur la table et s'observa à la dérobée, tout en marmonnant :

« Eh bien quoi ? Un peu d'élégance n'a jamais tué personne, que je sache. Un costume, une chemise à col dur et des vernis. C'est bien le moins que je peux faire pour aller à la Ligue, surtout un soir comme celui-ci.

– Sans oublier le chapeau melon, la barbichette taillée par le coiffeur et la chaîne de montre en or. Et je ne te parle même pas de tes mains.

– Quoi, mes mains ? Qu'est-ce que tu vas encore inventer ? »

Cédant à la tentation, la couturière emplit à nouveau son verre et persifla :

« Regarde-les donc, et tu comprendras. Elles sont blanches. Côté pile comme côté face. On dirait des mains de boulanger. Et soignées, avec ça ! Pas une engelure, pas même un peu de poussière de suie sous les ongles. Rien.

– Ce sont des mains d'honnête homme.

– Honnête, peut-être, mais mauvais payeur. Tu me feras le plaisir d'aller régler le terme à la pipelette. Cet homme-là, il finira par nous faire du tort.

– Méniane ? Il ne ferait pas de mal à une mouche.

– À une mouche, c'est possible. Mais à une réputation, je suis sûre qu'il n'y irait pas avec le dos d'une cuillère. Ça se voit sur son visage. D'ailleurs, même le petit en a peur.

– Marcel n'a pas de nerfs et tu le sais bien. Même son ombre lui flanque les miquettes. Arrête-toi un peu, avec ces histoires.

– Je sais ce que je dis. Depuis que tu fais de la politique, le Méniane nous regarde drôlement. Cet homme, il a des airs de quelqu'un qui nous fait un cadeau en nous logeant ici, alors que ce n'est même pas lui, le propriétaire. »

Au même instant, et par trois fois, la lourde canne plombée du conseiller municipal Henri Galli frappa à la porte du concierge David Méniane, au numéro 10 du quai des Orfèvres. Malgré le remue-ménage qui se fit aussitôt entendre dans la loge, le pommeau redoubla sans attendre sur le montant. La voix grave et inflexible de Galli résonna alors dans la nuit : « Eh bien ? On dort ? À cette heure-ci ? Mais qui est-ce qui m'a foutu des fainéants pareils ? »

À cet instant, la main gantée de crème de Léon Daudet se posa sur l'épaule du vice-président de la Ligue des patriotes. D'une voix amusée, il tenta de le tempérer : « Mon ami, un peu de patience ! Tout de même, nous sommes dimanche soir ! »

Aussitôt, Galli se retourna d'un bloc. Les moustaches brillant dans la pénombre et le haut de forme légèrement penché sur le côté, à la canaille, il fit mine de s'emporter. Ses yeux frappés d'un strabisme inquiétant roulèrent sur la face joufflue du journaliste, puis il insista avec grandiloquence : « Un concierge est un concierge, monsieur ! Même un dimanche soir ! Lorsque l'on tape à sa porte, il doit répondre. C'est bien pour cela qu'on le paye, non ? »

Avant que Daudet ne puisse répondre, le vantail vitré s'entrebâilla. Tenant une chandelle sous son nez, David Méniane se risqua dans l'embrasure. Voyant qu'il avait affaire à des visiteurs portant le chapeau en tuyau de poêle, il s'ouvrit de son meilleur sourire. Sur un ton faussement intimidé, où l'obséquiosité le disputait à une amabilité maladroite, il bredouilla : « Voilà, voilà… Je suis à vous, messieurs. Je vous prie de bien vouloir m'excuser pour ma tenue… »

Ce disant, il indiqua de sa main libre le bonnet de nuit qui s'avachissait sur son crâne dégarni. Sans un regard pour lui, Galli tempêta :

« Buronfosse ? Henri Buronfosse ? Est-ce bien ici qu'il habite ?

– Certainement. Mais qu'est-ce que ces messieurs lui veulent ?

– Ce n'est pas ton affaire, pipelette. Dis-nous simplement où l'on peut le trouver.

– Diable… Vous m'effrayez un peu. »

Devançant Galli, Daudet questionna à son tour :

« Vous effrayer ? Mais pourquoi donc ? Mon ami a le verbe un peu vif, c'est exact. Mais rassurez-vous, nous sommes des amis de monsieur Buronfosse. À quel étage loge-t-il, je vous prie ?

– Ah ! S'il n'a pas d'ennui, tout est bien alors. Monsieur Henri est une personne très comme il faut. Et madame sa sœur, elle aussi, est une locataire très honnête. Et travailleuse. J'en réponds comme de moi-même, messieurs. »

Le conseiller municipal, canne bien en main, insista à nouveau, d'une voix de stentor : « Vous êtes sourd, mon brave ? Ou est-ce que je ne parlerais pas assez fort, par hasard ? Alors ? Buronfosse ? À quel étage ? »

Tout aussi impressionné par la canne plombée que par les yeux qui roulaient sous la barrière de sourcils maigres de son visiteur, le concierge sembla se ratatiner sur place. Le cou entré dans les épaules, tendant la chandelle à bout de bras en direction de la bouche noire des escaliers, il répondit : « Buronfosse Henri, quatrième étage droite. Vous ne pourrez pas vous tromper. »

Satisfait par la docilité du pipelet, Galli gratifia celui-ci d'une tape amicale de son pommeau à l'épaule, à la façon d'un roi ennoblissant un gueux. Puis, faisant claquer ses chaussures dans le silence, il se dirigea vers la volée dont on ne distinguait que les premières marches, suivi de près par Léon Daudet. Comme ils s'éloignaient, la voix craintive du concierge lança :

« Messieurs ? Messieurs ? »

Sans se retourner, Galli grinça :

« Qu'est-ce qu'il y a, encore ?

– Messieurs... Si ça n'était qu'un effet de votre gentillesse...

– Eh bien ?

– C'est que monsieur Henri est un brave et un honnête homme.

– C'est entendu. Alors ? »

Le bonnet tombé sur l'oreille et la mine contrite, David Méniane hésita encore une seconde. Puis, il se lança : « Si vous pouviez rappeler à ce monsieur qu'il me doit encore le terme du 15 ? Ce n'est pas pour moi, vous pensez bien. Mais c'est la propriétaire. C'est une honnête femme elle aussi, remarquez. Mais elle est très à cheval sur les... »

Le reste des explications se perdit dans les claquements des souliers vernis sur les escaliers de bois. Parvenu au troisième étage, qu'une veilleuse éclairait d'une flaque jaunâtre, Henri Galli s'interrompit dans son effort. Après avoir repris son souffle, il se tourna vers Daudet et lâcha soudain, avec mépris : « Nous parler de terme, à nous… Je ne sais pas si c'est plus gênant qu'honteux. »

Conciliant, son acolyte hasarda :

« Ce n'était pas le moment, certes. Mais cet homme fait son travail.

– Peut-être. Mais il y a là un manque d'éducation et de respect des convenances flagrant. La France tombe chaque jour bien bas, mon ami. Bien bas, oui. »

Avant de reprendre son ascension, il ajouta :

« Que voulez-vous ? Les pauvres seront toujours des pauvres, avec une éducation de pauvres et des manières de pauvres. Quant à cet oiseau-là, avec son bonnet crasseux et son nez en pied de soupière, il ne m'étonnerait pas qu'il en soit.

– De quoi ? Des pauvres ?

– Des Juifs, plutôt.

– Vous plaisantez !

– Dame ! Qui d'autre qu'un Juif pour parler d'argent qu'on lui doit avec deux inconnus ? À une heure pareille, et dans une cage d'escalier qui empeste la volaille brûlée ? Il ne peut y avoir qu'un Juif pour faire ça. C'est signé ! »

Cinq

Dans l'immense chambre de la rue de Bruxelles, les murs se mirent à nouveau à tourner et à se tordre sur eux-mêmes. François, Francesco, le légionnaire et l'ingénieur, figé pour l'éternité dans son cadre doré, disparut lui aussi avec sa légende de carbonaro franc-maçon. Le dormeur s'efforça de ne pas céder à l'angoisse et à la nausée. Dans la respiration douloureuse d'Alexandrine, il se répéta avec obstination que tous deux avaient dû manger quelque chose qui n'était pas frais. Cela arrivait, n'est-ce pas ? Oui, même chez les cuisinières les plus exigeantes et les plus méticuleuses – ce qui était le cas d'Eugénie –, cela pouvait arriver.

Lorsque Coco, toute frissonnante, abandonna son sommeil agité et quitta le lit pour se rendre dans le cabinet de toilette, il eut la sensation très nette que son état se stabilisait soudain. Il n'était pas au mieux, bien entendu. Mais il l'était suffisamment pour oublier cette chape de plomb qui lui bloquait la poitrine et l'estomac. Alors, à la façon d'un rayon de lumière qui déchire soudain un ciel d'orage, il la revit. Elle. La sylphide de ses seize ans. *L'Aérienne*. Louise. La sœur de Solari. *La Fée amoureuse*, un poème de jeunesse qu'il lui avait écrit, riche de mille deux cents vers.

Dans son enfance sans père, c'était bien cela qu'elle avait été pour lui. Une pleine brassée de soleil. Un coup de mistral bienfaiteur dans sa vie de tous les jours où il tentait d'exister entre une mère plus ou moins folle, une grand-mère qui débitait les derniers reliefs d'un luxe envolé chez des brocanteurs avides, et un grand-père qui ne bougeait pas, indifférent à tout. Qui en avait sans doute trop vu. Et encore, ce quotidien morne était un paradis, comparé au collège Bourbon[8]. Il fallait dire que les deux femmes avaient décidé que ce petit devait devenir quelqu'un. Peut-être pour venger le père disparu. Elles lui avaient interdit de fréquenter les Gitans du quartier. Elles l'avaient enlevé à monsieur Isoard et aux fables de La Fontaine. Avec ce qu'elles avaient sous la main, elles l'avaient déguisé en fils de notable. La mort dans l'âme, il avait dû faire sa scolarité dans ce collège du centre-ville. Il le voyait encore avec une précision qui l'étonnait lui-même. Une enfilade de bâtiments lugubres, sans âme. Un bassin empli de vase dans la cour principale. Une chapelle noire. Des façades noires. Des fenêtres barrées de lourds barreaux noirs. La porte du concierge, grillagée, à laquelle il fallait gratter longtemps et implorer pour obtenir une hypothétique clémence, lorsque l'on arrivait en retard. L'odeur fade et écœurante de la craie et de la poudre d'encre. Il y était entré comme l'on se rend au bagne, tête basse et poings serrés.

Une nouvelle vague de dégoût lui souleva soudain les tripes. À présent, il était sûr que cette nausée ne devait rien au poulet, au bouillon, au pot-au-feu ou aux mignardises. C'était la masse

8. Aujourd'hui, collège Mignet.

inerte du collège Bourbon qui lui étouffait le cœur. La première fois qu'il y avait mis les pieds, dès la porte franchie, il avait compris qu'il abandonnait derrière lui l'insouciance. Dans le silence des salles de classe et de l'étude, dans le désert de la cour rythmé par le ballet des religieuses marchant tête basse, coiffées de papillons blancs, il n'était plus rien. Ou plutôt, si. Pour les enfants des confiseurs et des savonniers, des marchands d'huile et des patrons de bazars, pour les fils des banquiers, des avocats, des notaires, des avoués, des juges et des négociants de tous bords, il était l'Italien. Le *babi*. Le *macaroni*. Il était le pauvre. Celui qui, tous le juraient avec de grands éclats de rire, sentait l'ail. Il était le fils du raté, celui du canal. Le rejeton de la femme de l'Italien, la moitié-folle. Celle qui arpentait sans fin, à la façon d'un fantôme égaré, les couloirs sévères du palais de justice.

En plus de son défaut de langue, il avait aussi eu très tôt des problèmes de vue. C'était le binoclard du canal, le quat'zyeux. Avec ça, des allures de fille. Presque de sainte nitouche. Des épaules étroites. Une peur panique de tout, et surtout de la peur elle-même.

Sa mère avait dû se résoudre à demander pour lui – à quémander, disait-on – une bourse. La municipalité l'avait fait lanterner avant de rendre sa décision. Avec la magnanimité de ceux qui possèdent le pouvoir, elle avait daigné accorder cette bourse tant espérée. Désormais, parmi les fils bien nés, il passait non plus pour un pauvre, mais pour un miséreux. Un indigent. En plus de ça, il avait un accent pointu. C'était le Franciot. Le Parisien.

Dans le cabinet de toilette, Alexandrine se mit soudain à vomir abondamment.

Ce collège Bourbon fut pour lui l'apprentissage de la vie. Une suite de douleurs et de brimades que sa mère ne soupçonna sans doute jamais. Dans la grande cour carrée sordide, il avait espéré passer sans faire de vague. Les autres ne l'avaient pas entendu de cette oreille. Il avait dû se battre. Ou, plutôt, recevoir des coups. Des volées de coups, sous l'œil suffisant et dédaigneux des pions. C'était un pauvre garçon qui ne passait jamais plus de quelques mois dans le même appartement car la mère, disait-on volontiers, ne payait pas les termes. Alors, les pions tournaient le dos. Avec tous ces étrangers qui envahissaient la France, il fallait bien que chacun restât à sa place.

Heureusement, un miracle s'était produit. De cela aussi, il se souvenait parfaitement. Ce jour-là, l'appariteur avait déserté la salle d'études. C'était une longue pièce basse de plafond, sans air, humide. Un cachot collectif où la chiourme suait sang et eau sur les thèmes et les versions. Trois jeunes gens en costume – de ceux qui avaient toujours des berlingots plein les poches et des cravates neuves – l'avaient encerclé en silence, les poings faits. Ils voulaient dérouiller l'Italien. Lui arracher les boutons de sa blouse déjà déchirée par endroits. De beaux boutons, brillants comme des galons d'officier. Ou de capitaine. Ils n'en avaient pas eu le temps. Un grand gaillard, d'un an son aîné, était intervenu. Lui aussi, il avait les poings faits. Mais ça n'était pas pour épater la galerie. Avec ses épaules de fort des halles, son nez cassé et ses larges mains en battoir, il savait se battre. Et il l'avait prouvé. Sans prononcer un seul mot, il avait envoyé les trois gamins rouler dans la poussière. Une amitié était née.

« Émile ? Dis-moi... »

Ce sauveur providentiel était un drôle de type. Aujourd'hui encore, le dormeur ne savait pas par quel bout le prendre. Ce n'était pas un boursier comme lui. Il était le fils d'un banquier qui, avant, faisait le chapelier sur le cours Mirabeau. Un fils de riche, pas bégueule pour un sou. En plus, une espèce de Don Quichote, de redresseur de torts. Autour de lui, s'était rapidement agrégé tout un groupe. Il y avait eu Baille, un fils d'aubergiste. Le plus sage de tous. Marguery, aussi. Fils d'avocat. Un dandy qui déciderait de se suicider pour ses quarante ans. Et Solari. Un taiseux. D'origine italienne, comme lui. Ils étaient cinq enfants. Cinq adolescents. Cinq hommes jeunes. Et durant cinq années – une éternité, au sortir de l'enfance –, ils ne s'étaient plus quittés.

« Émile ? Tu n'es pas indisposé, toi ? »

Dans son lit, le dormeur parvint encore à oublier, pour un temps, la nausée qui le tenaillait. Il s'en rendait compte, aujourd'hui. La première histoire d'amour d'un homme ne se vivait jamais avec une femme. C'était toujours avec un autre garçon. Voire plusieurs. Mais cela ne se disait pas. L'on parlait volontiers de camarade. De collègue. De complice. De comparse. L'on disait de deux garçons qu'ils étaient amis. Ce terme d'amitié, bien pratique, désignait pourtant l'amour. Tout simplement, l'amour.

« Tu ne veux pas que j'appelle ? Émile ? »

Avec ces quatre lascars, le *vilain Italianasse* était revenu à la vie. Il avait retrouvé sa fierté, un temps disparue sous le deuil du père, la folie de la mère et les brimades de la cour d'école du collège Bourbon. Avec ces quatre-là, il s'était même mis à étudier et à rafler des prix. Pour faire taire ceux qui, une fois le baccalauréat en poche, n'auraient plus qu'à prendre la succession d'un père fort heureusement né avant eux. Avec ces quatre-là, il avait appris à se battre, à coups de poings et à coups de pierres. Avec ces quatre-là, des Trois Moulins au pont de l'Arc, du pont de Roquefavour à la cheminée du Roi-René, il avait découvert la jouissance absolue de partir. De quitter sa vie et sa ville, le temps de promenades qui n'en finissaient jamais. De ne plus rien voir de cette cité morte qui avait craché sur son père. De ne plus trembler devant les portes monumentales des hôtels particuliers dont les façades vous écrasaient, quartier Mazarine. De ne plus craindre les buveurs d'absinthe, sur le cours Mirabeau. De ne plus sentir leurs regards moqueurs, méprisants, hautains. Pleins de morgue, aussi. Avec Baille, Marguery et Solari, sans oublier le nez cassé de Cézanne, il était devenu quelqu'un. Du moins, quelqu'un d'autre. De combes en ravins, de gorges en crêtes et de falaises en rivières, il s'était révélé à lui-même. Dès que cela leur était possible, tous les cinq écumaient les campagnes environnantes. Pour y faire quoi ? Mais rien, parbleu ! Juste marcher à l'aventure, se sentir libre, délicieusement libre. Marcher avec une canne à pêche ou un fusil, histoire de se donner une raison – et de l'afficher aux yeux de tous – de vagabonder. Jamais carnier ni panier à pêche en osier ne rentra aussi vide qu'avec eux, ces cinq gaillards aux rires clairs, à la peau tannée de soleil, aux grivoiseries incessantes.

À l'instant où Alexandrine allait à nouveau se plaindre et se lamenter, de violentes nausées l'en empêchèrent. Sans pudeur aucune, elle se remit à vomir dans le cabinet de toilette. Lui, le dormeur, garda jalousement ses paupières closes. Il revit alors la lumière aveuglante de son adolescence. Et là-bas, au loin, la silhouette effrayante de beauté de Louise. Sa sylphide. Son

Aérienne. Sa *Fée amoureuse*. Il se souvenait parfaitement du jour où il l'avait vue pour la première fois. Jusqu'à cet instant, il lui sembla avoir vécu dans un monde trempé de noir et d'un blanc sale, tirant sur le gris. Les fulgurances de ses nouvelles amitiés lui apportaient bien sûr des taches éclatantes de couleurs. Mais cela ne lui suffisait pas pour repeindre son quotidien. Après un énième déménagement, ils avaient touché le fond.

Le nouveau taudis dans lequel la mère avait trouvé à loger la petite famille se situait au bas du cours Mirabeau. Pas sur le cours lui-même, non. Cette avenue de quatre cents mètres, aux larges trottoirs ensoleillés et bordés de platanes, n'était pas pour eux. Leur chambre de bonne, où ils devaient tenir à quatre, était plantée en retrait, à l'angle de la rue Villars et de la rue Mazarine. Dans leur dos, les hôtels particuliers roulaient leur flot majestueux chargé d'histoire et de richesses. À chaque porte, brillait une plaque de cuivre où se lisait, en pleins et en déliés, des noms cossus, le plus souvent à particules. Les plafonds y étaient hauts, les serviteurs ne s'y comptaient plus. Il en allait de même avec les voitures à chevaux. Derrière chaque façade, des jardins, protégés des regards indiscrets par des murs épais et hérissés de tessons de bouteilles, étaient soigneusement entretenus. Lors des soirées chaudes et parfumées, des notes de musique s'échappaient et flottaient, lancées par des trios ou des quatuors vêtus de fracs que l'on louait jusqu'au milieu de la nuit.

Leur taudis, en revanche, faisait partie des bâtiments où logeaient les valets et les soubrettes de ces hôtels bourgeois. Il donnait sur la barrière des anciennes fortifications de la ville. Une ruelle étroite et puante. Dans le caniveau central, les eaux usées et les détritus s'amoncelaient. Les rats y grouillaient dans une odeur fétide à vous chavirer le cœur. La grand-mère en était morte. C'était en octobre 1857. Quelques mois seulement après l'inauguration en grandes pompes du canal par la famille Migeon et le clan Galliffet – il n'en manquait pas un. Une affaire juteuse, pour sûr.

Louise ? Il l'avait vue par hasard, lors d'une procession. Pour la Saint-Jean ou la Saint-Pierre. Ou une autre de ces interminables festivités durant lesquelles il était de bon ton de montrer que l'on honorait, dans un même élan, Dieu, le Christ et la République. La ville d'Aix-en-Provence, ce jour-là, s'était pavoisée avec fièvre. Les populations du pays avaient accouru, toutes et tous sur leur trente et un. Afin de ne pas être en reste, Émile Rigaud, en sa qualité de premier magistrat de la ville, n'avait pas regardé à la dépense. Chaque fenêtre débordait d'étoffes et de tentures aux couleurs vives. Des cocardes et des drapeaux avaient fleuri. Bleu blanc et rouge pour la France. Des aigles et des abeilles pour Napoléon III. Du sang et de l'or pour la cité du bon roi René. En tête de procession, la fanfare, encadrée par des gendarmes à cheval, ouvrait la marche. Musique militaire, musique de curés, musique d'orphéon. Il y en avait pour tous les goûts. Dans les haies des spectateurs endimanchés, les hommes se signaient avec gravité ou se mettaient au garde-à-vous. Les femmes s'épiaient du coin de l'œil, tentant d'estimer l'argent que leurs voisines avaient englouti dans l'achat de leurs tenues. Des enfants hurlaient pour avoir des beignets, des pralines, des oublies saupoudrées de sucre glace ou des pommes rougies, craquantes de caramel.

Louise ? Elle n'était qu'une parmi des dizaines d'autres jeunes filles formant la théorie. Toutes vêtues de blanc, portant des bannières et des missels. Avec, sur leurs visages, de profondes grimaces d'ennui ou des rires inextinguibles qu'elles masquaient au mieux derrière des mouchoirs brodés à leurs initiales. D'un pas solennel, elles descendaient le cours Mirabeau en effeuillant entre leurs doigts des roses et des genêts d'or. Rien ne manquait. Ni la croix de souffrance portée en triomphe, ni les enfants de chœur balançant des encensoirs empestés de gomme résineuse, ni les statues enrubannées aux yeux éteints – sans compter les signes de croix, les prières débitées machinalement, les orémus et les oraisons clamés à pleins poumons ou psalmodiés à la façon d'une chanson muette.

Louise ? Dans les coups de clochettes annonçant l'arrivée des reliques de saint Mitre, il croisa son regard. Aussitôt, son âme en fut tourneboulée, crépitante, absolument incendiée. D'elle, il aima tout, dans l'instant. Les longs cheveux moirés retenus en un chignon savant, les doigts graciles gantés de filoselle, les yeux plus profonds encore que le puits fascinant de l'impasse Sylvacanne. Sans parler de ses chevilles qu'un coup de vent fripon avait dévoilées, peut-être pour lui seul. Des chevilles de Jésus. Elle lui sourit. Ou, peut-être, ne fit-il qu'imaginer qu'elle lui souriait. Mais cela suffit à son bonheur. Il aima sa marche lente, son élégance naturelle, sa mantille blanche dont elle savait jouer avec malice. Il adora ce sourire et le point de rosée qui, en diamant solitaire, semblait s'être fixé sur ses lèvres incarnates pour l'éternité des siècles.

Louise ? Il la suivit le reste de la journée. Avec maladresse, il bouscula des spectateurs pour prendre place au premier rang, s'excusant aussitôt, la honte au front, puis repartant dans une nouvelle course afin de cueillir le plaisir de voir l'inconnue voler bien plus qu'elle ne marchait. *L'Aérienne*, oui. Ce surnom la définissait avec le parfum de l'évidence. Il ne la quitta plus. Il ne songea ni à boire, ni à manger. Pas même à fumer. Au crépuscule, la théorie revint vers la cathédrale Saint-Sauveur. Les cierges avaient remplacé les fleurs et leurs flammes tremblotaient dans la nuit en marche. À l'instant où les portes monumentales s'ouvrirent, les deux canons offerts à la ville par Louis XIV tonnèrent sans prévenir. Leur fracas l'emporta dans les profondeurs d'un gouffre sans fond. Lorsqu'il rentra se coucher dans son taudis, il s'endormit les tempes en feu, un brin de genêt, comme un éclat de foudre, serré dans son poing.

Alexandrine revint prendre sa place au sein du grand lit. Dans son sillage, le souffle doucereux de ses vomissements mit longtemps à disparaître. Durant d'interminables secondes, elle se tourna et se retourna sur le matelas, geignant, soufflant, grommelant des onomatopées plaintives. Dans l'esprit du dormeur, la silhouette de *L'Aérienne* commença à s'évaporer. Apparurent alors d'autres courbes, d'autres lignes, plus grossières celles-là. Avec Cézanne et les trois autres, chaque course dans la campagne faisait la part belle aux femmes, ces êtres étranges dont ils ignoraient tout, mais qu'ils désiraient pourtant posséder plus que tout. Ils en parlaient sans fin avec de grandes phrases, de petits mots. Et des silences, aussi, qui en disaient long. Chacun prétendait chercher l'amour et aurait été prêt à le jurer, jusque sur la tombe de Châteaubriand. En réalité, chacun priait en silence pour être déniaisé, et le plus tôt possible.

En ville, très régulièrement, ils allaient voir les prostituées – que Marguery préférait désigner, avec un rien de snobisme, sous le nom de péripatéticiennes. Ils ne faisaient que les lorgner du coin de l'œil, marchant d'un pas pressé, le front honteux, à la façon des hommes qui se rendent à un rendez-vous urgent et n'ont donc pas de temps à perdre. Au bout de quelques mètres seulement, ils quittaient le quartier des filles avec la boule au ventre et suffisamment de fantasmes pour torturer leurs nuits. Afin de rendre hommage à ces créatures perdues, le dormeur avait écrit *Les Grisettes de Provence*, un conte qu'il avait égaré. Ou qu'Alexandrine avait fait disparaître, lors d'un accès de jalousie. Ils connaissaient, un peu, une certaine Marie et ses amies. C'étaient des filles de leur âge, à la moralité pour le moins discutable, qui chassaient autour des facultés. Elles avaient pour cible les benêts de bonne famille, ceux qui deviendraient avocats ou pharmaciens, ceux qui leur ouvriraient toutes grandes les portes de la respectabilité et de l'aisance en échange de l'ouverture de leurs corsages. Avec Cézanne, il y avait eu aussi deux petites demoiselles, dont l'une ne quittait jamais son perroquet. À force de les voir, ils s'étaient persuadés qu'ils étaient fous amoureux de ces deux adolescentes. Une nuit, Paul au cornet à piston et lui-même à la clarinette, ils leur avaient donné l'aubade. Sous les fenêtres éteintes, ils s'étaient essoufflés dans leurs instruments avec la dernière énergie. Mais ils n'avaient récolté, pour leur concert, qu'un baquet d'eaux usées que le père, excédé et outragé, avait fini par leur balancer de la fenêtre.

Louise, elle, ne faisait pas partie de ces engeances. Puis, elle était la sœur de Solari. La sœur de son ami. Pour cette raison, il avait gardé cet amour au plus profond de lui. *L'Aérienne. La Fée amoureuse.* La fille à la mantille. La fille à la cheville légère. La fille au chapeau rose, aussi. Car il l'avait frôlée, par un hasard miraculeux, un jour où il empruntait le passage Agard, un étroit boyau qui relie le haut du cours Mirabeau à la place du palais de justice. Il avait failli en mourir de plaisir, mais aussi de honte. Ses vêtements étaient usés jusqu'à la corde. Ses chaussures crottées bâillaient par la semelle. Et il avait cru pouvoir offrir une seconde jeunesse à son chapeau en le lissant à l'aide d'un coton imbibé d'encre. Un chapeau rose, de soie et de dentelle, délicatement parfumé, face à un galure de faussaire aux poils collés en touffes noires. Il en aurait pleuré. Il en avait pleuré, de retour dans son réduit de la rue Villars. Par vengeance, il en avait rêvé, aussi. Un jour, il serait célèbre. Par ses poèmes, parfaitement ! Il serait un grand poète et un dramaturge tel qu'il n'en existe qu'un par siècle. Si l'on exceptait Victor Hugo, bien entendu. Il était fait pour la poésie et le théâtre, il le savait ! Il était le seul à le savoir. Son père avait échoué dans son grand œuvre ? Il réussirait dans le sien ! Il écrirait tant et tant que l'on finirait par l'aimer. Puis, par lui trouver du génie. Alors, après avoir éclaboussé Paris de son talent – car tout ne pouvait s'accomplir qu'à Paris –, il reviendrait dans cette ville. Il y entrerait en vainqueur et il épouserait *L'Aérienne* qui, de toute évidence, lui était due. Il l'épouserait. Elle, et aucune autre.

« Émile ? Les nausées ne passent pas…

– Dors, Coco.

– J'ai même l'impression que ça empire.

– Mais non… »

Oui, il était fait pour la littérature. Comme Cézanne pour la peinture. Baille ferait carrière dans l'astronomie et découvrirait de nouvelles étoiles qui porteraient son nom. Solari sculpterait le temps qui passe. Marguery écrirait des opéras bouffes et des vaudevilles. Dans la cour de récréation, tous les cinq se vantaient sans vergogne de leurs prétendues pêches gargantuesques, de leurs carnages cynégétiques. Pourtant, les poissons et les lapins pouvaient dormir en paix. Après avoir battu la campagne toute la matinée, ne parlant encore et toujours que des femmes, réelles ou rêvées, venait le temps de la gravité. La littérature devenait le morceau de choix. Pas les pensums des classiques que des professeurs éteints, souvent désabusés, faisaient entrer de force dans leurs crânes. Eux, les cinq d'Aix-en-Provence, parlaient de la nouvelle littérature. La littérature moderne, révolutionnaire. Celle de Musset, qui venait de mourir. Celle de Rabelais et de Montaigne, qui n'avaient pas d'âge. Celle de Michelet, de Taine qui pointait son nez. Celle de Balzac, aussi. Celle de Dickens, de Féval, de Sand, de Dumas, de Sue. Celle de leur maître à tous, Victor Hugo. Le père Hugo. Le banni, l'exilé, le révolté, le forçat glorieux de la poésie, du théâtre et du roman. Ils se racontaient aussi toutes les toiles qu'ils n'avaient pas vues, celles de Girodet, de Delacroix, d'Ingres ou de Géricault. Dans la pinède écrasée de soleil, montaient les mélodies de Berlioz, de Beethoven, avec quelques incursions chez Schumann ou Liszt. Tous ces grands noms leur montraient la voie. Là était leur futur. Leur seul futur possible. Le seul acceptable. Être publié et exposé, ou mourir.

« Émile ? Et si nous appelions ? »

Fourbu par les kilomètres accomplis, les jambes griffées à force d'arbustes secs et de ronces, la gorge sèche d'avoir fumé trop de tabac, les oreilles bourdonnantes des poèmes déclamés et des stridulations incessantes des grillons et des cigales, il rentrait chez lui. Avant de s'endormir, il souriait d'un air mauvais. Un jour, tous seraient bien forcés de se rendre à l'évidence. Viendrait le temps où on l'honorerait avec la même ferveur que l'on avait déshonoré son père. Alors, à l'abri dans cette certitude neuve, il plongeait dans le sommeil. Au creux de sa main fébrile, longtemps, le brin de genêt ramassé dans le sillage d'une fée palpita, formant une tache d'or dans la grisaille de sa vie aixoise.

Six

« Dites-moi, Buronfosse ? Votre concierge ? C'est un drôle d'asticot, non ?

– Pourquoi ? Est-ce qu'il vous aurait mal reçu ?

– Là n'est pas la question.

– Eh bien ?

– Je me demandais juste, avec Daudet, s'il ne serait pas un peu juif, par hasard ?

– Méniane ? Non, je ne crois pas.

– En êtes-vous bien sûr ?

– Ma foi... Comment être sûr avec ces oiseaux-là, n'est-ce pas ? Mais lui, un Juif ? Ça me surprendrait. Quoique, pourquoi pas, après tout ? Je vais me renseigner. On n'est jamais trop prudent.

– Voilà qui est parlé ! »

Avec un sourire viril, Henri Galli porta son verre de vitriol à ses lèvres et l'engloutit d'un coup sec. Depuis une heure qu'ils étaient arrivés, les liqueurs avaient coulé à flots et submergé le petit salé aux lentilles qu'ils avaient à peine touché. Daudet, Galli et Buronfosse, attablés entre hommes dans la salle à manger, la cravate desserrée et le cigare à la bouche, se sentaient peu à peu pousser des ailes de héros. Boulevard Montmartre, la soirée avait été belle, certes. Entre les bouchers de la Villette et les Arabes de Max Régis, ils avaient compté leurs forces. Le constat était sans appel. La France était prête à relever la tête.

Sur un ton grave empreint de solennité, Galli gronda, tout en lissant avec lenteur ses moustaches du bout des doigts : « Messieurs, si nous sommes réunis ici, ce soir, c'est parce que l'instant est capital. Notre nation est parvenue à un tournant de son histoire. Le soulèvement est imminent. Bientôt, les Français vont devoir choisir leur camp. Si je vous dis cela, ce n'est pas par gloriole. C'est parce que j'ai des informations. Et des informations qui viennent de haut. Je dirais même de très haut. »

À ces mots, Buronfosse leva instinctivement les yeux vers le plafond, tandis que le conseiller municipal reprenait : « Nous ne sommes pas seuls, Messieurs. Bien sûr, notre ami Déroulède se morfond en Espagne. Mais il nous fait passer chaque jour des messages de soutien. Pour échapper aux espions de la chienlit républicaine, de véritables patriotes acheminent ces lettres, depuis les lointaines Pyrénées jusqu'à Paris. Et Paul Déroulède, je vous le jure sur l'honneur, est prêt à revenir en France et à foutre cul par-dessus tête Loubet et toute sa clique d'usurpateurs. »

Aussitôt, Buronfosse sentit se dessiner sur son visage un sourire ravi. C'était donc vrai. Derrière les majestueuses montagnes espagnoles, un homme allait enfin se lever et nettoyer la France de sa juiverie. Ce député de la Charente, ce boulangiste enragé de la première heure, ce soldat qui s'était montré sans pitié contre les communards, cet homme allait donc rendre au pays sa fierté et son honneur.

Satisfait par l'effet que venaient de produire ses paroles, Galli fit flotter sur Léon Daudet son regard inquiétant, dont personne ne pouvait dire avec certitude si c'était l'œil droit ou l'œil gauche qu'il convenait de fixer en retour. Puis, se penchant par-dessus les assiettes où se figeaient les reliefs du petit salé aux lentilles, il poursuivit, toujours sur le ton de la confidence : « À l'heure où je vous parle, la formidable machine du renouveau de la nation est en marche. Déroulède est à San Sebastian, soit. Mais il pourra être ici dans les vingt-quatre heures. Idem, en ce qui concerne l'officier Esterhazy qui ne pense plus qu'au moment de quitter l'Angleterre pour être enfin reconnu dans ses droits. Qu'un tel soldat soit frappé d'exil est une aberration – qu'est-ce que je dis : une aberration ? Un crime, oui ! Et c'est un crime qui se paiera cher, croyez-moi. Très cher, même… »

Sans laisser le temps à ses interlocuteurs d'approuver, Galli martela, d'une voix qu'il faisait de son mieux pour maintenir en sourdine : « Et je ne dis rien du lieutenant-colonel du Paty de Clam, bien entendu. D'ailleurs, Buronfosse, vous le connaissez, n'est-ce pas ? »

Une main sur le cœur, le fumiste se défendit faiblement :

« Le connaître ? Non. On ne connaît pas un homme comme celui-là. Nous ne sommes pas du même milieu.

– Ne soyez pas modeste, mon ami. Un Français est un Français. Et peu importe son extraction sociale, après tout.

– Alors… Disons que j'ai eu la chance de le côtoyer. Je faisais mon service au 160e régiment d'infanterie et Monsieur l'officier était au 7e. Un jour, durant des manœuvres, j'ai…

– Soit, coupa Galli. Le temps nous est compté et le sentimentalisme n'a rien à voir avec notre affaire. Si j'ai pris la peine de venir ici, chez vous, dans ce quartier somme toute assez populaire... »

À ces mots, le fumiste esquissa une grimace d'excuse, pendant que Galli poursuivait : « Ce n'est pas de votre faute. Si je suis chez vous, donc, c'est pour m'assurer que vous avez convenablement rempli votre mission. »

Aussitôt, Augustine se rapprocha, piquée par la curiosité. Délaissant le petit Marcel qui s'était endormi chaussures aux pieds à même le sofa, elle vint emplir à nouveau les verres. Le conseiller municipal, une main posée sur l'avant-bras de son hôte, murmura : « Eh bien ? L'avez-vous fait ? Avez-vous allumé la mèche ? »

Après un regard agacé jeté à Augustine, Buronfosse acquiesça lentement de la tête : « Pour ce qui est du travail, il a été fait. Et bien fait. »

Alors, Galli se pencha encore un peu plus sur son voisin et s'inquiéta : « Et les preuves, les avez-vous fait disparaître ? »

Ignorant la question, le fumiste sentit son verre trembler entre ses doigts et répliqua :

« Est-ce que le lieutenant-colonel le sait ?

– Quoi donc ?

– Que c'est moi.

– Que c'est vous qui quoi ?

– Que c'est moi, quoi ! »

Sur un ton amical, Daudet intervint : « Notre ami Buronfosse désire savoir si le lieutenant-colonel du Paty de Clam sait que c'est lui qui a fait la chose. »

Sans attendre la réponse de Galli, le journaliste de *La Libre Parole* confirma lui-même :

« Oui, du Paty de Clam est au courant. D'ailleurs, je l'ai croisé, il y a peu. Et je lui ai parlé de vous.

– Quoi ? Vous avez parlé de moi au lieutenant-colonel ?

– Tout comme je vous parle. Lorsque je lui ai confié ce que vous alliez faire pour la cause, il m'a affirmé, sur l'honneur, que si cette mission avait été confiée à un brave comme Buronfosse, alors, il ne doutait pas un seul instant de son succès. »

Maintenant les larmes aux yeux, renversant sur la nappe quelques gouttes de blanche à cause du tremblement de sa main qu'il ne parvenait pas à maîtriser, le fumiste déglutit avec difficulté. Puis, il souffla :

« Il vous a vraiment dit ça ?

– Il l'a dit. Et sur l'honneur, encore. Vous pouvez me faire confiance.

– Alors… alors, c'est le plus beau jour de ma vie.

– Non, monsieur ! »

Sévère, la voix d'Henri Galli venait de claquer dans la salle à manger. À demi dressé sur sa chaise, l'index martelant chacune de ses phrases sur la poitrine de Buronfosse, il gronda : « Le plus beau jour de votre vie, ce sera lorsque tous les Juifs seront chassés de France. Ce sera lorsque nous aurons nettoyé l'armée et toutes les institutions de cette engeance maudite. Ce sera lorsque nous pourrons ouvrir à nouveau le dossier Dreyfus. Ce sera lorsque nous pourrons réhabiliter nos amis injustement frappés d'infamie par la République. Ce sera lorsque nous serons au pouvoir. Et pas avant. »

Sur un ton beaucoup plus doux, Léon Daudet reprit la parole : « Eh bien, mon ami ? Ces preuves ? Les avez-vous fait disparaître ? Pouvons-nous être fiers de vous ? Pouvons-nous dire à nos chefs que vous êtes un homme de parole ? Un bon Français ? Un patriote, en somme ? »

En écho, le conseiller municipal ragea encore : « Les preuves, Buronfosse ! Il ne faut aucune preuve ! Si l'on remonte jusqu'à vous, l'on remontera jusqu'à nous ! Et là, Dieu seul sait ce qui pourrait arriver ! »

Comme incrusté dans son fauteuil Modern Style, le fumiste regarda tour à tour Léon Daudet et Henri Galli. Puis, il ne put que bredouiller : « Les preuves ? C'est que… »

À l'angle de la rue du Chézy et du boulevard Bineau, Gyp avait pris pour habitude de tenir salon et de recevoir tout un aréopage d'hommes illustres qui, comme elle, ne se lassaient pas de chanter la gloire de la France. De Marcel Proust à Edgar Degas, d'Anatole France à Paul Valéry, Robert de Montesquiou, Auguste Vimar ou Jean-Louis Forain, l'on s'y pressait ainsi. Certains afin de vomir leur haine viscérale des Juifs, d'autres pour chanter le patriotisme gaulois, et d'autres encore dans la ferme intention de se goberger à une table toujours extraordinairement riche en mets les plus fins et en vins d'exception.

Gyp – et tous les avis convergeaient sur ce point – n'était pas une femme ordinaire. Arrière-petite-nièce du révolutionnaire Mirabeau, de son vrai nom Sibylle Marie-Antoinette Gabrielle Riquetti de Mirabeau, épouse du comte Roger de Martel de Janville, elle aurait aisément pu se contenter de vivre dans l'écrin doré de la noblesse à laquelle elle appartenait. Au lieu de cela, celle qui avait pris Gyp comme nom de plume semblait éprouver un malin plaisir à défrayer la chronique. Adepte de l'escrime et de l'art équestre, qu'elle pratiquait en cavalière émérite, elle ne trouvait sa pleine mesure que lorsqu'elle écrivait dans la presse. Collaboratrice régulière de *La Vie parisienne*, de la *Revue des deux mondes*, mais aussi de *La Libre Parole*, elle passait le plus clair de son temps à déverser dans les publications son patriotisme débridé, son amour de l'Alsace et de la Lorraine envolées, sans parler de la haine viscérale qu'elle nourrissait depuis toujours à l'encontre des Juifs qui, selon elle, constituaient la cause première et indiscutable du déclin de la France. Avec une cruauté sans limite, elle brocardait les politiciens et les grands bourgeois, la noblesse molle, les francs-maçons et les métèques de tous crins. Plutôt menue, la taille prise dans des corsets qui la serraient à l'étouffer, le nez lourd et les yeux pétillants sous deux sourcils trop fournis pour son visage enfantin, Gyp mettait un point d'honneur à être systématiquement en avance d'une mode. Bien qu'en butte régulière à des tracas d'ordre financier, elle ne lésinait ni sur ses tenues de la dernière élégance, ni sur les moyens pour que sa table demeurât la plus courue de Paris.

Dès que Drumont passa la porte de son hôtel particulier, et alors qu'un serviteur zélé débarrassait le visiteur de son chapeau et de son pardessus, Gyp sauta sans manière dans les bras de son rédacteur en chef. Les joues rosies sous les effets conjugués de la chaleur et du champagne, elle s'exclama : « Maître ! Nous ne vous attendions plus ! Alors ? Comment était cette réunion ? Y avait-il foule ? Et l'article ? Est-ce vous qui allez l'écrire ? Ou bien sera-ce ce pisse-vinaigre de Barrès ? Vous ne l'avez pas emmené avec vous, n'est-ce pas ? Non ? Dieu soit loué ! Venez, mon cher

Maître ! Venez donc ! Je vous ai fait mettre de côté de la caille aux raisins et un excellent bourgogne. Vous aimez le bourgogne ? Mais bien sûr que vous aimez le bourgogne ! Où ai-je la tête ? »

Tournoyant autour de Drumont, se chargeant elle-même des questions et des réponses, Gyp rayonnait. Chez les autres, le pouvoir ou les charges acquis par la force de l'hérédité ne l'impressionnaient pas. En revanche, les hommes qui se battaient sur le terrain et qui arrachaient de leurs mains chaque victoire, au prix du sang et des larmes, ceux-là avaient le don de l'émoustiller au-delà du raisonnable. En Drumont, elle aimait à la fois le guerrier, le tribun tonitruant, le meneur d'hommes et le matamore.

Alors qu'elle entraînait le rédacteur en chef dans son sillage parfumé, Gyp reprit : « Venez donc ! J'ai une petite chose follement amusante à vous montrer. Figurez-vous que je me suis procuré – et je ne vous dis pas comment, cela serait honteux – une collection de bijoux à votre seule gloire. C'est Maillot[9], en fait, qui m'en a fait la surprise. Enfin… Lorsque je dis bijoux, il faut entendre insignes ou breloques. Ils sont d'un cocasse ! J'ai toutes les médailles, vos épingles de cravate et même les boutons de manchette où l'on vous devine, terrassant un dragon qui porte un ignoble et très long nez. C'est d'ailleurs celui que je préfère ! Et de loin ! Venez, cher Maître ! Suivez-moi donc, sans quoi vous serez réduit au pain et à l'eau claire. Nos amis lorgnent depuis suffisamment longtemps sur vos bouteilles de bourgogne que j'ai pris grand soin de faire mettre à décanter, je vous aurai assez prévenu ! »

Une fois dans la salle de réception, et après avoir servi au nouveau venu un plein verre de château du clos de Vougeot, Gyp

9. L'un des gérants, avec Charles Devos, de *La Libre Parole*.

repartit aussitôt chercher sa précieuse collection. Seul, étourdi par ce feu follet fait femme, assailli à présent par les notes nasillardes du phonogramme jouant « *Je suis Brésilien, j'ai de l'or!*[10] », Drumont prit le temps de détailler les invités. Pour la plupart debout, fumant le cigare sous les immenses plafonds décorés de stucs de vague inspiration grecque, quelques hommes d'âge mûr, le visage fermé, parlant gravement. Au premier coup d'œil, il reconnut le journaliste Ernest Judet qui l'avait précédé dans cette course jusqu'à Neuilly. À ses côtés, le juge d'instruction Lepoitevin prenait des airs de conspirateur. Une main devant la bouche, afin que l'on ne puisse pas lire sur ses lèvres, le magistrat devait, selon toute vraisemblance, nourrir le rédacteur en chef du *Petit Journal* d'indiscrétions dont celui-ci tirait d'incendiaires chroniques. Un peu plus loin, raide et vêtu de noir, la mine sombre, marchant à pas lents, Georges de Castillon de Saint-Victor semblait traîner avec lui l'aigreur de sa défaite lors des récentes élections législatives de Belleville. Ce gaillard de trente-deux ans, fils d'une princesse Cantacuzène des Balkans, champion du monde de vol aérostatique, offrait tous les symptômes d'un homme qu'un brasier empoisonné dévorait de l'intérieur. Lui, qui n'était jusqu'alors que joie de vivre, se laissait désormais submerger par de brusques vagues de mélancolie. Parfois, sans qu'il sache pourquoi, il se lançait dans d'interminables sermons. Le front bouillant, il chantait ainsi la gloire de Jésus-Christ et annonçait son désir de plus en plus impérieux d'abandonner ses rêves de vol pour devenir un soldat de Dieu au sein de la plus rigide de toutes ses armées, la Compagnie de Jésus. Ce soir-là, solitaire, il arpentait les parquets de bois précieux, sans un regard pour les tentures et les riches

10. « Rondo du Brésilien », *La Vie parisienne*, opéra de Jacques Offenbach.

tableaux. Les mains jointes dans le dos, le front baissé, il murmurait pour lui-même des paroles inaudibles, les lèvres crispées par des tics douloureux.

Avec un soupir de fatigue, Drumont se laissa aller dans un fauteuil aux accotoirs à tête de lion, tendu de velours rouge. À la lumière des bougies – car Gyp raffolait de cette lumière aux flammes fragiles –, il promena son regard sur l'assistance. Un instant, dans la silhouette d'un homme qui dévorait avec le plus grand appétit les macarons fourrés de ganache signés Louis Ernest Ladurée, il crut reconnaître Max Régis. Lorsque l'individu, la cravate piquetée de miettes, se retourna, le Maître put souffler. Fort heureusement, ce n'était pas lui. Bien entendu, le Beau Max avait beaucoup fait pour la cause. Hélas, à beaucoup faire, il avait souvent dépassé les bornes. Et, s'il s'était toujours défendu avec la dernière énergie des accusations qu'on lui portait, ses youpinades algéroises étaient régulièrement allées jusqu'au crime. Qu'il ait réclamé à cor et à cri l'abrogation du décret Crémieux[11] était une chose. Déclarer qu'il fallait désormais « arroser l'arbre de la liberté avec le sang des Juifs » en était une autre. Inacceptable pour la justice française. Cela lui avait coûté ses mandats à la mairie d'Alger et, plus récemment, sa victoire aux législatives dans le 11e arrondissement de Paris. Depuis plusieurs mois, maintenant, il avait tout bonnement disparu. L'on disait de lui qu'il s'était refait une respectabilité loin d'Alger et de la capitale. Peut-être en Espagne ou sur la Côte d'Azur, à Beausoleil, dans l'hôtellerie et la restauration. Drumont ignorait ce qu'il était devenu et, surtout, il n'en voulait rien savoir.

11. Décret n° 136 qui, en 1870, a attribué d'office aux « Israélites indigènes d'Algérie » la nationalité française.

« Bonsoir, mon fils. Comment se porte notre fier représentant de la presse française libre ? Bien, j'ose l'espérer ! »

L'homme qui, pesamment, venait de s'asseoir sur le divan damassé jouxtant son fauteuil était un roc, une masse. De rares cheveux plantés sur un crâne bombé et d'une pâleur inquiétante, des cernes violines sous des yeux sombres, des lèvres pas plus épaisses qu'un fil de rasoir, il portait beau et ne paraissait en aucun cas ses soixante-sept ans. Comme au premier jour de son ordination, il était vêtu d'une soutane noire boutonnée sur le devant, élimée par endroits, pelucheuse, et était chaussé d'invraisemblables croquenots à épais talons de cuir qui juraient avec l'élégance du parquet ciré.

D'une main fraternelle posée sur le genou de Drumont, le jésuite interrogea à nouveau : « Eh bien ? Pourquoi cette mine morose, mon fils ? Le petit Judet m'a pourtant rapporté que la réunion s'était passée le mieux du monde. »

Après un salut respectueux de la tête, le Maître répondit :

« Bonsoir, mon père. L'on ne vous a pas menti. Peut-être même est-ce en-dessous de la vérité.

– Tiens donc ? Voilà que vous frisez le péché d'orgueil ou je ne m'y connais pas !

– Il y avait, devant mon journal, au moins quatre ou cinq cents personnes.

– Diantre ! Vous devriez être heureux, alors ?

– Mais je le suis, mon père. Je le suis… »

À cet instant, un homme au visage osseux, le crâne couvert d'épais cheveux blancs coiffés en toupet, les moustaches et la barbiche impeccablement taillées, vint s'incliner avec déférence devant Drumont et le père Stanislas du Lac de Fugères. Sans un mot, les maxillaires serrés et les yeux inquiets, il reprit aussitôt sa marche, le front bas.

Dès qu'il se fut éloigné, le père du Lac interrogea à voix basse :

« Henry Rochefort était-il avec vous, boulevard Montmartre ?

– Peut-être. Mais s'il y était, je ne l'ai pas vu.

– Alors, c'est qu'il n'y était pas. Lorsque cet individu se rend quelque part, il faut toujours qu'il se fasse remarquer par un scandale ou une échauffourée. S'il vous a fait faux bond, ce soir, c'est tout aussi bien, croyez-moi.

– Pourquoi donc ?

– Cet homme ne peut être que néfaste à vos grands desseins, mon fils. Pire, encore. Il pourrait même être dangereux pour vous. »

Observant discrètement Victor Henry de Rochefort-Luçay, qui s'était planté devant une fenêtre donnant sur le jardin intérieur, Drumont murmura :

« C'est un pauvre vieux, rien de plus. Il n'a d'ailleurs jamais bien su s'il était pour ou contre la Commune. Et sa déportation, au bagne de Nouméa, ne l'a pas arrangé. Il n'y a guère que sur la question juive que son avis est tranché. Je crois pourtant que je l'aime bien…

– Vous avez tort. C'est un enragé qui n'a plus d'ami, plus d'appui et plus la moindre fortune. Il ne peut même plus passer devant le mur des Fédérés sans recevoir quelque pierre ou légume pourri. Il vous nuira.

– Comme vous y allez, mon père !

– J'y vais comme l'on doit y aller, mon fils. Notre cause a besoin de crédibilité, si elle veut triompher. Et ce vieillard ne vaut pas mieux que votre Max Régis et les assassins de La Villette – certainement de braves gens lorsqu'ils sont en comité restreint, mais de véritables sauvages lorsqu'ils sont en bande. L'on peut et l'on doit être antisémite, je n'en disconviens pas. De tout temps, les Sémites ont été employés par Satan pour ruiner la spiritualité chrétienne. Mais ne vous commettez pas avec ces gens-là, pas plus qu'avec les vieilles lunes. Il a beau clamer sur l'air des lampions qu'il est l'homme aux vingt duels et aux trente procès, Rochefort a fait son temps, croyez-moi.

– Si vous le dites…

– Ne vous ai-je pas toujours donné de bons conseils ? »

Sans cesser d'observer Rochefort qui, solitaire, se balançait légèrement d'avant en arrière face à l'intensité de la nuit, Drumont étouffa un bâillement avec discrétion. Le père du Lac était son mentor, son ami. Son confesseur aussi, comme il l'était du général de Boisdeffre[12] ou d'Albert de Mun[13]. Il lui reconnaissait une intelligence rare. Au sein de la Compagnie de Jésus, l'ecclésiastique avait parfaitement placé ses pions, jusque dans les rangs de l'armée française. Directeur un temps de l'école privée Sainte-Geneviève – plus connue sous le nom de l'école des Postes ou de la Jésuitière, comme aimait à le colporter le pauvre général Billot[14] –, c'était lui qui avait converti une grande partie des futurs cadres de l'armée à un catholicisme dur et sans la moindre concession. Cette élite, qui se destinait à Saint-Cyr ou à

12. Chef d'État-Major général de l'armée, lors du déclenchement de l'affaire Dreyfus.

13. Député, élu à l'Académie française en 1897, antidreyfusard féroce, il rejoint lors de l'affaire la Ligue de la patrie française, aux côtés d'Edgar Degas, Auguste Renoir, José-Maria de Heredia, Pierre Louÿs, Jules Verne, etc.

14. Ministre de la Guerre dans le gouvernement Méline (1896-1898), il accable Dreyfus et Picquart afin de couvrir Esterhazy.

Polytechnique, savait qu'elle devait d'abord passer sous ses fourches caudines si elle désirait s'ouvrir à un avenir glorieux. Du Lac, à force de manigances, gérait les tableaux d'avancement. De même, c'était lui qui arrangeait les concours. C'était aussi en grande partie grâce à lui que Dreyfus, dès le début de l'affaire des bordereaux, avait été désigné en tant que traître. Avec un officier juif désigné coupable des incroyables malversations fomentées par Esterhazy, la grande muette pouvait sortir la tête haute. C'était lui enfin qui, jamais, ne se séparait de son annuaire de l'armée et piochait dans ses pages comme une courtisane l'aurait fait dans un bottin mondain au gré de ses besoins, de ses envies, de ses nécessités.

Un sourire en coin, Drumont désigna d'un mouvement du menton le vieillard esseulé et railla à voix basse : « Regardez-le, mon père. Il a presque soixante-dix ans. C'est une quille qui ne va pas tarder à faire la culbute. Il est usé jusqu'à la corde. Quel mal voulez-vous qu'il fasse à la cause ? »

À cet instant, le père du Lac fronça les sourcils et grommela : « Bien plus que vous ne pouvez vous l'imaginer. Pas plus tard qu'hier, figurez-vous que l'on est venu me tendre ce torchon sous le nez… »

Ce disant, le jésuite tira de sa soutane un article soigneusement découpé dans une édition de *L'Intransigeant*, tout en grinçant : « Voilà comment votre ami Rochefort aimerait que l'on traite les magistrats qui ont acquitté le traître Dreyfus. Écoutez bien. C'est édifiant. »

Après avoir chaussé ses lunettes avec sévérité, il commença la lecture de la chronique à voix basse : « Un tortionnaire, préalablement stylé, leur couperait tout d'abord les paupières avec une paire de ciseaux... Quand on les verrait ainsi dans l'impossibilité absolue de fermer les yeux, on introduirait de grosses araignées de l'espèce la plus venimeuse dans des coquilles de noix, qu'on appliquerait sur le globe de l'œil et qu'on fixerait soigneusement au moyen de solides cordons noués derrière la tête... »

Comme le journaliste ne semblait pas prêter attention à ce que disait le père du Lac, celui-ci lui tira la manche et poursuivit : « Les araignées, affamées, et qui ne sont pas très délicates sur la nourriture, rongeraient peu à peu la prunelle et le cristallin jusqu'à ce qu'il ne restât plus rien dans ces cavités désormais sans regard. Alors, on entraînerait tous ces hideux aveugles à un pilori élevé devant le palais de justice où s'est commis le crime et on leur accrocherait sur la poitrine cet écriteau : "Voilà comment la France punit les traîtres qui essaient de la vendre aux ennemis." »

Sur ces derniers mots, Édouard Drumont se rencogna un peu plus dans son fauteuil et pouffa :

« *L'Intransigeant* est un torchon ! Il n'a aucune valeur. Sauf, peut-être, celle de pouvoir être utilisé pour emballer le poisson et le mou pour les chats.

– Mais tout de même ! Cet article ! Est-ce donc ce que vous désirez que la postérité retienne de vous ? »

Libérant son bras de l'emprise du jésuite, Drumont se récria avec agacement :

« Cet article n'est pas de moi, voyons ! Je n'ai rien à voir avec cette prose !

– La personne qui me l'a apportée m'a pourtant assuré que ce morceau de bravoure journalistique vous avait fait rire aux éclats.

– Qui donc a osé colporter cette… »

Alors que Drumont allait laisser libre cours à sa colère, Gyp réapparut soudain dans un tourbillon de soie et de dentelles, le visage hilare. Tenant à deux mains un coffret de bois, elle interrompit d'autorité le rédacteur en chef : « Voilà mes bijoux, mon cher Maître ! Toute ma fortune ! Regardez ! Ne vous avais-je pas dit qu'ils étaient cocasses ? »

Saisissant entre deux doigts, et avec une mine de dégoût, l'épingle à cravate représentant Drumont terrassant un dragon, elle ajouta : « Observez bien les détails, mon cher ami. Cette bête est immonde ! Ces griffes et ces oreilles pendantes, et cependant décollées. Et ce nez ! Ce que ce dragon peut être juif, tout de même ! Il arrive en droite ligne de Judée, non ? »

Aussitôt, elle se retourna. Tout en observant ses invités, elle plaisanta : « Où est-il donc passé, d'ailleurs, notre Judet à nous ? Je suis certaine qu'il ne connaît pas l'existence de ces breloques. Je vais aller de ce pas le terroriser avec votre dragon. Il en tirera certainement trente lignes dans sa prochaine édition. Ou je ne suis pas comtesse ! »

Ce disant, dans son froufrou de dentelles charmant, elle abandonna les deux hommes et fondit sur Ernest Judet qui, au centre du salon, n'en finissait plus de prendre en note les indiscrétions marmonnées par le juge d'instruction Lepoitevin.

Comme Drumont demeurait silencieux, le père du Lac rempocha la coupure de journal et sermonna : « Je vous le redis, mon fils. Ce Rochefort ne vous vaut rien. Si vous désirez que les Français vous désignent comme chef, vous devrez au plus tôt vous séparer de tous ces seconds couteaux qui n'ont que de la haine à distribuer. Rochefort, mais aussi Max Régis qui reviendra sans doute bientôt faire parler de lui. Et je ne dis rien des bouchers, des Algériens et j'en passe. Vous avez vu ce qu'il en a coûté à Déroulède, à Guérin, à Dubuc ou encore au petit Habert ? Ils ont tous été condamnés ou frappés d'exil. Ces hommes-là, bien sûr, n'ont pas votre carrure. Vous n'êtes pas faits dans le même bois. Oubliez donc ces youpinades qui ne servent à rien, sinon à vous mettre en danger. »

Avec une grimace outrée, Drumont tenta de se défendre :

« Je vous ai déjà dit que je n'ai rien à voir avec toutes ces histoires, mon père ! »

Alors que Gyp s'envolait dans un éclat de rire inextinguible qui fit se retourner sur elle l'assistance, le jésuite se pencha sur le journaliste. À son oreille, il murmura : « N'oubliez pas que je suis votre confesseur, mon fils. »

Un instant interdit, Drumont répliqua : « Je ne l'oublie pas, mon père. Mais je vous demanderai, en retour, de l'oublier lorsque nous sommes, comme ce soir, loin du confessionnal. Sans quoi, il nous sera impossible de continuer à deviser ensemble. Du moins, à avoir une conversation d'honnêtes hommes… »

Sept

LOUISE. SUR LA TRÈS COURTE LISTE de ses amantes, *L'Aérienne* tiendrait certainement une place de choix. Même s'il ne l'avait jamais touchée. Pas plus des lèvres que du bout des doigts. Il aurait peut-être pu, si sa descente aux enfers ne s'était pas poursuivie de façon aussi implacable. En 1858, sa mère lui avait écrit, depuis Paris. Elle ne pouvait plus régler le terme, pourtant bien modeste, de la rue Villars. Il devait vendre les quatre meubles restants. Et acheter deux billets de train de troisième classe. Un pour le grand-père muet, un pour lui. Elle les attendait. Le nouveau procès qu'elle avait entamé afin de récupérer quelques subsides dans le naufrage du canal portait tous ses espoirs. Oui. Cette fois, elle ne pouvait pas perdre. Et elle les voulait près d'elle, à Paris. Rue Monsieur-le-Prince.

Hélas, ce prince-là, s'il avait un jour régné sur un royaume florissant, n'alignait plus désormais qu'une longue rangée de masures borgnes, des taudis où s'entassait le peuple braillard des travailleurs, des mendiants et des prostituées. Une désillusion de plus. Dans cette travée qui devenait fangeuse dès les premières gouttes, coincée entre le jardin du Luxembourg et la Seine, il avait pourtant bien fallu débuter une nouvelle existence. Abandonner Cézanne, Baille, Marguery, Solari. Et Louise. Et le soleil.

Grâce à un certain monsieur Labot – un avocat au Conseil d'État qui avait tenu, lors des obsèques, les cordons du cercueil du père –, il avait réussi à obtenir une bourse. Boursier demi-pensionnaire. Externe surveillé, au lycée Saint-Louis. Classe de seconde, section Sciences. Dans les caprices pluvieux de mars, il avait subi les mêmes brimades. Mais aucun gaillard au nez cassé ne lui était venu en aide. À Aix-en-Provence, on l'avait traité de Franciot, de Parisien. À Paris, il était devenu le Marseillais. Le benêt, l'imbécile de service. Car l'on ne pouvait pas, l'on n'avait pas le droit d'être sérieux, avec un accent pareil ! Il avait hérité de son premier surnom douloureux. Humiliant. *Gorgonzola*. Les caricaturistes, plus tard, en feraient leur beurre.

Une nouvelle fois, Alexandrine émit un gémissement sourd. À coups de reins obstinés, elle se réinstalla le plus profondément possible dans le matelas. Sa respiration se calma. Elle parut se rendormir.

Maintenant qu'il y repensait, c'était sans doute à cause de ce mépris et de cette méchanceté qu'il était tombé malade. Pas le surnom, cela n'en valait pas la peine. Il s'y était d'ailleurs très vite habitué. Mais plutôt à cause de tous ces lycéens mieux vêtus que lui, parlant sans accent. Ils n'avaient aucun défaut d'élocution. Et leurs poches étaient toujours pleines. Pas de berlingots. On avait changé de catégorie. Leurs poches à eux tintaient de pièces de monnaie, de celles qui permettaient de s'offrir sans compter, aux cafés Procope et Montparnasse, ou à La Closerie des Lilas, des bocks de bière blonde ou des tournées de cordial. Lui, il ne faisait que passer devant ces bouches colorées, bruyantes, joyeuses.

Un matin, une fièvre muqueuse lui était tombée sur le paletot. Fièvre typhoïde, avait rectifié le médecin. Alité quelques mois, il avait perdu plusieurs kilos. Ses dents s'étaient déchaussées. Lorsqu'il avait enfin pu se lever, il avait marché jusqu'à la fenêtre. Et il s'était rendu compte que ses yeux avaient payé à la maladie le tribut le plus lourd. Désormais, il était myope. Il ne pouvait même plus lire les gros caractères qui, de l'autre côté de la rue, semblaient le défier en faisant danser leurs lignes dans les publicités pour le quinquina ou les eaux de source.

Coincé entre le grand-père, qui finissait de s'en aller par petites bouffées, et les accès de rage entrecoupés de crises de larmes de sa mère, il dut pourtant reprendre le joug du lycée. Et de la grande course au baccalauréat. Il haïssait les sciences. Il était fait pour la littérature. Son père était originaire de Venise? Hélas, face aux examinateurs du lycée Saint-Louis, il se révélait d'une nullité crasse en italien. Commençait-il à se faire à cette rue si mal nommée de Monsieur-le-Prince? Un loyer en souffrance les jetait à la rue. Sa mère rêvait d'avoir un fils bachelier? Ce certificat pour la bourgeoisie lui échappait. Un premier échec. Un second. Sa mère quémandait pour lui une nouvelle bourse dans l'espoir fou que le petit obtiendrait enfin, à son troisième essai, son viatique pour l'univers des lettrés? La municipalité aixoise la lui refusait vertement. L'Italien du canal était mort. Sa femme était folle. Elle était partie à Paris, avec son fils. Cela n'était plus de leur ressort.

Plaintive, la voix étranglée d'Alexandrine fit vaciller sur sa base les contours lointains du bouge de la rue Monsieur-le-Prince: « Émile? Si nous sonnions les domestiques? »

Dans la nuit, le dormeur se voulut rassurant:

« Non, Coco. Tu t'inquiètes pour rien. Je te l'ai dit.

– Tu es sûr ?

– On a dû manger une saleté. Demain, nous serons guéris. Fais-moi donc un peu confiance… »

Avec tout ça, il avait quand même dû devenir un homme. Ce bon monsieur Labot, encore, lui avait trouvé un travail. Un vrai. Un ignoble travail dans les bureaux, aux docks Napoléon. Le grand-père Aubert ne coûtait rien, certes. Ni goutte, ni tabac. Ni même chaussures, puisqu'il ne sortait jamais de son trou. Mais lui ? Il devait s'habiller. Et aider la mère à acheter le nécessaire afin qu'ils puissent manger chaque jour. Il avait donc aussi abandonné ses rêves de littérature. Pas bien longtemps, certes. D'un côté, il voyageait avec toujours plus d'avidité dans les livres empruntés à la bibliothèque, où il se rendait presque chaque jour, la tête basse. Chénier, Sand, Shakespeare et Hugo. De l'autre, il se sacrifiait et occupait une place de rond-de-cuir faite de manchettes de lustrine sale, de crayons et de plumes qui ne connaissaient que les chiffres. Sans oublier la torture de devoir se montrer en ville avec un costume que sa mère avait cent fois reprisé. Un quotidien mesquin empli de fonctionnaires, ternes et gris. Déjà morts. Tout juste bons à se haïr entre eux. Il y était resté deux mois. Il avait connu une maigre satisfaction. Sa *Fée amoureuse* avait été publiée dans *La Provence*. Pas les mille deux cents vers, non. Pas un seul vers du tout, d'ailleurs. Un simple conte. Mais cela avait suffi à le conforter dans ses certitudes. Il n'était fait que pour elle, la littérature. Et Cézanne pouvait bien, dans ses lettres, se moquer de lui. Lui dire qu'il était « encore en nourrice chez les illusions ». Il s'en moquait.

Il avait donc persisté à vouloir toucher à la gloire absolue par ses livres. Sans même un baccalauréat en poche. Sans un sou.

Sans un appui. Sans un ami à Paris. Chaque matin, à six heures et demie, et chaque soir à vingt heures, une petite fleuriste blonde passait sous ses fenêtres. Parfois, elle lui adressait un sourire gêné. Esquissait un geste de la main. Il ne l'avait jamais abordée. Mais ses passages, deux fois par jour, faisaient de lui l'homme le plus riche de Paris. Peut-être même du monde entier.

Dans les draps âcres de transpiration, la tête lui tourna, à la façon d'un carrousel. L'angoisse avait disparu. Envolée. Un jour, bien entendu, il mourrait. Puisqu'il avait réussi sa vie, des livres retraceraient son existence. Tout serait écrit et interprété mille fois, mille vérités pour mille mensonges. Qui parlerait jamais de cette seconde, bénie entre toutes, où il lâcha le taudis familial et son travail de gratte-papier sur les docks ? Où il emménagea rue Neuve-Saint-Étienne-du-Mont[15] ? Ses exégètes les plus scrupuleux n'en tireraient que quatre lignes. Et pourtant.

Rue de Bruxelles, entre les tentures, les meubles cossus et les bibelots, dans la chaleur quotidienne de la cheminée que le bon Jules chargeait avec régularité de boulets Bernot, il poursuivait son œuvre. Il recevait un nombre invraisemblable de courriers et des admirateurs par dizaines – comme le petit Paul Alexis, un Aixois lui aussi. Il régnait sur l'empire des lettres françaises. Le verrou rouillé de l'Académie ne tarderait pas à céder. Seulement… Si cette nuit devait être la dernière, il voudrait que ses biographes n'oublient jamais le sentiment de délivrance qui l'avait envahi lorsqu'il avait posé son baluchon dans son nid d'aigle du 5e arrondissement. Là où, paraît-il, Bernardin de Saint-Pierre avait écrit ses plus belles pages. Il était chez lui. Depuis sa chambre de bonne, il embrassait tout Paris. Il n'avait pas le temps de douter.

15. Aujourd'hui, rue Rollin.

Il écrivait. Il fumait. Il écrivait. Il fumait le narguilé turc pour se donner un genre en même temps que l'illusion du voyage. L'hiver, l'encre gelait. Et alors ? Il abandonnait la plume pour le crayon de bois. Il ne mangeait que des pommes et des quignons trempés dans de l'huile. Ou secs, c'était selon. Baille lui avait écrit pour lui proposer de lui envoyer, chaque mois, un peu d'argent prélevé sur la bourse mensuelle qu'il touchait. Quel ami ! Il avait refusé. Il ne faisait pas l'aumône. Il était libre ! Lorsque le froid piquait trop, il s'enveloppait dans une couverture. Il appelait cela faire l'Arabe. Il riait de ses propres bêtises.

Quand un loyer impayé le jeta à la rue, il dégringola à nouveau et atterrit au numéro 11 de la rue Soufflot. Un hôtel garni. Garni de puces et de putes, de maquereaux et de sans-papiers, de bagnards évadés ou en remise de peine. Dans les chambres voisines, ça hurlait, ça injuriait, ça assouplissait le cuir des mauvaises gagneuses à grands claquements de ceinture. Ça se réconciliait, aussi. Les sommiers craquaient. Les femmes hurlaient des insanités à chaque coup de reins. Lui, il écrivait toujours. Il faisait toujours l'Arabe. Il se nourrissait sans trop se lasser de pain sec, de pommes et d'huile. Le bon Cézanne lui avait fait parvenir un tonnelet d'une huile d'olive, verte et parfumée. Parfois, il agrémentait l'ordinaire de deux sous de fromage d'Italie. Ou d'un moineau attrapé sur le bord de la fenêtre gelée. Un piaf de quelques grammes qu'il plumait avec application et qu'il faisait rôtir sur ce qu'il trouvait.

La seule chose qui le plongeait réellement dans l'angoisse, c'était de constater que ses poèmes, tous ses poèmes, ne valaient rien. Pas même un pet de lapin, comme disait la grand-mère Aubert, avec un sourire méchant. Il avait beau presser son cerveau et l'arroser des pages des plus illustres littérateurs, il ne suintait, au bout de sa plume, que de l'eau de rose. Des vers exsangues, sans la moindre trace d'originalité. Il se serait battu.

Une nuit, tout son immeuble de la rue Soufflot se trouva en émoi. Il n'y avait pourtant pas la moindre cavalcade, dans les escaliers noirs. Ce n'était pas une descente de police. C'était Berthe. Il la connaissait, comme il connaissait les autres tapineuses du quartier. De vue. Bonjour, bonsoir. Rien de plus. Berthe faisait une crise de delirium. On la regardait râler sur son palier. Personne ne savait ce qu'il fallait faire. Alors, il l'avait fait entrer chez lui. Il l'avait veillée, la nuit entière, épongeant son front moite avec un tissu imbibé d'eau fraîche. Il s'était mis à trembler, lui aussi. Mais ce n'était pas l'alcool. Il n'avait pas les moyens. C'était sûrement la faim qui lui chamboulait l'esprit. Durant cette nuit, il avait pris cette fille en pitié. Il lui avait parlé du bien et du mal, comme s'il en avait su quelque chose. Il s'était persuadé qu'il était capable de la remettre dans le droit chemin. La bave aux lèvres, les yeux hagards, Berthe avait donné l'impression d'écouter, de comprendre. Il s'était enhardi. Il lui avait déclaré tout son amour. Une heure auparavant, il ne savait lui-même rien de tout cet amour. Mais la machine était lancée. Il allait lui faire quitter le trottoir. S'il était sérieux ? Dès demain, il allait se marier avec elle. Parfaitement ! Et tant pis pour ce que dirait la mère. Et tant pis pour Louise. Ils vivraient de ses droits d'auteur. Lorsqu'il serait publié, bien entendu. Pour faire la soudure jusqu'à ce jour béni, il trouverait un métier. Et ils ne boiraient pas. Ils mèneraient une existence saine. Saine et propre. Il devait tout de même être possible de toucher au bonheur, même si l'on abandonnait la plume et que l'on devenait un travailleur, un manuel, un col bleu.

Le lendemain soir, à peine Berthe peut-elle poser un pied sur le sol qu'elle disparaît. Il y a un bal, boulevard Saint-Michel. Avec du vin en chopine. Et des petits pains à la saucisse. Pour un instant passé avec un client, debout, sous une porte cochère, elle aura de quoi se payer à manger et à boire. Après le bal, elle ira se rincer la dalle avec de la bière. Puis, elle s'efforcera de tuer la faim qui sera revenue – car elle revient toujours, cette chienne-là – avec des oublies. Et le binoclard ? Le binoclard ? Quel binoclard ? Un qui a un cheveu sur la langue ? Qui écrit ? Qui écrit et qui n'est même pas étudiant ? Qui n'a pas son nom sur la couverture d'un livre ? Berthe ne se souvient de rien. Il faut qu'elle file. Le bal va débuter. Et elle a soif. Terriblement soif. Elle pourrait tuer pour une bouteille cachetée.

Dans le lointain, place Blanche ou rue de Clichy, un oiseau nocturne lança un cri bref. Le dormeur, comme sous l'effet d'une morsure, se contracta. Plutôt que de céder à la tentation de l'eau chloroformée, il s'efforça à respirer de façon plus ample. Peu à peu, les battements de son cœur reprirent leur cours normal. Le visage de Berthe, déjà ravagé par les effets de l'alcool, disparut à son tour. Il rejoignit celui de la jeune fille au chapeau rose. De tout cela, il ne faudrait absolument pas manquer d'en parler.

Cette existence de misère, il l'avait suivie et aimée, deux années durant. Puis, ne trouvant toujours pas d'éditeur, il avait dû se résoudre à trouver un emploi. Depuis le paradis ou le purgatoire, le père avait alors mis sur son chemin un brave homme nommé Boudet, un bourgeois qui avait été de ses amis. Le littérateur l'avait rencontré par hasard, à la façon d'un deus ex machina. Ce monsieur Boudet lui avait fait miroiter la possibilité de travailler chez Hachette, le grand éditeur et libraire. Pas comme écrivain. Comme garçon de course. Voyant que le littérateur crevait littéralement de faim, ce Boudet-là l'avait mis à l'essai en lui confiant ses soixante et une cartes de visite qu'il avait autographiées à l'attention de ses amis et connaissances, afin de leur souhaiter la bonne année. Soixante et une cartes de visite à distribuer dans Paris. Et une pièce d'or. Il en avait pleuré de gratitude, dès le coin de la rue tourné. Il s'était parfaitement acquitté de sa tâche. Deux mois plus tard, il était donc entré chez Hachette. Il avait fait ses premiers pas en littérature par la porte de service. Des journées entières à ficeler des livres encore chauds de l'imprimerie. Puis, des courses sans fin à travers Paris pour les livrer, un à un, à des journalistes mais aussi à des Taine, des Michelet, des Renan, des Guizot. Et même Lamartine. C'était un début.

Rue Pierre-Sarrazin, il avait fait son trou. Patiemment. Chichement. Toujours vêtu à la décrochez-moi-ça, bien entendu. Avec cent francs par mois, il n'avait pas assez pour changer de garde-robe. En revanche, il possédait suffisamment d'argent et de temps pour écrire. Pas encore le grand œuvre, non. La vie ne l'avait pas assez touché. Son cuir était trop tendre. Mais il continuait à versifier. De plus, au hasard des grandes plumes venant réclamer leur dû chez Hachette, il apprenait le métier. Une drôle d'espèce, vraiment, que celle de l'écrivain. Souvent âpre au gain, baigné d'aigreur, débordant de paranoïa, il ne laissait pas de le surprendre. Qu'il soit au firmament des ventes ou plongé dans l'obscurité, l'homme publié était persuadé de deux faits, fondamentaux pour son équilibre. D'abord, tous les journalistes travaillaient à sa perte. En parlant peu ou mal de ses œuvres. Voire pire, en n'en parlant pas du tout. Ensuite, il était certain que ses livres se vendaient par milliers, par dizaines de milliers. Cependant, l'éditeur ne voulait jamais en reconnaître que quelques centaines, dans le meilleur des cas. L'éditeur était donc un voleur.

Ainsi, en emmaillotant les livres de papier et de ficelle, il avait appris les arcanes du milieu. Des éclats de voix, des cris, des jurons, des menaces, des supplications éperdues faisaient trembler les murs du bureau de Louis Hachette – qui venait pourtant d'être nommé chevalier de la Légion d'honneur. On s'y engueulait ferme, à propos d'une publicité qui n'avait pas paru, de droits impayés, d'exemplaires pour la presse qui n'avaient prétendument pas été livrés. Les plus rageurs de tous ces roquets étaient bien souvent les plus prestigieuses plumes de la maison. Sans la moindre grandeur ni le plus petit détachement, ils ergotaient, ils s'acharnaient jusqu'aux centimes, avec une cupidité qui faisait froid dans le dos. Mais lui, il poursuivait sa besogne de garçon de courses. Imperturbable. De plus, il venait de tirer au sort le numéro 495 qui le libérait du service militaire. Mieux, il venait enfin d'être naturalisé français. Encore un coup de pouce du père depuis l'au-delà, aucun doute. Et voilà qu'il devenait, comme par enchantement, chef de la publicité. Après avoir empaqueté les livres des autres, c'était désormais à lui que revenait la lourde tâche de les faire connaître auprès des journalistes. Les gougnafiers de la littérature ne le considéraient plus du même œil. Il avait du pouvoir, chez Hachette. Comme sa paye avait augmenté, il avait réintégré le logis familial et il participait au train de la maison. Il portait désormais des chaussures en cuir véritable. Et des bésicles dignes de ce nom. Il mangeait et il buvait tout son soûl. Il mangeait, surtout. Par rage ou par vengeance, il n'en savait rien. Mais il mangeait. Il était quelqu'un. Il faisait craquer ses pantalons par derrière et sauter ses boutons de chemise par l'avant. Il s'embourgeoisait délicieusement.

Et Berthe ? Disparue. Bien entendu, il l'avait à nouveau croisée. Avant de changer d'existence, il lui avait même couru après. Parfois, elle l'avait rejoint. Quand sa nuit de gagneuse était terminée, que ses clients s'étaient faits rares. Pour lui, elle était même allée porter des frusques au mont-de-piété. Un fameux pèlerinage. Des haillons et des guenilles contre trois tranches de saucisson, une livre de pain et un demi de rouge. Puis, elle avait disparu. Définitivement, cette fois.

Un jour, Cézanne était monté à la capitale, expression consacrée lorsque l'on vient d'Aix-en-Provence ou de Marseille. Sur les flancs de la montagne Sainte-Geneviève, le peintre au nez cassé lui avait présenté l'un de ses modèles. Puis, il était reparti presque aussitôt. Paris, lui avait-il dit sèchement, ne lui valait rien. Dans le même élan généreux, il lui avait aussi confié qu'il emmerdait les autres peintres, les écrivains, les journalistes, les critiques d'art, les galeristes, les intellectuels et les ouvriers, les patrons et les garçons de café, les mendiants, les cochers, les concierges, les bouchers, les commerçants, les fonctionnaires et les flics. Entre autres. Il avait repris le train, ce train interminable qui, à chaque tour de roue, vous délivrait un peu plus des brumes humides de Paris pour vous précipiter dans le Midi, dans le soleil et la garrigue, dans la mer, à l'infini.

Au cours de cette visite, il avait abandonné dans son sillage une pleine brassée de souvenirs. Et ce modèle, qui disait avoir posé pour *Le Déjeuner sur l'herbe* de Manet. Le corps lourd et la mine souvent grave, elle exerçait les métiers de blanchisseuse et de vendeuse de fleurs à la sauvette, place Clichy. Elle avait vingt-cinq ans. Lui, une année de moins. Elle lui avait plu dès l'instant où il l'avait vue. Contrairement à toutes les oies blanches qu'il rencontrait dans le milieu éditorial, elle avait vécu. Élevée aux Halles, dans la panse de Paris. Elle était bâtarde et fière de l'être. Son père, ouvrier typographe, l'avait semée derrière lui, alors qu'il n'était même pas un homme fait. Il n'avait pas voulu d'elle et s'était évanoui. La mère, qui avait dix-sept ans, avait élevé son rejeton à la dure avant de mourir, dix ans plus tard, du choléra. La petite fille d'alors, qui répondait aux prénoms de Gabrielle, d'Éléonore et d'Alexandrine – mais également à son surnom de Coco –, avait poussé sans attaches. Dans les ruisseaux, dans les rires et dans les dérouillées qu'elle recevait, quand elle n'avait pas fait sa journée et qu'elle regagnait le logis où le hasard l'avait placée.

Avait-elle couché avec Cézanne ? Il n'en savait rien et n'en voulait rien savoir. Elle lui avait avoué, pour être bien honnête avec lui, qu'il ne serait pas le premier. Pire. Elle avait aussi attrapé, avec un homme de passage, un enfant. Une petite fille qu'elle avait aussitôt abandonnée à l'Assistance publique. Elle l'avait laissée là, sans trop de regrets. Les regrets, ces satanés baisers empoisonnés, étaient venus plus tard. Lorsqu'elle s'était mariée et s'était transformée en une femme respectable. Lorsqu'elle n'avait plus eu faim. Lorsque son ventre, comme pour se venger, n'avait plus jamais réussi à enfanter. Alors, avec son écrivain de mari, elle était partie sur ses traces. On lui avait dit que la petite était morte, trois semaines après son arrivée à l'Assistance. Elle ne l'avait pas cru. Elle n'y croyait toujours pas. Aujourd'hui encore, il n'aurait pas parié sa chemise que, certains jours, au hasard des femmes croisées dans la rue, elle ne la cherchait pas.

Avec Alexandrine, avec Gabrielle, avec Éléonore, avec Coco, Émile avait trouvé à qui parler. Plus question d'*Aérienne*, de chapeau rose, de cheville élégante, de fleuriste aux cheveux blonds, et de Berthe. L'ancienne gamine de la place Clichy ne s'encombrait de romantisme ni de serment. Comme lui, elle ne rêvait que de sortir de sa condition. Dès la première nuit d'amour, il l'avait compris. Le marché était limpide. Il écrirait et il réussirait, puisqu'il pensait posséder le talent nécessaire. Elle, tiendrait le ménage. Et pas qu'un peu. Dame ! Elle avait du sens pratique et de l'ambition. Elle savait faire tourner un appartement. Et cuisiner, aussi. Quand les premiers sous étaient tombés, elle avait pris sa place derrière les fourneaux. Avec une maestria et une gourmandise qu'il ne lui soupçonnait même pas, elle avait fait valser dans les poêles et les faitouts de fonte émaillée les raviolis à la daube et les filets aux cèpes, les rougets de roche et les salades de truffe, les gélinottes à la crème, les potages princesses, les ris de veau, les salmis de pintade ou les cuissots de marcassin à la sauce moscovite.

Bien entendu, cette débauche de plats gras et riches n'était venue qu'avec le temps et l'argent. Au début, elle avait dû faire avec l'ordinaire, à l'économie. Et avec la mère. Ces deux-là s'étaient aussitôt détestées avec une force qui n'avait jamais cessé de le peiner et de le ravir à la fois. La mère avait immédiatement critiqué cet ouragan plus ambitieux qu'aimant, cette tornade faite femme qui exigeait d'avoir un œil sur tout et les mains sur le reste. Lorsqu'elle se retrouvait seule avec son fils, elle raillait ses prétendues migraines et ses accès de colère qui éclataient soudain, sans réelle raison. Coco, elle, avait daigné souffrir la présence de celle qui avait été là avant elle. Se moquant de ses procès qui n'étaient que des châteaux en Espagne, prévenant son époux qu'elle ne paierait pas plus les avocats que les experts. Elle la tenait pour folle. Lui, il passait de l'une à l'autre mais, surtout, il écrivait. Il écrivait, enfin. Même s'il devait, pour cela, entourer parfois son crâne d'une serviette afin d'assourdir les cris et les chamailleries qui rythmaient son quotidien. La richesse viendrait de son écriture, ou elle ne viendrait pas. Les deux femmes avaient donc fini par s'entendre dans cet espoir et chacune faisait de son mieux. La mère abandonnait peu à peu ses poursuites judiciaires et recopiait amoureusement à la main les manuscrits de son fils. L'épouse menait la maison d'une poigne de fer, négociait le moindre achat chez les commerçants du quartier et tenait la comptabilité au centime près, sans jamais craindre de se colleter avec un crémier, un boucher ou un boulanger. Le grand-père Aubert, lui, était parti comme il avait vécu. En silence. Sans déranger son monde.

Le dormeur se souvint alors de son entrée en littérature. Comme si elle datait d'une seconde à peine. Il était directeur de la publicité. Un jour où il eut la certitude que Louis Hachette était absent de son bureau, il s'y introduisit tel un voleur. Un voleur qui débutait. Ses jambes ne le portaient qu'avec peine. Son manuscrit semblait peser une tonne, entre ses mains moites. Son manuscrit. Le premier. Il était fier du titre. *L'Amoureuse*

Comédie. C'était un triptyque en vers. Il le déposa en frissonnant sur le sous-main de cuir et il s'enfuit. La réponse ne tarda pas. L'éditeur le convoqua. Il allait savoir.

Maintenant, il savait. Ses vers étaient encore plus mauvais qu'il ne l'imaginait. Louis Hachette n'avait pas fait dans le sentimentalisme. Il lui avait dit son fait. Avec bienveillance. Mais Dieu que la bienveillance pouvait être douloureuse ! Ses « non » lui étaient entrés dans le cœur et l'avaient fait chanceler. Louis Hachette avait conclu en lui conseillant, d'un ton paternel, d'écrire de la prose. En serait-il seulement capable ? Quand bien même il y parviendrait, ne serait-ce pas encore plus terrible de réussir, d'être célèbre et riche, grâce à cet art qu'il considérait comme mineur ? Il ne serait jamais poète. Écrivain, alors ? Pourquoi pas ? S'il ne pouvait pas faire mieux. Il fallait savoir se consoler de ne pas être un génie de la versification.

En l'assassinant à coups de « non », Louis Hachette avait fait, à bien y réfléchir aujourd'hui, œuvre utile. Il avait décidé du reste de son existence. À dater de ce jour, il s'était jeté à corps perdu dans la prose, journalistique d'abord, puis romanesque. *Les Contes à Ninon. Les Confessions de Claude*, inspiré de sa rencontre avec Berthe. *Le Vœu d'une morte.* Tous trois, sans le moindre succès, d'ailleurs. Mais il s'était acharné.

À cet instant, le dormeur sentit avec soulagement l'angoisse refluer. Pour un peu, il se serait surpris à sourire. Hélas, l'angoisse céda sa place à la peur. La peur évidente et violente. La peur qu'aucun écrivain ne saurait jamais décrire. Entre les draps de coton, le dormeur ne tenta pas de fuir. La peur, il l'avait déjà connue. Elle l'avait approché, à plusieurs reprises, à la façon d'une bête malfaisante qui humait la proie qu'elle allait dévorer.

Il l'avait sentie de près, durant l'affaire Dreyfus. Au moment où était sortie *Thérèse Raquin*, aussi. Mais cette peur-là n'était pas pure. Elle était mêlée à de la colère, de la révolte, de la déception. De la haine et du désespoir. Elle ne se couchait pas comme cette nuit, nue contre sa peau nue. Louis Hachette n'y était pour rien. Son père et sa mère, non plus. Ni ses amours fanées. S'il était tétanisé, c'était parce qu'il savait, c'était parce qu'il sentait que la peur allait tout emporter sur son passage. En bon hypocondriaque, il avait déjà souffert de mille maux. Mais la peur, maintenant, l'avait absorbé. Il ne s'appartenait plus. Il était passé de l'autre côté du miroir. La sensation de mal de tête s'était métamorphosée en une véritable douleur. Une souffrance physique et bien réelle. La nausée ne devait rien à son imagination. Pas plus que l'accélération désordonnée de son rythme cardiaque. Il aurait aimé enfoncer ses mains dans sa poitrine, fouiller ses viscères, arracher ce muscle qui faisait tant de bruit et de fracas. Il l'aurait voulu, plus que tout au monde, mais il ne le pouvait pas. Ses bras étaient paralysés. Ses jambes ne répondaient plus. Il devait vomir. Et vite. Il n'avait plus le temps.

Les yeux écarquillés dans la nuit, se foutant du regard du père comme du corps mou d'Alexandrine qui ne bougeait plus, il savait. Cela était écrit. Cette nuit serait sa dernière nuit. Le visage trempé de sueur, figé au plus profond de ce matelas qu'il maudissait, il cherchait. Il laminait son cerveau pour répondre à la question qui tambourinait entre ses tempes. Quelqu'un voulait sa mort. Mais qui ? Qui possédait au fond de lui suffisamment de haine pour mettre un terme à son existence ? Qui ? En arrivant de Médan, il s'était senti des humeurs et des audaces de jeune homme. Jeanne à aimer, encore et toujours. Les enfants à chérir et à protéger. *Justice*, le dernier tome des *Quatre Évangiles* qu'il lui restait à écrire. Les portes de l'Académie à enfoncer. Impossible de mourir avant d'avoir accompli tout cela. Et maintenant ? Il ne se résumait plus qu'à cette peur. Il s'en allait. On le poussait à partir. Mais qui ? Et pourquoi ? On l'avait empoisonné ? Certainement. Ou bien autre chose. Cela n'avait strictement aucune importance de savoir comment l'on mourait. Mais il n'abdiquerait pas sans avoir répondu à ces deux questions. Qui ? Et pourquoi ?

Huit

COMME S'IL VENAIT DE SUBIR les gifles répétées d'une averse, Buronfosse s'ébroua dans la nuit. Partagé entre la colère et la honte, la fierté d'avoir accompli un coup d'éclat et l'amertume d'avoir appris qu'il avait failli, il se sentait dévasté. Dans les rues désertes et noires qui le conduisaient en direction du 9e arrondissement, il entendait encore tonner sur son crâne les exclamations outrées de Galli, ce cher Galli. Le conseiller municipal – un homme de lettres, un journaliste, un écrivain – avait semblé ne pas trouver de mots assez durs pour exprimer sa fureur.

À demi-dressé au-dessus de la table encombrée, la moustache agacée et les yeux s'affolant dans un strabisme plus prononcé, il avait tempêté : « Mais vous êtes fou, Buronfosse ! Complètement fou ! A-t-on seulement idée ? C'est de l'inconséquence ! C'est… c'est idiot, ce que vous avez fait, vous m'entendez ? Parfaitement idiot ! Idiot et… et criminel ! »

Se levant à son tour, Léon Daudet avait saisi avec douceur l'avant-bras du directeur de la 4e section de la Ligue des patriotes et avait tenté de le calmer : « Mon ami, je vous en prie. Il faut savoir raison garder, enfin. »

Aussitôt, Galli avait fait volte-face et postillonné :

« Raison garder ? Mais vous délirez, vous aussi !

– Monsieur !

– Comment peut-on être aussi bête ? Comment Drumont a-t-il pu… Comment a-t-il pu vous demander de confier ce travail à Buronfosse ? C'est insensé ! C'était un travail pour un professionnel, une affaire pareille ! »

Faiblement, Henri avait tenté de se défendre : « Je suis un professionnel, monsieur. Monter sur les toits, c'est tout de même mon métier. »

Se penchant à nouveau sur son hôte, Galli s'était exclamé :

« Ce n'est pas de monter sur les toits qui pose problème. C'est ce que vous y avez fait, pauvre imbécile !

– J'ai fait ce qu'on m'a dit de faire, s'était aussitôt récrié Buronfosse, dans un grognement obstiné.

– Mais vous ne l'avez pas fait jusqu'au bout !

– J'ai fait ce que j'ai fait, là. Vous vouliez enfumer le cochon ? Alors ? De quoi vous plaignez-vous ?

– De quoi je me plains ? Vous osez encore me demander de quoi je me plains ? »

Les yeux toujours fixés sur un bout de saucisse figé dans la graisse, Buronfosse avait répété, sur le même ton buté : « Oui. De quoi vous vous plaignez ? Sauf votre respect, Zola a fini de nous emmerder, non ? Qu'est-ce qu'il vous faut de plus ? »

À ces mots, Galli avait quitté la table. Après s'être frappé les cuisses, il avait pointé un index accusateur sur Henri et pesté :

« Mais bougre d'idiot ! Que va faire la police, lorsqu'elle arrivera sur les lieux ? Vous vous êtes posé la question ? Elle montera sur le toit, non ?

– Si vous le dites…

– Et qu'est-ce qu'elle verra ? Une cheminée bouchée ! Voilà ce qu'elle va voir ! Une cheminée bouchée !

– Bien sûr ! Puisque c'est vous qui m'avez demandé de le faire ! »

Avec un rire mauvais, le très honorable Henri Galli avait alors fondu sur Buronfosse. Le saisissant aux épaules et prenant Daudet à témoin, il avait glapi :

« Vous avez entendu ? Voilà à qui Drumont a confié notre affaire ! Drumont et vous !

– Monsieur, je…

– À un incapable ! Un foutriquet qui n'a pas deux sous de jugeote et qui n'est pas capable d'obéir à la totalité des ordres qu'on lui donne !

– Calmez-vous, mon ami…

– Et vous voudriez que je me calme ? Mais vous perdez la tête, vous aussi ! Est-ce qu'il n'y a donc que moi, ici, pour voir les choses telles qu'elles sont ? »

Dardant à nouveau son index frémissant d'indignation sur son hôte, il avait gémi, hérissé d'un insondable mépris :

« On vous avait dit de rester sur les toits, jusqu'à ce que ce soit fini ! On vous l'avait dit, n'est-ce pas ?

– Oui, mais…

– Vous deviez boucher cette satanée cheminée et attendre ! Attendre que ce salaud soit crevé ! Et après, vous deviez tout remettre en état !

– Je me suis dit que j'avais le temps et que je servirais pas à grand-chose, là-haut. La cheminée était bouchée. Qu'est-ce que vous vouliez que je fasse ?

– Si la police voit la cheminée encore obstruée, elle va faire une enquête. Malgré tous les amis que nous possédons dans cette honorable maison, elle va investiguer. Elle va vite remonter jusqu'à vous, croyez-moi ! Et les commissaires n'auront pas à vous interroger bien longtemps avant de vous faire avouer. Faites-moi confiance, c'est couru d'avance. Un homme comme vous, ça n'a pas de nerfs ! »

Alors, Augustine s'était avancée sous le plafonnier à suspension et avait lancé, d'une petite voix aigre : « Mon frère a fait ce que la Ligue lui a demandé. Et c'est un homme, mon frère. Pas une lavette. La police pourra bien l'interroger autant qu'elle le voudra, il ne se couchera pas ! Pas vrai, Henri ? »

Repoussant son assiette d'un geste brusque, le fumiste avait confirmé : « Ma sœur a raison ! Je suis pas une balance. Je renseigne la rousse quand c'est nécessaire. Et, ça aussi, c'est la Ligue qui me l'a demandé. Et ça ne date pas d'hier ! Mais je dirai pas un mot. Rien ! »

À l'angle de la rue de Milan et de la rue de Clichy, Henri Buronfosse vérifia à nouveau, machinalement, la présence de son havresac sur sa hanche. Décidément non. Il n'avait pas aimé ce qu'avait dit Henri Galli. Pour lui, ce genre d'oiseaux-là n'était bon qu'à faire des discours, couper des rubans et écrire dans des journaux. Et le vrai travail, celui qui nécessitait que l'on mette les mains à la pâte ? Il en était incapable. Drumont lui, au moins, c'était un homme. Un patriote qui avait combattu en duel et fait de la prison. Drumont lui avait demandé de boucher la cheminée du traître à la France et il l'avait fait. À cette heure-ci, l'Italien devait être crevé. Quant à tout remettre en état, après, il était vrai qu'il lui en avait parlé. Sans doute. Était-ce si important ?

Sous une porte cochère, Buronfosse entreprit de rouler une cigarette. Dans son crâne, les idées se bousculaient, s'entrechoquaient de façon douloureuse. Oui. Il aurait dû ensuite déboucher la cheminée. Mais quoi ? Le grand jour était pour demain, non ? Zola serait crevé et le monde entier saurait que c'était un patriote qui l'avait expédié ad patres. Lorsque la Ligue prendrait le pouvoir, lui, Henri Buronfosse, devrait être fêté comme un héros. Avec la fin de ce Zola de malheur, ce serait grâce à lui que serait vengé l'honneur de l'armée française. Grâce à lui que l'ordre reviendrait. Grâce à lui encore que les Juifs qui profitaient de la France feraient leurs malles. Ce serait par son geste que les métèques, les francs-maçons et les protestants auraient leurs sales museaux claqués. En déclenchant le grand jour, il serait reconnu comme un grand homme. Celui qui aurait lavé l'honneur de l'officier Sandherr, de l'officier du Paty de Clam, du général Gonse ou du général de Boisdeffre. Sans parler de l'officier Esterhazy, le grand officier Esterhazy. Lui, Buronfosse, il ne possédait qu'un prénom : Henri. Dès qu'il le pourrait, il ferait ajouter celui de Charles à son patronyme. Henri *Charles* Buronfosse. Comme Marie *Charles* Ferdinand Walsin Esterhazy. Voilà qui sonnerait bien[16].

Dans la nuit humide et froide de Paris, le fumiste haussa les épaules et lécha le papier de sa cigarette. Il emmerdait Galli. Galli et Daudet. Le grand jour était pour le lendemain, Drumont l'avait assez claironné, tout à l'heure. Pour demain ou le surlendemain. Après tout, ça n'avait pas grande importance. Puisque la France allait enfin expulser tous les Juifs et les étrangers de son sol, pourquoi devait-il remonter sur ce foutu toit ? Trois bons

16. Ce sera chose faite, des années plus tard.

quarts d'heure de marche. Une heure et demie aller-retour. Sans parler d'une bonne heure de massette et de burin. Et encore. Le burin devrait être protégé par un chiffon, afin d'assourdir le bruit. Transformer la mort de l'Italien en accident. Pourquoi pas ? Mais qui saurait, alors, que c'était lui qui avait gâché le plâtre et le goudron ? Personne ? Il aurait donc accompli cette mission pour rester dans l'anonymat ?

Avec rage, Buronfosse cracha dans une flaque et poursuivit son chemin, accompagné par le cliquetis étouffé de ses outils. Non. Personne ne saurait son acte de bravoure. Pourtant, malgré la déception, il se sentait en paix avec lui-même. Et d'autant plus que ça n'était pas allé tout seul, cette histoire. Ça, non ! Sur ce fichu toit de la rue de Bruxelles, il y avait bien vingt cheminées. Peut-être même trente, il ne les avait pas comptées. Une forêt de cheminées. Comment deviner celle qui menait droit à la chambre d'Emilio Gorgonzola ? Comment l'enfumer sans risquer de faire disparaître de bons voisins, des citoyens qui n'avaient rien à voir avec cette histoire ? Car il y en avait, dans cet immeuble. Il était bien payé pour le savoir.

La pierre à briquet lança une étincelle dans la nuit et le fumiste alluma son mégot de gris. Pendant qu'il tirait ses premières bouffées, il laissa son esprit continuer à battre la campagne. Il y avait eu la cheminée à repérer. Mais aussi mille autres questions. Quand le porc de Venise allait-il rentrer de Médan ? Comment lui, Buronfosse, allait-il faire pour trouver les escaliers montant sur le bon toit ? Comment échapper à l'œil de la concierge ? Comment passer inaperçu, pendant qu'il boucherait le conduit ? Tous ces messieurs de la politique, tous ces promeneurs de linge qui pétaient dans la soie n'y avaient pas même pensé. Eux, ils s'étaient contentés de décider, de donner des ordres. Sans jamais prendre le risque du moindre emmerdement. Ils voulaient accéder au pouvoir, mais ils étaient incapables de crapahuter sur des tuiles en pente, de sentir les ardoises qui pouvaient à tout moment se dérober sous les pieds. Ça, non. Heureusement que Buronfosse était là pour le sale boulot. Peut-être qu'il ne connaissait pas grand-chose à la IIIe République, au boulangisme, aux socialistes et aux conservateurs, aux monarchistes, aux bonapartistes et à tout le saint-frusquin. En revanche, il agissait. Il ne se contentait pas de gueuler sur des tribunes ou de lever le petit doigt dans les soirées de celle qu'on appelait la Gyp pour boire des coupes de champagne.

Galli l'avait traité d'idiot. Il avait peut-être raison. Il n'avait pas fait de grandes études. Il n'avait pas fait d'études du tout, d'ailleurs. Seulement lui, il savait travailler. Et il savait aussi mesurer au plus juste les risques qu'il prenait. Parce qu'il avait réussi à trouver les réponses qui lui garantiraient une besogne bien faite. Il était plus malin qu'il n'en avait l'air, le père Buronfosse. Qu'on se le dise ! Dans l'immeuble de l'Italien, il avait lié connaissance. L'air de rien. Entre gens du peuple, on se comprenait, n'est-ce pas ? Des petits métiers comme lui, qui ne se haussaient pas du col, ça glissait le renseignement pour se montrer agréable. Ça se faisait sans calcul. C'étaient des personnes de bonne composition. Et prêtes à aider la France. Ou désireuses de faire crever l'auteur de *Germinal*, c'était la même chose. Il avait su leur tirer les vers du nez. Certains s'étaient même mis à table sans qu'il n'ait trop eu à les pousser. De bons Français, vraiment.

Aux environs d'une heure du matin, Édouard Drumont et le père du Lac avaient profité du fiacre d'Édouard Dubuc, arrivé chez Gyp sur le tard, pour revenir vers le centre de Paris. Dans la voiture, la discussion avait d'abord balayé, sur le ton de la badinerie, les sujets d'actualité qui, en ce vingtième siècle naissant, agitaient la capitale. La France avait enfin unifié l'heure sur l'ensemble du territoire national. Désormais, d'Ajaccio à Lens, les gens marcheraient à l'heure de Paris. Jean Jaurès avait fondé le Parti Socialiste français. Le Bloc des gauches avait vaincu lors des législatives. Georges Méliès faisait rire aux éclats avec son *Voyage dans la lune*. La Triple-Alliance avait été renouvelée. La guerre ne tarderait plus à gronder. Le kilo de pain allait s'envoler à 0,358 franc-or. Aristide Bruant lançait ses nouveaux spectacles au théâtre L'Époque, et Félix Mayol faisait glousser le peuple en chantant *Viens poupoule!*

Véritable héraut de ces nouvelles toutes débitées sur le même ton faussement blasé, Édouard Dubuc plastronnait en homme qui était au courant de chaque chose et qui aimait à le faire savoir. La chemise blanche tachée d'une goutte de vin, ce trentenaire aux yeux globuleux et aux moustaches rigidifiées par trop de cirage ne cachait pas sa joie de partager son fiacre avec Drumont et son confesseur. Ingénieur civil de son état, journaliste par arrivisme et grand admirateur du marquis de Morès[17],

17. Militant politique français, aventurier, fondateur avec Édouard Drumont de la Ligue antisémitique de France, le marquis de Morès fonde, en 1894, le Parti antisémite algérien. À la tête des bouchers de la Villette qui constituent sa troupe de choc, il multiplie les duels. En 1892, il tue le capitaine Armand Mayer qui lui reprochait une série d'articles dans *La Libre Parole* critiquant la présence de Juifs dans l'armée. Lorsque Clemenceau, alors journaliste, révèle que le marquis de Morès a emprunté de l'argent au banquier juif Cornélius Herz, le marquis part en Algérie.

Dubuc avait navigué de la mouvance socialiste à celle des conservateurs avant de trouver, enfin, sa voie. Il serait socialiste antisémite. Fort de cette résolution, il avait fait main basse sur le groupe des étudiants de Camille Jarre et l'avait rebaptisé du nom de ligue de la Jeunesse antisémitique. Toujours secondé par le long et maigre Jacques Cailly, il avait été de tous les combats lors de l'affaire Dreyfus. Il exhibait volontiers, à la première occasion, les cicatrices que des coups de canne lui avaient laissées, lors du meeting antidreyfusard organisé par Jules Guérin, en 1898. Deux ans plus tard, le socialiste antisémite Dubuc avait été élu sans accroc au sein du 3e arrondissement de Paris. Dans le même mouvement, il avait transformé sa Jeunesse antisémitique en PNA : Parti national antijuif. Écrivant pour *L'Intransigeant* et *Le Précurseur* – une feuille de chou qu'il avait domiciliée chez lui, dans son appartement de la rue de la Grange-aux-Belles –, il était en froid avec le Maître, mais il nourrissait une véritable admiration pour le père du Lac. Soucieux de lui plaire, il avait donc poursuivi sa péroraison sur les liens qu'il affirmait avoir solides avec l'abbé Garnier, le fondateur de l'Union nationale – un mouvement à la fois catholique, nationaliste, antimaçonnique et antisémite. De l'Arc de Triomphe à la Concorde, il s'était en toute logique longuement épanché sur un sujet qui lui tenait à cœur : le décret du petit père Combes[18]. En juin dernier, celui-ci avait fait fermer plus de deux mille cinq cents écoles confessionnelles et, depuis lors, les heurts se multipliaient entre les tenants de la laïcité et les catholiques les plus inflexibles.

18. Émile Combes, sénateur radical-socialiste qui sera nommé ministre de l'Instruction publique, des Beaux-Arts et des Cultes, puis ministre de l'Intérieur, avant de devenir, en 1915, ministre d'État. En juin 1902, il vient d'être élu président du Conseil des ministres sous la présidence d'Émile Loubet.

Lorsque le fiacre s'était arrêté au 151 du boulevard Saint-Germain, Dubuc s'était soudain penché à l'oreille de Drumont. Tandis que le père du Lac quittait la voiture et observait avec circonspection la porte illuminée de la brasserie Lipp, il avait glissé au rédacteur en chef de *La Libre Parole*: « Cher Maître, nous avons eu des différends, mais nous poursuivons le même but. Aussi, quand le grand jour arrivera – et nous savons tous deux que ce n'est plus qu'une question d'heures –, sachez que vous pourrez compter sur mon parti, sur mes hommes, sur mon journal et sur moi-même. »

Comme Drumont le remerciait du bout des lèvres et tentait de se libérer de la poignée de main de l'élu de la République, celui-ci ajouta: « Je ne demanderai rien en échange. Vous êtes le Maître et je suis votre disciple. En revanche... »

Après avoir hésité un instant, il finit par lâcher: « En revanche, lorsque vous prendrez l'Élysée, je vous prierais de ne surtout pas laisser passer entre les mailles du filet le fils Hendlé[19]. Pour des raisons qui me sont propres, je tiens à ce que ce sale Juif écope. Le fils Hendlé, vous vous rappellerez? Vous savez désormais quel est l'ignoble petit Youpin que vous aurez à décerveler avec vos *bayados*... »

À cette heure de la nuit, la brasserie Lipp était pleine à craquer. Dès que Drumont et le père du Lac poussèrent la porte vitrée à deux battants de l'entrée, ils furent frappés par une débauche de lumières crues, un vacarme assourdissant de cris et de rires, de tintements de couteaux et de fourchettes, de verres claquant les

19. Albert Hendlé, fils de Ernest Charles Hendlé, avocat et préfet sous la IIIe République.

uns contre les autres, de martèlement de cannes et de souliers appartenant à l'armée de serveurs en nage qui, plateau à la main, zigzaguaient entre les tables. Un épais brouillard de fumée alimenté sans relâche par les cigares et les pipes finissait par flouter les silhouettes les plus lointaines et les miroirs monumentaux, plaqués aux murs et encadrés de bois noir, multipliaient encore cette atmosphère de foire électrique.

Ici, l'on venait pour parler, boire et fumer, c'était entendu. Jusqu'au petit matin, les clients se pressaient aussi avec gourmandise pour la carte. Dans une vaisselle de qualité, sans clinquant superflu, les bourgeois en haut-de-forme pouvaient venir se goberger à leur aise. Selon les goûts, ils portaient leur dévolu, les yeux brillants et les lèvres déjà humides, sur la choucroute au jarret de porc et au jambon Prince de Paris, la sole meunière (selon arrivage, c'était expressément indiqué), la saucisse au couteau grillée, les rognons de veau à la graine de moutarde, le pied de cochon farci ou le pâté en croûte pistaché accompagné d'œufs cocotte aux pleurotes, voire sur de simples filets de harengs pomme de terre à l'huile. Pour arroser tout cela, la bière coulait à flots – galopin, bock, chope, chopine, formidable, sérieux et, pour les plus assoiffés, la girafe de deux litres et demi. Sous les lustres, de solides serveuses saisissaient ces grappes de verres qui lançaient par intermittence des éclats où l'or de l'alcool se mouillait parfois de notes safranées. Dessalées, le sourire extatique et la croupe rougie de trop de claques administrées par des clients parfaitement soûls ou impatients de l'être, elles valsaient et tournoyaient, la chemise plaquée sur la poitrine par la sueur, sans jamais s'interrompre.

Dans le bouillonnement de la foule, frôlé par ces femmes musculeuses, bousculé par les garçons en plein coup de feu, le père du Lac fut tenté de rebrousser chemin. C'est alors qu'il fut saisi à l'avant-bras par la poigne ferme d'Édouard Drumont. Dans le sillage du journaliste qui en profitait pour gratifier de larges sourires des connaissances aperçues dans la foule, se glissant de son mieux entre les tables de bois carré, il fut entraîné jusqu'aux escaliers menant au premier étage. À chaque marche gravie, le niveau sonore baissa. Le vacarme devint brouhaha. Le Maître, sûr de son fait, poursuivit l'ascension. Quelques secondes plus tard, dans une atmosphère plus tranquille, les deux hommes purent enfin s'asseoir. À l'écart des autres clients, ils prirent place à une table située près de l'une des fenêtres donnant sur le boulevard Saint-Germain et, le temps de recouvrer leurs esprits, ils demeurèrent un instant parfaitement silencieux.

Lorsque deux bocks de bière blonde atterrirent d'autorité sous leurs nez, Édouard Drumont se pencha vers l'homme d'église et souffla : « Quel raseur, ce Dubuc… »

Sans relever la pique, le père du Lac interrogea :

« Que vous a-t-il dit, dans le fiacre ?

– Trois fois rien.

– Mais encore ?

– Des bêtises. Il est comme les autres. Il manie des idées qui le dépassent. Il assure vouloir agir pour le peuple mais, ce qu'il désire, c'est une place de choix à ma droite lorsque le banquet sera ouvert.

– Vous voilà bien cynique, mon fils.

– Détrompez-vous. Je connais les hommes, voilà tout. »

Le regard un peu plus sévère qu'à l'ordinaire, Stanislas du Lac persifla :

« Et vous ? C'est donc pour le bonheur du peuple que vous agissez ?

– Ma foi… Si l'on considère que je fais partie du peuple, alors oui. En cela, vous et moi sommes égaux, n'est-ce pas ? »

Du bout de ses ongles carrés, l'ecclésiastique repoussa devant lui le bock qui se couvrait maintenant de buée. Puis, il rectifia :

« Ne vous y trompez pas, mon fils. Si nous cherchons tous deux le bonheur de notre prochain, c'est pour des raisons qui diffèrent sur bien des points.

– En quoi donc ?

– Disons que, pour moi, c'est un sacerdoce, un apostolat. Le pouvoir en tant que tel ne m'intéresse en rien.

– Pas même celui de l'ombre ?

– C'est dans l'ombre que se cache le diable. Si j'y reste, c'est pour aider les brebis égarées à retrouver la lumière. Dieu seul sait ce que seraient devenus les aspirants de l'école des postes si je n'avais pas – bien modestement, d'ailleurs – secouru toute cette belle jeunesse menacée par la voracité des sémitiques. »

Après avoir essuyé une ombre de mousse blanche qui s'accrochait à sa moustache, le Maître railla : « Vous voilà donc antisémite, père du Lac ? »

Aussitôt, le jésuite baissa la voix. Roulant des yeux inquiets à droite et à gauche, il gronda :

« Vous savez très bien que je méprise les Juifs autant que vous. Ce qui nous sépare, c'est que, vous, vous en faites le commerce. Moi, je préfère agir dans l'ombre et taire mes inclinations au vulgum pecus.

– Pourquoi ? Vous avez peur ?

– Seul, le diable m'effraie. Ma discrétion sur ce sujet est une élémentaire prudence et rien de plus. »

Comme Drumont claquait sèchement des doigts pour appeler un garçon, il poursuivit :

« Aujourd'hui, la haine du Juif est votre fonds de commerce. Vous y pataugez et éclaboussez votre monde avec les centaines de pages de votre *France juive*. C'est dans l'air du temps, je l'admets. Et je persiste à dire que l'idée de cet ouvrage vous a été inspirée par Dieu afin de vous récompenser pour votre repentir et votre décision de ne plus vivre dans le péché de l'adultère. L'antisémitisme gagne à la cause bien des indécis, je l'admets également. Mais avez-vous seulement réfléchi à l'image que vous laisserez à la postérité ?

– Sachez que je m'en moque, mon père.

– Pardon ?

– Comme de ma première chemise. L'Histoire appartient à ceux qui l'écrivent. Si nous parvenons à prendre le pouvoir, ainsi qu'il est prévu de longue date, je serai un héros.

– Certes. Et après ?

– Après quoi ?

– Lorsque le vent aura tourné et que l'antisémitisme ne sera plus de mise ? »

Avec un éclat inquiétant dans le regard, Drumont réfléchit un instant. Puis, il lâcha :

« Si je dirige la France, l'antisémitisme n'aura plus longtemps à vivre.

– J'ai peur de comprendre…

– Il n'y aura plus d'antisémitisme, puisqu'il n'y aura plus de Juif. Voilà tout.

– Et pour ces messieurs ? Qu'est-ce que ce sera ? »

Alors qu'il venait de prononcer ces mots, le garçon – un gros gaillard rougeaud, court sur pattes et le tablier taché de sauce – changea aussitôt de ton lorsqu'il découvrit la soutane noire de du Lac :

« Pardonnez-moi, mon père. Avec cette agitation, je n'avais pas vu que vous…

– Ce n'est rien, mon fils.

– Merci, mon père. Alors ? Qu'est-ce qui vous ferait plaisir ?

– Bien des choses, mon fils. Bien des choses… »

Un quart d'heure plus tard, les deux hommes dévoraient de bon appétit une assiette de choucroute, sans plus échanger le moindre mot. En vidant leur bock, ils s'étaient confiés l'essentiel. Le grand jour était pour le lendemain. Ou les heures qui suivraient. La France était prête comme, sans doute, elle ne l'avait jamais été. Les différentes ligues, sur tout le territoire, allaient marcher sur les préfectures, armes à la main si cela s'avérait nécessaire. À Paris, les chevillards de la Villette n'attendaient plus qu'un ordre pour se mettre en mouvement. La bourgeoisie ne bougerait pas. Elle se contenterait d'applaudir le vainqueur des deux mains. L'armée, fidèle à son habitude, se scinderait entre loyalistes et mutins. Il suffirait de casser ou d'acheter les plus virulents des seconds pour que la grande muette se mette aux ordres. Les ouailles, patiemment couvées par le père du Lac dans sa Jésuitière, étaient prêtes à sortir, dans un bel ensemble patriotique, et la bourse, et le sabre. Quant au pouvoir, il serait offert sur un plateau au duc d'Orléans[20]. Celui-ci avait investi des fortunes, en compagnie de comtes et de ducs frappés de nostalgie, pour

20. Louis Philippe Robert d'Orléans (1869-1926).

financer l'opposition à la République. Sous les bannières de l'Œillet blanc ou de la Jeunesse royaliste, par-delà les frontières, il ne rechignait jamais à remplir les caisses des ligues. Il régnerait donc sur Versailles, sous le régime de la monarchie constitutionnelle. Édouard Drumont, lui, s'occuperait du reste. Puisque l'on avait promis au peuple de France la tête des Juifs les plus influents, ce serait par là qu'il entamerait le grand ménage. Ce serait la curée, telle qu'il l'avait toujours imaginée.

Lorsque les profiteroles apparurent comme par enchantement devant les deux hommes déjà repus, le père du Lac grogna :

« Ne craignez-vous pas que la mésaventure désagréable qu'a connue Guérin se reproduise ?

– Guérin est un imbécile. Il y a trois ans, pour les obsèques de Félix Faure, il n'avait qu'à pousser l'armée à le suivre et à marcher sur l'Élysée. Il ne l'a pas fait. C'est un incapable.

– Et vous ? Saurez-vous faire entendre raison à l'armée ? J'y ai des hommes occupant des postes importants, c'est un fait. Mais je ne les tiens pas tous.

– Ne vous inquiétez pas. La majorité me suivra. Ils savent que je suis loyal et pas du genre à me claquemurer dans un immeuble pour, ensuite, trahir mes troupes et mendier ma liberté. Dans son fort Chabrol[21], Guérin n'a eu que ce qu'il méritait. Il est aujourd'hui à Bruxelles. Qu'il y reste. Mes

21 En 1899, sous le gouvernement de Waldeck-Rousseau, Jules Guérin s'est retranché durant trente-huit jours dans un immeuble parisien de la rue de Chabrol. Là, dans les locaux du Grand Occident de France, le directeur de l'hebdomadaire *L'Antijuif* a tenu tête avec ses soixante-cinq partisans, tous accusés de complot contre la sûreté de l'État. Jules Guérin sera condamné en 1900 à dix ans de prison, peine qui sera commuée, l'année suivante, en bannissement.

hommes à moi sont sûrs. Mon plan est arrêté. Les choses sont écrites et j'ai une confiance absolue en ma destinée. »

Pour la première fois de la soirée, du Lac ne put s'empêcher de sourire. Il éprouvait pour Drumont un sentiment proche de celui qu'un père pouvait avoir pour son enfant. Avec sa tignasse et ses écrits au vitriol, ses outrances et son inconscience, le journaliste le charmait. Au fil des années, le jésuite était parvenu à instiller chez cet indompté une foi inébranlable. Il lui avait fait épouser la créature avec laquelle il vivait en dehors des liens sacrés du mariage. Il avait financé son journal et n'était pas non plus étranger à la publication de sa *France juive*.

En fait, la seule chose qui l'agaçait parfois – quand cela ne l'amusait pas –, c'était son goût prononcé et incompréhensible pour un mélange d'ésotérisme et de spiritisme de bas étage. Gaston Méry, l'un de ses pamphlétaires à *La Libre Parole*, un hurluberlu initié dans l'Ordre martiniste au troisième degré par Papus[22], n'en finissait plus de lui truffer l'esprit d'escroqueries auxquelles l'intellectuel, pourtant cartésien, croyait dur comme fer. Ainsi, Édouard Drumont s'était émerveillé, et avait déboursé au passage de fortes sommes, lorsque Méry lui avait présenté toute une armée de voyantes, cartomanciennes et autres prophétesses riches de dons surnaturels. La première se nommait Octavie d'Hydre et avait lu son avenir dans une mèche de ses cheveux. Puis, était venue Jawonah de Smyrne, qui prédisait le futur dans le nombril de ses clients grâce à une pâte noirâtre qu'elle introduisait au plus profond de leur ombilic. Ce même Méry avait convaincu le Maître qu'une tête en plâtre signée

22 Médecin et occultiste français, figure haute en couleur de la Belle Époque qui a fondé en 1891, avec Augustin Chaboseau, l'Ordre martiniste.

Carpeaux était magique car, il l'avait assuré, la barbe et les cheveux y poussaient en continu. Après lui avoir offert quelques pincées de racine de mandragore censées avoir appartenu à l'arsenal de sorcière de Catherine de Médicis, il venait de présenter à Drumont une certaine Gena Lioubow, une demi-mondaine qui avait enchanté le journaliste en faisant de lui un portrait physiognomonique du plus bel effet.

Heureusement distrait par ces pensées, le prélat observa avec plus d'indulgence encore ce fier à bras de la politique qui engloutissait de bon appétit les petits choux fourrés d'une glace à la vanille fumante de sauce au chocolat. Ce braillard, mal fagoté en toutes saisons, toujours prêt pour le coup de poing, hérissé dès le matin par une colère que rien ne semblait pouvoir apaiser, se comportait parfois comme un enfant. Il n'avait pas la stature d'un chef d'État – et il ne l'aurait jamais. Pour sortir la France de son ornière républicaine, pour la nettoyer de tous les combinards qui avaient trempé dans le scandale de Panama ou pour caresser dans le sens du poil ceux qui rêvaient à l'Alsace et à la Lorraine françaises, il était l'homme idéal. Ceux-là étaient persuadés qu'il frapperait fort, une fois à la tête du pays. Sans l'ombre d'un doute, il irait jusqu'au bout, traquerait les Juifs et les protestants dans les recoins les plus reculés de l'enfer, s'il le fallait. Mais il n'était qu'un moyen, un levier pratique.

S'apercevant que le père du Lac ne touchait pas à son dessert, Édouard Drumont lança :

« Eh bien, mon père ? Auriez-vous perdu votre appétit ?

– Pas du tout, mon fils. Disons seulement que je suis songeur.

– Vous devez ruminer de bien tristes pensées pour afficher une mine si grave. »

Du bout de la cuillère, Stanislas du Lac sembla vouloir ramasser un peu de crème glacée mais, très vite, il reposa son couvert et à voix basse, après avoir rapidement vérifié que personne ne pouvait l'entendre, il murmura : « Je pensais à… enfin, vous voyez… votre grand projet. Celui de cette nuit… »

Avec nervosité, le Maître passa sur ses moustaches et sa barbe un bout de serviette froissée en boule. Puis, il grinça : « Ce que j'ai pu vous dire en confession doit demeurer dans le cadre sacré de l'Église. Sans cela, je vous l'ai déjà dit, il n'y a pas de conversation possible. »

Balayant la remarque d'un revers de main, le père du Lac insista pourtant :

« Dites-moi ce qu'il en est. Avez-vous… enfin… vous me comprenez, tout de même ! L'autre, quoi ? Est-il…

– Qui ça, l'autre ? L'obscène ? Le pharisien ? Le renégat des Lettres ?

– Parlez moins fort ! »

Drumont se laissa aller contre le dos de sa chaise. Après avoir laissé passer une serveuse portant sans effort apparent dix chopes dans chaque main, il fanfaronna :

« Le cochon est aussi fumé et enfumé que les saucisses que nous venons de manger !

– Moins fort, vous ai-je dit ! Ce n'est pas un jeu. Il s'agit de la vie d'un homme, mon fils ! »

Un instant silencieux, le Maître finit par se pencher à nouveau vers l'ecclésiastique. Les yeux plissés et rendus luisants par l'alcool et la bonne chère, il marmonna :

« Et moi, je vous dis qu'il est fumé. Si, d'aventure, il devait y rester, j'ai même mûri mon titre pour *La Libre Parole* : *"Fait divers naturaliste : Zola asphyxié !"* Qu'en pensez-vous ?

– J'en pense que c'est du plus mauvais goût. C'est un écrivain. Un écrivain, mon fils ! »

Agacé, Édouard Drumont plongea son regard dans celui du prélat. Après quelques secondes de silence, il gronda :

« Cessez de m'appeler mon fils. Je suis votre fils dans le lieu saint de l'église et nulle part ailleurs. Puis, je vous demanderai aussi de ne pas parler de cet Italien de malheur comme s'il s'agissait d'un grand littérateur.

– Vous exagérez…

– Non. Cet être est malfaisant. Souvenez-vous de *La Faute de l'abbé Mouret*. Et de *Nana*. De *L'Assommoir*.

– Certes. Mais je…

– Les gens de *La Croix*, avec qui je me suis entretenu voilà peu, parleront de la même voix que moi. Ils écriront dans leurs colonnes que l'Emilio de bas étage était avant tout un dépravé, un vaniteux, bouffi d'orgueil. Et qu'il aura fait, par ses livres, beaucoup de mal. Les journalistes de notre bord n'hésiteront devant aucun mot pour crucifier ce débauché, vous pouvez me croire sur parole.

– Il n'empêche que nous parlons de supprimer un homme, devant Dieu tout puissant. »

La lourde main de Drumont se posa alors sur l'épaule du père. D'une voix sourde, le polémiste grommela : « Vous le savez depuis le début. Maintenant, l'Histoire est en marche. Et quand on a commencé d'étrangler le chat, il faut le finir. L'Italien a voulu souiller la France et son armée ? Qu'il en paye le prix. »

Comme le prélat demeurait sans voix, le Maître colla à nouveau son dos contre le dossier. Puis, avec un grand sourire, il demanda : « Alors ? Ce titre ? C'est envoyé, non ? Si Dieu veut que cet adorateur des Sémites y passe, je le ferai claquer à la une de *La Libre Parole*. Il sonnera le début de la grande lessive ! Le jour est venu et bien venu, mon père. Lorsque l'on veut faire une omelette, il ne faut pas avoir peur de casser des œufs ! Le tout est d'être assez malin pour ne pas se tacher les doigts. »

À ces mots, l'ombre noire de Léon Daudet vint se poser sur la table. Le front humide d'avoir avalé trop vite les escaliers, après un salut de simple courtoisie adressé d'un hochement de tête au père du Lac, le journaliste souffla à l'oreille de Drumont :

« Le grand fécal n'est plus. Du moins, tout porte à le croire.

– Vous êtes sûr ? »

Face au visage impatient de son rédacteur en chef, Daudet reprit :

« Il semblerait, en tout cas. Je sors tout juste de chez Buronfosse. Le travail a été fait. Enfin, je devrais plutôt dire…

– Quoi donc ?

– Notre homme est bien monté sur le toit, mais…

– Eh bien ? Parlez !

– Il n'est pas allé jusqu'au bout.

– Quoi ? »

Au même instant, sur les ardoises humides recouvrant le toit de l'immeuble situé au 21 bis de la rue de Bruxelles, Henri Buronfosse contemplait Paris. S'étalant à ses pieds, la ville suffoquait dans une chape de fumée que crachaient en silence toutes les cheminées du centre. Ces milliers de conduits, raides dans le froid de septembre, ajoutaient à chaque seconde leur écot à ce couvercle malodorant. Pour un peu, le fumiste se serait cru le seul survivant d'une capitale en train d'agoniser. Il avait la tête dans les étoiles. Plus bas, le monde crevait et il n'en éprouvait pas la moindre tristesse. Près de lui, il observa ses outils. La massette et le burin avaient empli leurs offices. La cheminée était enfin débouchée – non sans mal. Avec un soin méticuleux, il avait enfourné tous les éclats de plâtre et de goudron au fond de son havresac. De la belle ouvrage, vraiment. Le grand officier Esterhazy et même le Maître, Édouard Drumont, seraient fiers de lui.

Après s'être longuement étiré, le fumiste tira de la poche intérieure de sa veste de coutil une flasque de cuir. C'était un cadeau qu'il s'était fait, deux semaines auparavant. Avec le costume noir, la chemise à col dur, le chapeau melon et les vernis qu'il n'était pas encore parvenu à faire à ses pieds. C'est qu'il était quelqu'un, désormais. Dès que la Ligue serait au pouvoir, il était certain d'obtenir un poste à responsabilités. Un poste politique. Il pouvait bomber le torse. Mais il ne lâcherait jamais sa petite entreprise de la rue de Mornay. Les politiciens, ça prenait le pouvoir et ça finissait fatalement par le rendre. Un atelier de fumiste, ça, c'était un vrai métier. Ça vous assurait de l'argent pour tous les jours que Dieu faisait, pour peu que l'on ne soit pas trop fainéant.

Satisfait, Buronfosse avala trois longues gorgées de blanche, une bonne manière que le bistrotier du rez-de-chaussée lui avait faite, dans l'espoir qu'il s'occupe de ses cheminées. Les poulets, les canards et les oies encrassaient les conduits. Peu d'artisans acceptaient ce genre de travail. Mais lui, il avait donné sa parole.

Un peu pour le litre de blanche gratuit, un peu pour l'argent que lui rapporterait ce chantier. Et beaucoup pour s'assurer que la rôtisserie ne finirait pas par foutre le feu à tout l'immeuble. Oui. Décidément, il se sentait quelqu'un. Cette nuit, il était remonté sur le toit sans le moindre problème. La porte de l'immeuble mitoyen, le 19, était restée ouverte. C'était par là que les livreurs avaient l'habitude de passer pour le charbon, le lait, la viande ou les fruits et légumes, pendant que le concierge dormait encore. Dans l'obscurité, il avait gravi les six niveaux. Puis, encore un petit escalier et, enfin, le vasistas. Il aurait même pu venir les mains vides. Des travaux avaient lieu depuis quelques semaines sur le toit de ce bâtiment cossu et les ouvriers y laissaient chaque soir leurs outils. Mais Buronfosse n'était pas un voleur. Une massette et un burin, c'était du sérieux. Ça ne s'empruntait pas comme un chapeau ou une écharpe.

Dans l'estomac du fumiste, l'alcool alluma une brève poignée d'étincelles. Avant de se décider à redescendre, Buronfosse s'accroupit et prit le temps de s'immobiliser face à la nuit. Il se demanda si l'Italien était crevé. Si la chambre était correctement isolée, il était certain que Zola, à cette heure, était mort. À cette pensée, il n'eut pas l'ombre d'un remords. Lui n'avait fait qu'obéir à la Ligue. Il n'était responsable de rien. Dans sa logique, seul celui qui donnait les ordres portait le poids de la culpabilité. On lui avait demandé d'être le plus discret possible. Il avait donc pris son temps pour préparer le coup. La mère Monnier, la concierge du 21 bis, ne lui avait pas été d'un grand secours. C'était l'une de ces matrones fortes en gueule qui pouvaient vous tenir le crachoir des heures durant. Mais elle avait refusé de baver plus que ce qui se faisait d'ordinaire sur ses propriétaires. De plus, dès les premières questions ayant trait aux cheminées, elle avait posé ses poings sur ses hanches et froncé les sourcils. En soufflant, elle avait fini par grogner que, si chacun faisait son métier, les vaches seraient bien gardées. Elle, elle était chargée du courrier, de recevoir les gens et de nettoyer les escaliers. S'il voulait des renseignements sur les conduits, il n'avait qu'à demander à la patronne. Buronfosse n'avait pas insisté.

Sans avoir l'air d'y toucher, il avait commencé à fréquenter les caboulots du quartier. En gardant un œil sur les entrées et les sorties du 21 bis, il n'avait pas tardé à repérer ceux qui allaient pouvoir l'aider. Un jour, alors qu'il buvait sa chopine, il avait ainsi lié connaissance avec un dénommé Jules. Jules Delahalle. Un gentil garçon, à dire vrai. Ils avaient échangé trois mots. Puis, le fumiste avait prétexté une course à faire et il n'était revenu au café que la semaine suivante. Jules s'était souvenu de lui et l'avait salué. Buronfosse lui avait offert le coup cette fois. Ils s'étaient mis à blaguer, debout, les coudes posés à même le comptoir. Ils avaient causé sans manière. De la vie chère, des femmes, du temps qu'il faisait et de celui qui passait toujours trop vite. Le fumiste avait visé juste. Jules était larbin chez les Zola. Il lui avait appris la chose en baissant la voix. En six années, il avait eu son content de journalistes, de fouineurs, de dreyfusards et d'anti-dreyfusards, on pouvait le croire sur parole ! Oui, il travaillait là avec sa sœur, Eugénie. Les patrons ? Non, ce n'étaient pas de mauvais bougres. La paye n'était pas extraordinaire, la maîtresse avait des oursins dans les poches. Un sou était un sou, et elle ne sortait jamais de là. C'était une patronne, quoi.

Et Monsieur ? Non. Rien à dire sur lui. Il trompait Madame avec une jeunesse de vingt-sept ans de moins que lui. Mais il n'était pas le seul, n'est-ce pas? Après un coup d'œil égrillard, Jules avait ajouté que le Zola était un chaud lapin, à coup sûr. En revanche, il ne le trouvait pas franc du collier. D'abord, il était italien. Ça n'était pas de sa faute, bien entendu. C'était un fait. Puis, il se vantait dans tous les journaux qu'il écrivait sur le peuple. Mais qu'est-ce qu'il y connaissait, au populo? Il vivait au rez-de-chaussée et au premier, comme les gens riches. Et qui c'est qui croupissait sous les toits? C'était lui, Jules. Jules et sa sœur. Et le mari de sa sœur aussi, le cocher, Léon Laveau. Zola se disait pour le peuple. Dans les livres, peut-être. Dans la vraie vie, les patrons et les serviteurs n'étaient pas logés à la même enseigne. Ils ne mangeaient pas non plus les mêmes choses et ne buvaient pas le même vin. C'étaient deux mondes, quoi.

En étouffant un geignement dû à ses jambes ankylosées, Henri Buronfosse finit par se remettre debout. Avec un plaisir non feint, il repensa à la façon dont il avait fini par mystifier le serviteur. Cela lui avait coûté du temps et des chopines, certes. Mais il était parvenu à ses fins. Un jour de juillet, le fumiste lui avait raconté qu'il allait devoir honorer un chantier sur le toit du 19. Jules avait aussitôt applaudi des deux mains. Avec son nouvel ami dans le quartier – enfin un homme qui n'était pas chiche, quand il s'agissait de payer sa tournée! –, il se félicitait déjà des verres qui ne manqueraient pas de rythmer leurs discussions. Aussi, lorsque Buronfosse lui avait demandé, comme un service, de l'aider à repérer la cheminée de la chambre des Zola, il avait accepté sans trop faire de difficultés. Dame! Le fumiste ne voulait pas risquer d'entretenir un conduit qui dépendait du 21 bis, alors que c'était le propriétaire du 19 qui paierait la note! À cela, Jules avait surenchéri en disant que, non seulement le père Zola ne paierait pas mais que, en plus, sa femme ne se gênerait pas pour porter l'affaire devant le tribunal. Elle aimait l'argent que c'en n'était pas Dieu possible. Échauffé par l'alcool, le serviteur avait ajouté, l'air retors et mauvais, que la daronne avait oublié depuis bien longtemps d'où elle venait. Elle avait beau porter des toilettes chères et regarder son monde de haut, il savait ce qu'il savait.

En plein mois de juillet, Jules Delahalle avait donc allumé un grand feu dans la cheminée des époux Zola, partis comme de juste en villégiature à Médan. Le serviteur avait même aspergé les braises d'eau afin de provoquer le plus de fumée possible. Sur les toits, Henri Buronfosse avait ainsi, sans aucune hésitation, identifié le conduit qu'il cherchait.

Désormais, il savait comment crever la bête.

Neuf

AU PRIX D'EFFORTS INSENSÉS, le dormeur parvint à bouger un doigt. Puis, deux. La main, enfin, frissonna sous les draps et rampa jusqu'à toucher le corps inerte d'Alexandrine. Une fois, deux fois, il tenta de la réveiller. Il tira sur la chemise de nuit. Puis il pinça de son mieux le gras de ses hanches pleines. Comme rien ne se passait, il concentra alors tous ses efforts sur sa propre bouche, ses lèvres, sa langue. Il prit une inspiration et voulut hurler : « Coco ! »

Ces deux syllabes, plutôt que de bondir dans le silence, restèrent accrochées sur son visage couvert de sueur. Il sentait la mort qui était là, qui se lovait contre lui afin de toujours mieux le pénétrer. Malgré l'angoisse, il gémit, du plus fort qu'il le put : « Coco… Coco… »

À nouveau, seul le silence lui répondit. Il étouffait. Les draps parfumés d'eau de lavande semblaient peser des tonnes et menaçaient d'enfoncer sa poitrine. Mais il ne crèverait pas comme un chien ! Il était Zola ! Émile Zola ! Le peintre de tout un peuple ! Le porte-parole d'une humanité en souffrance qu'il avait défendue au fil de milliers de pages. Un héros tel que lui ne pouvait pas mourir, bêtement dans son lit, à la façon d'un rentier ou d'un bourgeois. Enfin, quoi ? Il lui restait tant de choses à accomplir, tant de cathédrales, d'usines, de palais ou de moulins à vent à épingler de sa plume ! L'histoire, son histoire à lui, ne pouvait pas s'achever ainsi. Bandant tous ses muscles, il réussit à s'asseoir dans le grand lit Renaissance. La tête lui tournait, les murs s'étaient remis à gondoler dans la pénombre. Une violente envie de vomir faisait maintenant gronder ses entrailles. Il devait la contenir, au moins encore un peu. Ne pas être ridicule.

Le baiser glacé du carrelage, sous ses pieds, lui fit du bien. Lentement, les murs reprirent leur fixité originelle. La bouche entrouverte par l'effort, recherchant de l'air à petites bouffées, il se leva enfin. Aller à la fenêtre. L'atteindre, peu importait comment, et ouvrir les battants. Faire entrer de l'air. Juste un souffle. Ses jambes tremblaient. Il pesait mille tonnes. Jamais, il n'y parviendrait. À la façon dont un enfant se lance un défi et avance dans le bras de la rivière où il sait qu'il n'a plus pied, il se risqua, droit devant lui. Un pas. Puis, un autre.

Le troisième fut fatal. Zola, le grand Émile Zola, s'effondra de tout son long. Comme une chiffe, au pied du lit. Dans la seconde, il comprit qu'il ne pourrait rien contre son corps, contre ses intestins qui lui électrisaient le ventre. Montant de son estomac, en vagues puissantes, un mélange de bile amère et d'aliments réduits en bouillie par les sucs gastriques gicla de sa bouche. Il vomit, comme jamais il ne l'avait fait. Des hoquets, longs et douloureux, qui semblaient ne plus vouloir s'interrompre. Un instant, malgré la douleur et l'angoisse, il eut une pensée pour la servante Eugénie. Quel triste spectacle il allait lui offrir. La pauvre aurait bien de l'ouvrage, le lendemain matin.

Qu'irait-elle s'imaginer ?

Lorsque ses entrailles se calmèrent, l'immense écrivain se sentit plongé dans un état de faiblesse absolue. Naïvement, il se dit que le plus dur était passé. Il trouverait bien une excuse, une explication quelconque à donner. Hélas, au moment où il échafaudait sa défense, son corps se révolta à nouveau. Comme si cela ne suffisait pas, comme si l'humiliation d'avoir rendu – à son âge et dans sa position ! – n'était pas assez avilissante, il sentit couler sur l'arrière de ses cuisses une matière fécale qu'il n'avait pas eu le temps de garder emprisonnée en lui. Aussitôt, une odeur infâme envahit la chambre.

Couvert de déjections, de la tête aux pieds, il se sentit misérable. Et cette douleur dans tout le crâne qui enflait. Le visage ridé par un pauvre sourire, il se dit que ses ennemis, finalement, avaient peut-être eu raison. Par bribes, des insultes lui remontaient à l'esprit. Zola était un cochon. Un porc. Un stercoraire, écrivaient avec dégoût et snobisme certains de ses confrères. Dans les journaux comme dans les lettres – pas toutes anonymes –, c'était en général ce à quoi ses détracteurs le réduisaient. Un cœur dépravé. Un empereur des pourceaux. Et un pornographe. Un boueux qui recherchait la sanie pour vendre ses livres. Il fallait l'étriper. Le jeter aux égouts, le faire chuter de son socle et le piétiner !

Oui, il avait lu et entendu cela. Pas un seul instant, tous ces crapauds ne l'avaient laissé en paix. Ils s'étaient acharnés sur chacun de ses livres, sur la moindre de ses phrases. Durant près de trois décennies, ils l'avaient cloué au pilori. Maintenant, collé par toutes ses souillures, il incarnait la parfaite image que ceux-ci se faisaient de lui. Alors, peut-être étaient-ils dans le juste, le vrai ? S'il l'avait pu, la tête contre le bas du lit Renaissance, il en aurait ri. À gorge déployée. Hélas, il ne pouvait plus bouger. Il devait attendre que le jour, le petit jour gris de septembre, se lève. Avec lui viendrait la délivrance. Il voulait le croire.

Malgré la souffrance et la détresse, malgré sa situation de pantin désarticulé – qu'il jugeait navrante et pitoyable –, il tenta de reprendre le fil de sa réflexion. On voulait le perdre. Quelqu'un le haïssait suffisamment pour désirer le rayer de la surface de ce monde.

Mais qui ?

Dans un premier temps, il voulut écarter la liste infinie de ses confrères, journalistes ou romanciers. Pas parce qu'il croyait à la solidarité sainte de l'artisanat, non. Pour avoir fait le grouillot chez Hachette et l'avoir ensuite vécu lui-même, il savait que les auteurs, en règle générale, étaient des êtres égoïstes mais méchants, entêtés, retors, envieux et intrigants ? Assurément. Capables de vouer aux gémonies leurs concurrents et de leur souhaiter la mort ? Cela ne se discutait même pas. En revanche, passer aux actes relevait d'un courage qu'ils ne possédaient pas et ne posséderaient jamais. Ces intellectuels trempaient leurs plumes dans le fiel et le poison. Ils éclataient dans des colères homériques, surtout lorsque quelque journaliste traînait dans les parages et se trouvait donc susceptible d'écrire, à leur sujet, un petit billet. Mais de là à assassiner, il y avait un gouffre.

Un à un, il revit en pensée les visages et les silhouettes de Jules Lemaître, de Charles Maurras et de Maurice Barrès, du neuropsychologue Jules Soury, du journaliste Raphaël Viau, du très sévère et très catholique Jules Barbey d'Aurevilly, de l'exalté Jules Quesnay de Beaurepaire, d'André de Boisandré et de son ignoble *Petit catéchisme antijuif*, paru trois ans plus tôt. Et pourquoi pas le tout jeune Marcel Proust ou Léon Daudet, tant qu'il y était ? Ces deux-là s'entendaient comme larrons en foire. Si le premier était, selon les indiscrétions graveleuses de l'échotier Jean Lorrain, un brillant écrivain en devenir, le second pataugeait dans la nauséabonde idéologie de l'antisémitisme. Daudet fils ? Un sale bonhomme, certes. Mais une belle plume. C'était d'ailleurs cela le plus rageant. Il l'avait vu grandir, s'enflammer et brûler tout entier dans sa haine des Israélites, après la lecture de *La France juive*. Il l'avait vu grossir et se métamorphoser en bourgeois pansu, maniant des idées courtes et des théories répugnantes. Le petit Léon. C'était totalement absurde. Impossible. Alphonse, son père, ce grand romancier et dramaturge, avait été son ami. Comme lui, il venait du Sud et il avait dû lutter pour s'imposer à Paris. Zola l'avait reçu à de nombreuses reprises. Rue de Bruxelles. Et à Médan. Coco avait, à ce propos, fait plus d'une crise de jalousie tant Julia, sa poétesse de femme, était belle et élégante. Des cheveux noirs de jais et des yeux de charbon. La grâce incarnée, mêlée à une douceur et à des œillades qui, bien qu'inoffensives, l'avaient fait rougir jusqu'aux oreilles.

Non. Tous ces gens-là, ces manieurs de plumes – avec ou sans talent, cela importait peu – ne pouvaient donner la mort qu'avec de l'encre et du papier. Qu'ils aient désiré voir l'auteur de *Thérèse Raquin* rendre l'âme restait concevable. Mais ces gueulards ou ces fouineurs de l'ombre étaient pareils à ces chiens qui aboient fort et ne mordent jamais. D'ailleurs, quel intérêt pouvaient-ils espérer en l'assassinant ?

Qui d'autre ? Henry Céard ? Le petit Céard qui lui devait tout, à commencer par sa participation régulière aux soirées de

Médan ? L'idée était grotesque. Quoique… À bien considérer les choses, l'hypothèse ne possédait rien d'extravagant. Au fil des années, Zola avait usé et abusé de la gentillesse de ce médiocre littérateur. Il l'avait cantonné au rôle ingrat de rapporteur d'informations, de collecteur de ragots. Il l'avait envoyé voir tous les spectacles, pièces et opéras, qui ne le tentaient pas. Dès le lendemain, en bon chien fidèle, Céard lui confiait ses impressions, ses critiques. Sans vergogne, l'écrivain les utilisait dans ses articles et ne citait jamais ce collaborateur de l'ombre. Maintenant qu'il y réfléchissait, il avait mis ce pauvre garçon à toutes les sauces. Spectateur par procuration, d'abord. Puis, lors de l'adaptation pour le théâtre de *La Conquête de Plassans*, Zola avait loué l'écriture novatrice d'Henry tout en lui préférant, au final, celle présentée par Bunach. Idem pour ses chroniques consacrées à l'opéra où, cette fois-là, c'était Bruneau qui avait récolté les lauriers.

Alors, Céard ? Le timide Céard ? L'inconsistant Céard ? Cet homme transparent aurait-il pu le… Non ! Pas Céard, le porteur de lettres à Jeanne, du temps où son infidélité était encore un secret. Il n'aurait jamais osé ! Faire la navette, le courrier du cœur entre la douce Jeanne et lui, feindre l'ignorance lorsqu'il s'asseyait à la table avec Alexandrine, tout cela n'était qu'un jeu, voyons ! Il l'avait bien entendu ainsi, n'est-ce pas ? Certes, le maître du naturalisme avait parfois poussé le bouchon un peu loin, avec lui. Mais c'était un pleutre, un soumis. Un retors aussi qui, il le savait, collectionnait avec une passion proche de la rage les caricatures les plus hideuses que l'on faisait de son mentor, dans la presse. Mais de là à passer à l'acte ! D'ailleurs, cela faisait des années qu'ils ne s'étaient plus vus. Au moment de l'affaire, Céard était devenu un antidreyfusard affiché, un patriote furieux.

Il n'était même pas venu chercher sa boîte de dragées lorsque le petit Jacques était né, alors qu'il avait été désigné comme parrain. Décidément, non. Henry Céard n'avait pas la carrure d'un meurtrier. Il ne pouvait pas qualifier publiquement son maître de Wagner de la littérature pour, l'instant d'après, lui ôter la vie. Cela n'avait aucun sens. À moins que…

Céard et Alexandrine ? Le temps d'une passade, d'un coup de grisou amoureux ? Quelques étreintes volées ? Ou une véritable liaison ? Là, le scénario pouvait fonctionner. Il fonctionnait même très bien. Zola possédait la gloire, le génie, l'argent, une jeune et délicieuse amante, mais aussi une maîtresse femme légitime qui gérait son quotidien comme pas deux. Céard, lui, n'avait rien. Depuis des années, il encaissait sans sourciller mille humiliations. La haine avait pu germer, croître, grossir, l'envahir. Pour se venger, il aurait alors trompé son maître avec une Alexandrine délaissée et publiquement bafouée. Tous deux, ainsi, auraient fomenté le crime parfait et[23]…

Non ! Dans sa semi-conscience, Émile Zola se força à railler sa paranoïa. Pas plus Céard que le fils Daudet n'auraient eu suffisamment de courage pour l'envoyer dans l'autre monde. Cela dit en passant, s'il s'agissait d'une vengeance, il était trop tard. Comme écrivain – il pouvait désormais se l'avouer, dans l'absolu secret de son âme –, il avait déjà tout donné. Ou presque. À l'heure du dernier soupir, alors que tant de gens se retournaient sur leur existence et ne trouvaient pas de réponse à la simple et essentielle question : « Pourquoi suis-je venu sur

23 Après la rupture avec Zola, Henry Céard va adhérer à la Ligue de la patrie française. Avant de mourir, il confiera à Léon Daudet : « Je suis le seul à connaître le secret [de la mort de Zola], mais celui-ci mourra avec moi. »

terre ? », lui, il pouvait répondre avec fierté : « Parce que *Les Rougon-Macquart* ! » Et *La Confession de Claude*. Et *Thérèse Raquin*. Et *Les Mystères de Marseille*. Et... plus il y pensait, plus il se satisfaisait de cette réponse.

Les écrivains étaient définitivement incapables de tuer. Bien au contraire. Ils étaient plutôt du genre à mourir. De jalousie, d'aigreur, du désespoir de n'être jamais reconnu. Mais assassiner ? Non.

Alors, qui ?

À son insu, les visages de ses domestiques apparurent dans l'obscurité. Celui de son valet de chambre, Jules Delahalle. Une face sèche et ridée, plantée de deux yeux chafouins. Et des manières que Coco qualifiait avec obstination de sournoises. Mais des paupières plissées et une élocution doucereuse ne suffisaient pas à transformer un homme en meurtrier. Ça n'était pas sérieux, voyons ! Puis, pourquoi les aurait-il empoisonnés, sa femme et lui ? La paye était bonne, la nourriture aussi. Alexandrine n'était pas un modèle de générosité, certes. Elle posait souvent, jouait à la grande dame avec sa tasse de chocolat et ses couverts en argent. Il le lui avait assez reproché, d'ailleurs ! Cependant, elle n'était pas regardante sur les restes de leurs repas. De plus, elle assurait à Jules, à sa sœur Eugénie et au mari de celle-ci, le cocher Léon Laveau, un demi-litre de rouge par jour à chacun. Sans compter les vêtements qui, dès qu'ils étaient un peu passés, filaient des armoires des maîtres à celles des serviteurs.

Il n'y avait décidément aucun mobile qui tenait dans cette hypothèse. Elle aurait fonctionné dans des romans-feuilletons, des goualantes d'Aristide Bruant, de Paulus ou de Jules Jouy. Mais pas dans la vraie vie. Cela ne se faisait pas d'assassiner ses patrons. Sans quoi, pourquoi ne pas soupçonner aussi la concierge, cette brave madame Monnier? Avant de partir pour Médan, le grand écrivain avait renversé une poubelle, par mégarde. Il était pressé et ne l'avait pas remise en place. Jeanne et les enfants l'attendaient, rue Saint-Lazare. Madame Monnier avait certainement grommelé dans son triple menton, comme à son habitude. Mais l'on n'expédiait pas ad patres ses patrons pour une poubelle retournée. Pas plus que pour des étrennes trop chiches. Cela aussi, il l'avait reproché à Coco. Pour toute réponse, elle avait haussé les épaules et lui avait tourné le dos. Puis, elle avait marmonné des justifications qui n'en étaient pas. Qu'une concierge n'était qu'un mal nécessaire. Un moulin à paroles qui ne faisait rien de ses dix doigts. Une fainéante dont le plaisir était de critiquer tout et tout le monde. Qu'importe. Ni la mère Monnier, ni Jules Delahalle, et encore moins Eugénie Laveau ou son mari. Ces pistes n'obéissaient à aucune logique acceptable pour son esprit cartésien.

Les tempes toujours en feu, le père du naturalisme entendit à nouveau ses entrailles mugir de longs et profonds borborygmes. Ils s'élevèrent dans la chambre froide. Mais il ne se trouva plus aucune matière impure pour quitter le corps du grand homme. Il était vide. Vide et seul. Bien entendu, avec l'affaire Dreyfus, les chiens avaient été lâchés. Trois ans plus tôt, en 1899, l'on avait même cru que quelqu'un avait tenté de boucher les cheminées du 21 bis, rue de Bruxelles. Beaucoup de bruit pour rien, avait expliqué la police. Le conduit avait dû s'obstruer et la suie s'était certainement enflammée. Les forces de l'ordre avaient d'autres chats à fouetter que d'enquêter sur des feux de cheminées à Paris! L'année passée, en 1901, l'on avait retrouvé une bombe sous la porte cochère. Là encore, la police, plus flegmatique que jamais, s'était contentée de sourire. La mode était à l'attentat et à la bombe, que voulez-vous ? Depuis Auguste Vaillant et Ravachol, les anarchistes rêvaient de faire sauter tout Paris. C'était une manie. Puis, il ne s'agissait, dans le cas de la rue de Bruxelles, que d'un travail d'amateur. Une boîte de métal, un peu de poudre et des plombs de chevrotine. Une mauvaise blague, allez ! Tout au plus, un illuminé qui aura voulu faire parler de lui…

Dans un brouillard, le dormeur fut saisi d'un nouveau frisson. Cette affaire Dreyfus avait réveillé bien des haines. Et il en avait eu sa part ! Lui, qui avait été élevé par une famille de Beaucerons, on lui avait jeté à la gueule ses racines italiennes. L'on avait aussi dit de lui qu'il était juif. Ou qu'il était payé par les Juifs, c'était égal. Ils avaient reçu des tombereaux de lettres et de menaces sans que la police, pour changer, ne juge nécessaire d'intervenir. De bons Français – anonymes, cette fois – se demandaient, en substance, où était la Charlotte Corday qui débarrasserait enfin la France de sa putride présence. Sa tête était mise à prix. Il se souvenait – grâce ou à cause de sa mémoire que rien ne permettait de prendre en défaut – de deux missives en particulier. Elles lui avaient donné envie de hurler.

La première disait : « *Sale cochon et vendu aux Juifs. Je sors d'une réunion où on a décidé de ta crevaison. Je te préviens donc qu'avant six mois, un second Caserio*[24]*, ton compatriote, te fera ton affaire : la France sera débarrassée d'un infâme personnage.* » La seconde, encore plus violente, proclamait : « *Toi, Zola, toi,*

24 Boulanger anarchiste italien qui, le 24 juin 1894, assassina à coups de couteau le président de la République d'alors, Sadi Carnot.

l'auteur de L'Assommoir, *traître et vendu! À mort, à mort, INFAME, SALE JUIF. Monsieur Zola, retenez bien ces quelques lignes. Vos infamies ont fait que, depuis ce soir, vous êtes condamné. D'un groupe de vrais Français, le sort m'a désigné et vous sauterez, monsieur. La dynamite aura raison de votre vilaine personne dont la bave salit notre chère France.* » Coco n'y avait pas prêté la moindre attention. Ce n'était que deux brûlots parmi des centaines d'autres. Oui. Des gens qu'il ne connaissait pas, qu'il n'avait jamais vus, le honnissaient au point de souhaiter sa mort. Mais il n'avait pas entendu la moindre explosion. La cheminée n'était pas en feu et il ne flottait aucune chape de fumée dans la chambre.

Si les responsables de son état n'étaient ni ses confrères jaloux, ni ses domestiques, ni ces excités qui menaçaient sous le couvert de l'anonymat, sans jamais passer à l'acte, qui se cachait donc derrière la nuit infâme qu'il était en train de traverser? Il avait beau chercher, fouiller, échafauder mille théories. Tout cela était vain. Il revenait à chaque fois buter contre ce petit mot, ridicule et entêtant. Ce vocable d'à peine trois lettres qui l'ensevelissait dans l'incompréhension: qui?

Du temps avait passé depuis qu'il avait réussi à se lever, avant de s'écrouler au pied du lit. Des minutes ou des heures? Il n'aurait su le dire. Ce dont il était sûr, c'était qu'il avait dû s'assoupir suffisamment longtemps pour que les déjections dont il était couvert aient pu commencer à sécher. De plus, par un petit interstice entre les rideaux, il pouvait maintenant apercevoir un bout du ciel qui pâlissait. Il était encore trop tôt pour savoir si la journée serait belle ou pas. La nuit s'accrochait avec obstination et se diluait à contrecœur dans la masse de la brume plombagine. À nouveau, il tenta d'appeler à l'aide. Hélas, ses lèvres ne parvinrent même pas à s'entrouvrir. Il n'était plus qu'un corps inerte. Avec un esprit qui délirait. Était-ce donc cela, la mort ?

Et si c'était Alexandrine ?

Cette supposition lui entra dans le cœur et réveilla sa nausée. Alexandrine. Gabrielle. Coco. Comment pouvait-il seulement l'imaginer ? Après trente-deux ans de mariage ? Après tant d'épreuves traversées, vaillamment, main dans la main ? Dès que les critiques avaient commencé à s'abattre sur ses livres et sur lui, elle avait été là. Elle avait ses défauts, bien entendu. Mais elle avait tenu son rang. Malgré la violence des coups reçus, elle était demeurée forte, égale à elle-même dans les bons comme dans les mauvais jours. À sa place, bien des femmes auraient quitté le navire. Douter d'elle ? C'était indigne. Quoique… En considérant la chose – et il ne le faisait qu'à la façon d'un jeu de l'esprit, rien de plus –, les mobiles ne lui manquaient pas. D'ailleurs, peut-être que, à l'instant même, Coco n'était pas du tout inconsciente. Peut-être ne faisait-elle que feindre l'étourdissement. Sous les draps, elle attendait. Elle espérait avec patience son dernier soupir, celui qui la libèrerait d'une existence qui ne la satisfaisait plus depuis longtemps.

Après tout, les fracas de l'affaire Dreyfus l'avaient peut-être poussée à bout ? Être l'épouse de l'Italien, du traître à la France, voilà qui était lourd à porter, même pour une femme comme elle. Et que dire de l'infidélité du grand écrivain ? Sa liaison, depuis quatorze ans, avec Jeanne ? Ses deux enfants illégitimes ? Toutes les attentions dont il les comblait et dont elle était parfaitement au courant ? Onze ans plus tôt, Coco avait appris leur liaison par une lettre anonyme. Aussitôt, en proie à une fureur extrême, elle s'était ruée chez la maîtresse, rue Saint-Lazare. Le scandale que cela avait été ! Coco avait pour ainsi dire enfoncé la porte et elle était tombée, nez à nez, avec la douce Jeanne et les deux bébés – dont le petit Jacques, tout juste né. Les cris, les menaces. Puis, ce secrétaire marqueté de bois du Brésil qu'elle avait réduit en pièces. Elle savait que les preuves étaient là. Tous les détails étaient dans la lettre. Elle avait trouvé dans le meuble les courriers d'amour enrubannés que le maître du naturalisme avait écrits à la traîtresse. La fureur s'était métamorphosée en rage. Les imprécations s'étaient multipliées et avec elles, les menaces de mort. Pour Jeanne. Mais aussi pour les deux enfants qui hurlaient dans leurs berceaux. Coco pouvait accepter d'être trompée. Pas que l'on s'en prenne à sa situation. Elle n'avait pas quitté le milieu des petites gouapes – pas plus que la faune interlope des peintres et de leurs modèles – pour se retrouver au bas de l'échelle. Coco, pour cette raison seule, aurait pu tuer. Cela ne souffrait pas le moindre doute.

Émile Zola, maintenant, en avait la certitude absolue. Alexandrine, Gabrielle et Coco étaient tapies sous les draps, attendant qu'il crève. Avec ou sans l'aide des serviteurs, elles étaient sur le point d'atteindre leur but. Une fois le mari encombrant éliminé, la belle vie qui allait s'ouvrir à la veuve ! Seule, enfin ! Riche ! Riche et libre de s'adonner à tous ses vices dont le principal, en dehors de la gourmandise, restait la manie de commander. Elle pourrait tout régir et ordonner. Coco, la vendeuse de fleurs qui n'avait jamais compté pour rien ni pour personne, allait ainsi devenir madame Veuve Émile Zola. Quel parcours ! Quelle ascension ! Quelle réussite ! Ce serait laid. Ignoble, même. Mais la nature humaine, telle qu'il la peignait dans ses romans depuis toujours, n'était-elle pas faite ainsi ?

Alors, une autre idée, encore plus pernicieuse, vint souffler sur les braises incandescentes de la première hypothèse. Et si c'était Jeanne ? Sa douce Jeanne ? Jeanne, qui avait l'âge d'être sa fille quand elle devint sa maîtresse ? Jeanne la lingère, la modeste, la sensuelle, toujours lascive et, pourtant, si réservée ? La pensée n'était pas absurde. Loin de là, même ! Eh quoi ? Dès les premières vacances que la servante avait passées avec le couple, à Royan, il avait succombé à son charme et s'était même fendu d'un : « Vous êtes la jeune fille de mes rêves… »

L'imbécile ! Il avait cru que ces quelques mots lâchés avaient suffi pour la séduire. Quelle erreur ! À l'époque, il était gros et gras. Il ne faisait plus l'amour, sinon avec ses personnages. Et cette Jeanne, venue de nulle part, était miraculeusement tombée entre ses bras. Elle l'avait rendu à la vie. Pour lui plaire, il avait suivi un régime spartiate et perdu près de vingt-cinq kilos. Il s'était mis à la bicyclette et ses courses au bois de Vincennes, en compagnie de son amante, avaient fait bondir d'indignation Edmond de Goncourt. Cette humble fille de meunier, il l'avait aimée à la folie. Même après la scène de la rue Saint-Lazare, il ne l'avait jamais quittée. En partie à cause des enfants. Mais en partie seulement. Bien sûr, il avait juré à Coco qu'il ne la reverrait plus. Cependant, Jeanne l'avait tenu sous son charme, avec fermeté. Toute à la fois *Aérienne* au chapeau rose et misérable Berthe. Il l'avait donc installée au numéro 66 de la rue Saint-Lazare. Ainsi qu'à Cheverchemont et à Verneuil-sur-Seine, près de Médan. Là, depuis la fenêtre de son bureau, dès que Coco rangeait ses armoires avec sa coutumière frénésie obsessionnelle, il pouvait observer Jeanne à la jumelle. Elle. Elle, et les enfants. Il avait retrouvé, dans ces instants volés, le goût de sa jeunesse et celui, plus délicieux encore, de l'interdit. Il la couvrait de cadeaux, ne regardait pas à la dépense. Il se persuadait, à chacune de leurs rencontres, qu'il la rendait heureuse.

L'était-elle ?

Afin de ne pas donner de grain à moudre à ses détracteurs, il avait cantonné la chère Jeanne à un rôle de femme invisible, la forçant à vivre en recluse. Elle ne pouvait profiter ni de sa gloire ni de son nom. Pire : leurs deux enfants n'étaient, aux yeux de la loi, que deux bâtards. Ils s'appelaient Rozerot, comme leur mère. Et non Zola. Ces arguments l'autorisaient sans doute, après quatorze ans de vie souterraine, à rêver d'une vie meilleure. Une existence au grand soleil. Peut-être même était-elle là, alors qu'il remuait dans son crâne ces idées nauséabondes. Oui, la grande et svelte lingère, avec ses lèvres veloutées et sa taille infiniment plus fine que celle de Coco, était là. Derrière la porte. Avec l'aide des serviteurs, elle était en train d'éliminer, et l'épouse, et le mari. Oui. Elle avait tout à y gagner. Quelques pièces d'or ou une petite rente, pour acheter les silences de Jules, d'Eugénie et de Léon. Un peu de poison dans le bouillon ou le bœuf en pot-au-feu. En éliminant les deux, elle récupérait les…

Le souffle court, l'écrivain s'interdit d'aller plus loin. Ça n'était pas la morale qui l'empêchait de continuer à dérouler ce scénario. Par expérience, il savait l'être humain capable de toutes les bassesses. La frêle Jeanne, une meurtrière ? C'était possible. Mais qu'avait-elle à y gagner ? Lui disparu, plus rien ne l'attachait, de façon officielle, à Émile Zola et à tous ses biens. Ou alors…

Cette fois, il entrevit la vérité. Malgré son état pitoyable, il sut qu'il venait de la toucher. Ça n'était pas Jeanne. Non. Ça n'était pas non plus Coco. C'étaient les deux. Les deux ensemble ! C'était évident ! Dans l'aube maussade qui se levait, Émile Zola se mit à trembler. Il avait été empoisonné par la femme qu'il avait aimée et par celle qu'il aimait encore. Il s'était cru le maître du jeu mais, dans son dos, les deux créatures avaient tout imaginé. Peut-être même depuis ces vacances d'été à Royan. Zola disparu, Coco héritait de sa fortune et de sa renommée. Elle pouvait régir son monde à sa guise. Jeanne, elle, avait certainement négocié de l'argent pour son silence. De l'argent et le nom de Zola pour ses enfants. Tout Paris était au courant de ce ménage à trois. En acceptant que les deux rejetons portent le patronyme de son défunt mari, Coco faisait preuve de générosité. Personne ne viendrait la soupçonner du moindre forfait.

Voilà donc quelle était la vérité ! L'ignoble et insupportable vérité ! Dès qu'il rendrait son dernier soupir, la porte de la chambre s'ouvrirait et les deux femmes tomberaient dans les bras l'une de l'autre. Elles se féliciteraient de ce coup magistral. Elles lui organiseraient des funérailles dignes de ce nom, il n'avait aucune crainte à nourrir sur ce sujet. Elles pleureraient à chaudes larmes devant les journalistes, devant tout le monde. Le mal serait fait et bien fait. La femme trompée et la femme de l'ombre pourraient recommencer leurs existences, débarrassées du pantin Zola.

Toujours incapable de bouger, le grand écrivain abandonna là ses questionnements. Il était mort. Ou sur le point de l'être. Ses confrères, ses serviteurs, les antidreyfusards, Coco, Jeanne ou bien les deux réunies étaient coupables. Ou pas. Quelle importance cela pouvait-il avoir ? Les gueux comme les rois devaient tous, un jour ou l'autre, en finir. À qui incombait la faute importait peu. Il se retrouvait seul. Mais qu'allait-il advenir de son corps ? Comment allait-il être enterré ?

En proie à une nouvelle crise d'angoisse, il songea avec amertume aux funérailles de Flaubert. Le grand Flaubert. À l'époque, leur maître à tous. En compagnie d'amis ou de compagnons de plume, Zola s'était rendu au cimetière monumental de Rouen afin d'assister à la mise en terre. La cérémonie avait été digne. Du moins, jusqu'à l'instant fatidique où le cercueil avait été positionné au-dessus du trou. Les fossoyeurs, sûrement mal renseignés, n'avaient pas creusé la terre dans des proportions adéquates. Pendant que les enfants de chœur braillaient de leur mieux des psaumes et des homélies auxquels ils semblaient ne rien comprendre, l'entrepreneur des pompes funèbres et ses employés avaient décidé de faire passer la bière en force. Avec de petites poussettes, d'abord. Puis, avec des coups donnés du plat de la main. Enfin, avec la semelle. Le cercueil n'avait rien voulu savoir. Pire, encore. Il avait fini par se coincer, à mi-chemin entre la vie et le repos éternel. Ce bon vieux Flaubert, tout aspergé d'eau bénite, était donc demeuré ainsi, la tête en bas, de guingois. Guy de Maupassant, José Maria de Heredia, Alphonse Daudet, Théodore de Banville, Edmond de Goncourt et lui avaient assisté à la scène, impuissants.

Quatre mois plus tard, ce fut au tour de la mère de Zola de partir. Ils étaient en villégiature à Médan. Cette fois, le cercueil avait refusé de quitter la demeure par les escaliers. Toujours une histoire de mesures fausses et prises à la va-vite. La bière d'Émilie-la-folle, Émilie la femme de Francesco le Vénitien, avait donc dû passer par la fenêtre. Un train l'avait ensuite emportée vers le cimetière d'Aix-en-Provence, là où plus personne ne l'attendait, sinon le souvenir des temps heureux fauchés par la cruauté des hommes. Depuis cette maudite année de 1880, il n'avait plus passé une seule nuit sans rêver que, lui aussi, on l'enterrait. On le clouait, encore vivant, entre quatre planches. Puis, on l'ensevelissait pour l'éternité.

Avec résignation, il se persuada à nouveau en son for intérieur que son heure était venue. Il ne terminerait jamais l'écriture de ses *Quatre Évangiles*. Mais il s'en moquait. Il s'inquiétait uniquement – et par simple curiosité – de savoir comment se dérouleraient ses funérailles. Seraient-elles pompeuses, baroques, extravagantes, ennuyeuses à souhait ? Ou, au contraire, d'une discrétion et d'une émotion absolues ? Victor Hugo et son cercueil avaient jeté la foule sur les trottoirs de Paris. Jusqu'à l'église Sainte-Geneviève et l'Arc de Triomphe, deux millions de gens se pressaient, mais peu d'entre eux pleuraient. Ils semblaient être là comme au spectacle, pour pouvoir dire, après : « Moi, j'y étais ! » Et cela suffisait à leur bonheur. Les obsèques du merveilleux Jules Vallès, en revanche, avaient eu une autre gueule ! Le puissant barbu iconoclaste, qui n'avait jamais connu ni Dieu ni maître, avait été porté jusqu'au Père-Lachaise par un grondant torrent de larmes et de cris de douleur mêlés. Des dizaines de milliers de gorges révoltées, dont beaucoup avaient survécu à la

Commune, avaient hurlé sans fin les couplets et le refrain de *L'Internationale*. Les bourgeois, sur leur passage, avaient craint pour leurs vies et le président Jules Grévy avait dépêché à la hâte la police à cheval pour tuer dans l'œuf toute tentative d'émeute.

Les funérailles du petit Aixois seraient, finalement, ce qu'elles seraient. Il ne pouvait pas être mort et organiser son propre voyage pour l'au-delà ! Ses éditeurs Georges Charpentier et Eugène Fasquelle, mais aussi Octave Mirbeau et Georges Clemenceau s'en occuperaient. Ils feraient ce qu'il faudrait. Maintenant, il ne désirait plus qu'une chose, une seule : partir. S'endormir. Ne plus se réveiller. Jamais. Il avait écrit au sujet de la mort qu'il aimait cette idée d'un « anéantissement d'insecte écrasé sous un doigt de géant ». Qui était-il du reste, ce géant ? Ce Dieu pour qui l'humanité se déchirait depuis que le monde était monde ? Allait-il lui être présenté ? Il était tout de même Émile Zola ! Certes, il n'était pas le meilleur des catholiques. Il ne savait d'ailleurs pas s'il était catholique, protestant, juif, mahométan ou autre chose. Tout ce dont il était sûr, c'est qu'il était Émile Zola, le créateur des *Rougon-Macquart*. Qu'il n'aimait pas les églises. Qu'il lui arrivait de prier, mais plutôt à la façon de Rousseau, dans la totale liberté de la nature. Qu'il était une créature de Dieu, de la même manière qu'Adélaïde Fouque et ses cinq générations de descendants étaient ses créatures à lui. Que son âme était vraisemblablement immortelle. Même si la science disait l'inverse sans pouvoir le prouver. Qu'il y avait un au-delà. Peut-être. Il demandait à voir. À voir et à enquêter, ainsi qu'il avait toujours eu l'habitude de le faire. Noircir des feuilles pour établir des dossiers solides, avec rationalité et rigueur. Se laisser pénétrer des tempéraments. Et écrire, ensuite. La mort ?

Le merveilleux roman que cela ferait ! Passer de l'autre côté du miroir pour en revenir ensuite ! Et témoigner ! Raconter ! Comme il l'avait fait pour *Germinal* : s'enfoncer dans le sol, disparaître pour mieux renaître à la vie !

Et écrire ! Écrire ! Écrire !

« Madame ? »

Oui, il croyait en Dieu ! Son voyage à Lourdes l'avait convaincu que, malgré tous les marchands du Temple, la foi existait. Il l'avait sentie. Même s'il avait passé sa vie à observer à la loupe l'humanité et ses utopies, ses errances, ses espoirs, ses bassesses, ses…

« Madame ? Monsieur ? »

Désormais, il se moquait de savoir qui l'avait poussé vers la mort. En accomplissant ce geste, en voulant le faire taire à tout jamais, le criminel lui avait offert la possibilité merveilleuse de partir. Partir, oui. Quitter cette vie. Le coup avait porté, puisqu'il agonisait. Il était juste assez mort pour se risquer de l'autre côté. Partir et enquêter. Voilà ce qu'il devait faire ! Enquêter ! Là-bas ! User de ses cinq sens et ne rien oublier. Surtout, ne rien oublier ! Puis, rentrer. Revenir. Ici. Ici et à Médan. Et reprendre l'écriture. La mort ? Le beau roman qu'il allait rapporter de ce voyage ! Le plus grand roman de toute son existence ! Peut-être même de tous les temps ! Il était Zola ! Émile Zola !

La voix aigrelette d'Eugénie Laveau, femme de chambre exemplaire, gémit à nouveau à travers la porte de la chambre fermée à clé : « Madame ? Monsieur ? Il est huit heures passées. Je m'inquiète. Madame ? Vous m'entendez ? Monsieur Lefèvre, l'entrepreneur en plomberie, est là. Pour le cabinet de toilette qui fuit. Vous vous souvenez, Madame ? Madame ? »

Dix

Après avoir quitté la brasserie Lipp, tard dans la nuit, Édouard Drumont ne ressentit pas l'envie de rentrer chez lui. Délaissant la voiture du père du Lac, il préféra arpenter les rues d'un Paris désert et baigné de fumées de charbon. Solitaire, les mains enfoncées dans les poches de son manteau, il dériva jusqu'au quai de Conti et, à pas lents, il finit par s'engager sur le Pont-Neuf. Parvenu sur les arches qui franchissaient la Seine, il s'immobilisa dans le grand silence de la ville ensommeillée et vint s'appuyer contre le balustre. Sous ses pieds, dans les premiers saignements de l'aube, le fleuve charriait ses détritus en silence, sans émettre le moindre son. Parfois, un branchage venait s'enchevêtrer sur la berge de l'île Saint-Louis. Un instant, il demeurait ainsi, créant autour de lui de minuscules remous. Puis, il repartait dans sa course, ballotté par la puissance muette du cours d'eau.

Avec nervosité, le polémiste se passa le dos de la main sur les narines afin de les sécher. Dans son crâne, que trop de bière avait rendu irritable, il entendait encore les derniers mots du père du Lac. Léon Daudet, ce porteur de mauvaises nouvelles, n'était qu'un incapable. Un incapable et un jean-foutre. Malgré la solennité que lui conférait sa soutane, l'ecclésiastique avait attendu que le rejeton du grand poète débarrasse les lieux avant de cracher son venin. Oui, ce Daudet-là n'était qu'un enfant, un traîne-patins, un irresponsable. Le jésuite avait suffisamment prévenu Drumont de ne pas s'acoquiner avec ce genre d'hurluberlus que la vie n'avait jamais touchés! Avec leur folie des grandeurs et leurs haines aveugles, ils devaient fatalement l'entraîner par le fond avec eux, un jour. Et ce jour venait d'arriver. C'était écrit. *Fatalitas!* D'une voix basse, mais inflexible, il avait ensuite énuméré un à un les principaux instigateurs de ce que le colosse barbu et chevelu aimait à nommer le grand jour. Outre Daudet, il y avait aussi Rochefort, le marquis de Morès, Guérin, Gyp, Déroulède, Maurras, Barrès, Méry, Cailly, Dubuc, Galli, Habert – et il en passait. Dans son réquisitoire monocorde, il avait englobé les vivants et les morts, les présents et les absents, n'avait trouvé aucune excuse à ces bretteurs d'opérette, ces tripatouilleurs de l'ombre, ces nostalgiques du roi ou de l'empereur, ces polémistes au verbe creux qui avaient l'outrecuidance de se rêver un destin national. Et c'était avec cette crasse intellectuelle et politique que lui, Édouard Drumont, comptait prendre le pouvoir et débarrasser la France de toute sa juiverie.

Fatigué, le journaliste cracha dans l'eau mais, déjà, le timbre grave du père du Lac reprenait sa litanie. Drumont n'était qu'un enfant. Un nouveau-né sans la moindre mémoire, incapable d'appliquer les plus élémentaires des conseils qu'il lui avait prodigués. Éliminer Zola? L'idée était bonne, au demeurant. Mais, pour qu'elle servît leurs intérêts, il fallait absolument que sa mort ne pût être suspectée de meurtre. Le peuple, la police et même les journalistes devaient croire, dur comme fer, à un concours de circonstances malheureuses, voire à une intervention divine. Un meurtre ? C'était ouvrir toutes grandes les portes du Panthéon au vilain gribouilleur et à ses insanités ! C'était transformer, comme par magie, ce demi-Italien, ce quart de Grec, ce trois ou quatre fois métis, en un martyr flamboyant ! Quel gâchis ! Dès que les circonstances exactes de sa mort seraient établies – et elles le seraient, tant l'amateurisme de ce Buronfosse était une injure à l'intelligence –, les punitions s'abattraient immédiatement sur leurs têtes, implacables.

Murmurant maintenant, sa voix se frayant un chemin entre les cliquetis des couverts et les braillements des mangeurs agglutinés aux tables voisines, le père du Lac avait asséné le coup de grâce. La police, après avoir enquêté, remonterait jusqu'à lui et lui passerait les menottes. Finis alors les réunions politiques à *La Libre Parole*, les rêves de marche triomphale sur l'Élysée, le plébiscite d'une France enfin décomplexée, les tombereaux de Juifs à jeter dans la Seine ou à expulser du territoire national. Au mieux, Drumont serait, comme Déroulède ou Guérin, condamné par la justice des Rothschild et envoyé en bannissement. Au pire, comme le lieutenant-colonel Hubert Henry[25], il devrait se suicider entre les quatre murs de sa cellule.

À cette pensée, le polémiste se mit à frissonner de façon imperceptible. Ainsi, il aurait échoué ? Dans la glorieuse histoire de la France, son nom n'évoquerait jamais autre chose que du dégoût et le mépris le plus vil ? Alors qu'il se voyait déjà au

25. Officier français responsable d'avoir fourni de faux documents à la justice dans le seul but d'accuser Alfred Dreyfus et de confirmer sa condamnation. Passé aux aveux le 30 août 1898, il est placé aux arrêts dans une cellule du fort Saint-Valérien. Le lendemain, il se tranchera la gorge avec son rasoir.

pinacle, bâtissant une nation nouvelle, ce serait bêtement par la faute d'un fumiste idiot qu'il serait forcé de renoncer à son rêve d'anéantir les Sémites, les francs-maçons, les protestants et les métèques de tous bords ? Cela ne se pourrait pas ! Dieu ne le permettrait pas ! Le lieutenant-colonel Henry, d'ailleurs, n'était pas mort pour rien. C'était grâce à son sacrifice que Drumont avait réussi à s'imposer. Son suicide, théâtral à souhait, avait révélé une France qui s'ignorait sans doute elle-même. Afin de récolter des fonds pour élever une statue au martyr – et permettre aussi à la veuve d'engager des poursuites judiciaires contre son principal accusateur, Joseph Reinach –, *La Libre Parole* et *La Croix* avaient ouvert une souscription. Le résultat, aujourd'hui encore, le stupéfiait. Plus de vingt-cinq mille bons Français s'étaient cotisés. L'on trouvait, parmi ces excellents donateurs, et sans compter cinquante-trois députés, toutes les couches de la société : voyageurs de commerce, militaires, pharmaciens, docteurs, avocats, étudiants, journalistes, gardiens de la paix, nobles et royalistes, césariens et cléricaux, catholiques, ouvriers, ingénieurs, membres éminents ou obscurs du clergé, diplomates. La liste était infinie. Et chacun y était allé de ses commentaires. Au journal, dans les nuits de longue solitude durant lesquelles il ne parvenait pas à s'endormir, il égrenait ces perles comme, d'autres, celles de leurs chapelets. « Il faut loger les Juifs dans les tinettes, les envoyer au Sahara, les vêtir en robe jaune, leur administrer des lavements au vitriol, leur couper les jambes, leur crever les yeux, leur fumer les jambons, leur faire cracher les dents, leur assouplir la carcasse en rétablissant la torture, leur raboter le nez, leur truffer la peau, les bistourner, les détruire avec de l'onguent gris, les passer à l'huile bouillante ou à la chaudière, les convertir en hachis, les circoncire jusqu'au-dessus des épaules, les donner à dévorer aux chiens, les incinérer, les rôtir, les farcir, les flamber avec de la paille, les écraser entre le marteau et l'enclume, les saigner, les embarquer sur des bateaux à soupape, les piquer à coups d'épingle jusqu'à ce qu'ils crèvent, les mettre à mariner dans la saumure, faire du bouillon de chien avec les cartilages de leurs nez, faire du parchemin avec leur peau, les décerveler, les anéantir… »

En écho, chaque témoignage, chaque cri de haine le confortait dans l'idée qu'il ne faisait que lutter pour la grandeur de la France. En écho, ces cris de haine le comblaient : « On va taper dur, le jour de la Saint-Barthélemy des Juifs ! Honte à la teigneuse descendance de Judas et de Barabbas qui infecte la France ! Fourberie judéo-huguenote ! Écrasons du talon le nez des Youpins voleurs ! La laideur des Juifs égale leur ignominie ! À bas les Juifs et les judaïsants ! Détruisons par le sabre les goupillons rabbinique et maçonnique ! Les Juifs sont les vampires de la France ! Il faut prendre de la graisse de gorille mort pour en faire des onguents pour les Juifs ! Il faut les passer à la lampe ! Tous les Youdis à la guillotine ! Reinach : boule-de-juif ! La dissection du Youtre est impossible, la peau en est trop coriace et l'odeur trop nauséabonde ! Il faut immoler les Juifs ! À bas la youpinerie ! Il faut jeter tous les Youpins, les Youpines et les Youpinots de Baccarat dans les immenses fours de la cristallerie ! »

Excédé par son propre échec, Édouard Drumont secoua son crâne douloureux dans la brume engourdie du matin. Non. Lui ne se suiciderait pas. L'officier Henry l'avait fait et il n'était pas homme à marcher sur les plates-bandes, même mortuaires, des autres. Il ne finirait pas aux oubliettes, comme ce pauvre Max Régis. Et il ne s'enfuirait pas non plus, à la façon d'un lâche, à San Sebastian, à Bruxelles ou ailleurs. La France, sa France, avait besoin de lui ! Depuis les départs de Déroulède et de Guérin, il avait tout mis en place afin que les véritables Français se reconnaissent en lui et le portent au pouvoir. De la noblesse nostalgique à la bourgeoisie la plus argentée – sans oublier une bonne frange du peuple ainsi qu'une part non négligeable des ecclésiastiques tenant le haut du panier –, il avait tout combiné, manigancé, planifié et annoncé ce qui serait enfin le début de son règne. Et, à cause de ce crétin de Buronfosse, le plan ne se déroulerait donc pas comme prévu ?

Sur la berge de l'île Saint-Louis, sans raison apparente, un chien égaré se mit à aboyer. Ce ne furent que quatre jappements mais, lâchés dans le silence, ils retentirent à la façon d'une salve de coups de canon. Sous la lumière éclatante des lustres de la brasserie Lipp, le père du Lac s'était réinstallé de manière plus confortable sur sa chaise. Commençant à déguster ses profiteroles, l'homme d'église avait pris le temps de la réflexion avant de poursuivre son raisonnement implacable. Tout n'était pas perdu. Pour ce qui était du grand jour, il ne fallait plus y compter. Du moins, pour l'heure. L'opportunité du chambardement reviendrait, c'était une certitude. Dans quelques mois. Ou quelques années. Si Zola était mort et bien mort, et si la police concluait à un crime avec préméditation, les journalistes ne se priveraient pas de la belle aubaine de transformer cette disparition en affaire d'État. Émoustillés par le parfum du scandale, surexcités par le désir impérieux d'être les premiers à trouver le coupable, ils se jetteraient à corps perdu dans leurs investigations et ne s'embarrasseraient d'aucun scrupule. Ils accuseraient sans preuve, maculeraient leurs unes de toute la boue qu'ils pourraient trouver. Cela jaillirait de toutes parts et il n'y aurait, dès lors, pas une once de pitié à attendre ni à espérer. Le plus obscur des échotiers se sentirait pousser des ailes. Les salles de rédaction prendraient de faux airs de quartiers généraux. Grisés par le fracas des rotatives tournant à plein régime, les rédacteurs en chef et les directeurs de publication aiguillonneraient encore leurs troupes à coups de primes ou d'insultes, au gré des besoins. Il faudrait que des têtes tombent. Ils ne seraient pas regardants sur l'identité de leurs propriétaires. Depuis toute éternité, le sang appelait le sang. La presse serait là, fidèle au poste, pour abreuver jusqu'à plus soif la vindicte populaire.

Entre deux cuillérées de dessert, le père Stanislas du Lac de Fugères se fit soudain moins sombre. Il ne tenait pas tous les journaux parisiens entre ses mains, certes mais il y possédait des amis – et des plus solides. Idem, au sein de la magistrature et des ministères. Et il n'était même pas nécessaire d'évoquer ses protégés passés par l'école des Postes qui, à ce jour, tenaient toujours bien fermement les rênes de l'armée.

Après avoir essuyé ses lèvres pincées avec un bout de serviette, l'ecclésiastique s'était alors directement adressé à Édouard Drumont : « Mon fils, votre désir de nettoyer la France de toute la gangrène qui la dévore est, j'en ai l'intime conviction, une volonté que seule votre foi dans le Tout-Puissant peut expliquer. Je ne me trompe pas, n'est-ce pas ? »

La mine basse, la moue contrite, le journaliste avait acquiescé :

« Mon père… Vous savez mieux que personne que mon amour pour Dieu et pour la France guide chacun de mes actes.

– Voilà qui est dit. Et bien dit. Vous vous trouvez, à l'instant où je vous parle, dans une situation bien fâcheuse. Pour ne pas dire sans issue.

– Je le sais, mon père. Je ne le sais que trop.

– Vous devez donc savoir aussi que, dans son infinie clémence, Dieu prend toujours le soin de disposer un point de lumière, une issue possible, pour les âmes égarées.

– Que voulez-vous dire ? »

Croisant ses bras sur sa poitrine, le père du Lac expliqua :

« Que votre situation n'est pas aussi désespérée que vous voulez bien le croire. Le désespoir est d'ailleurs la marque des lâches et je sais, pour bien vous connaître, que vous n'êtes pas un lâche. Un inconscient, parfois. Mais pas un lâche.

– Merci, mon père.

– Si vous voulez sauver ce qui peut l'être, il faudra cependant vous montrer prudent, comme jamais encore vous ne l'avez été. De votre prudence dépendront tout l'échec ou le succès de cette entreprise. Êtes-vous être prêt à m'obéir de façon aveugle ? »

Les bras ouverts en grand, le rédacteur en chef de *La Libre Parole* s'exclama :

« Mais je le suis, mon père !

– Sans me poser de question ?

– Pas la moindre ! Ordonnez et je serai votre plus fidèle serviteur !

– Je n'en attendais pas moins de vous. Fort bien. Cette nuit, je vais donc écrire quelques billets que je ferai porter, dans la plus grande discrétion, à des amis sûrs et hauts placés. »

S'apercevant qu'il avait allumé dans l'œil du journaliste des éclats de curiosité, il précisa avec froideur :

« Je ne vous dirai pas qui sont ces amis. Autant pour votre sécurité que pour la mienne. La mort de Zola ne peut pas et ne doit pas être une nouvelle affaire Dreyfus, m'entendez-vous ?

– Je comprends votre discrétion, mon père. Mais pourrais-je seulement savoir quels…

– Vous ne saurez rien. Tout ce que je peux vous dire, c'est qu'ils sont de tous bords. Dieu, soyez-en sûr, se moque de la politique et ne fait aucune distinction entre la droite et la gauche. Il ne connaît que ses enfants.

– Bien…

– Quant à vous, je vous conseille avec la plus grande fermeté qui soit de disparaître. Ou, a minima, de ne pas monter sur les barricades d'insanités qui ne manqueront pas de se dresser autour de la dépouille de Zola. Moins l'on vous verra, mieux vous vous porterez. »

Comme le prélat faisait mine de se lever et de quitter la table, Édouard Drumont le retint par la manche et bredouilla :

« Combien de temps ?

– Combien de temps pour quoi ?

– Combien de temps devrai-je ainsi disparaître, comme vous le dites ?

– Cela, mon fils, ne dépend pas de moi. Cela ne dépend que de Lui… »

Alors que huit heures allaient sonner au clocher de l'église Saint-Merri, le père du Lac fut conduit par un planton au visage encore mou de sommeil jusque dans le bureau de Paul Escudier, le nouveau président du Conseil municipal de Paris. Sous les ors et les velours rouges de la mairie, l'ecclésiastique remercia d'un hochement de tête sec l'homme vêtu de noir. Puis, demeuré seul dans l'immense pièce, il alla jeter un œil distrait à la fenêtre. Rapidement lassé par le ballet incessant des passants, têtes basses sur les trottoirs encombrés par les livraisons, il finit par s'asseoir sur le rebord d'une chaise faisant face au secrétaire encombré de dossiers, de papiers et de journaux.

La nuit n'avait pas été courte, pour le prélat. Elle n'avait tout bonnement pas été. Les longs doigts de sa main droite portaient d'ailleurs les stigmates des heures qu'il avait passées à noircir du papier. À la lumière de la bougie, il avait griffonné des dizaines de billets qu'il avait fait porter à tout ce que Paris comptait comme personnalités de poids acquises à la lutte contre le Bloc des gauches. En termes choisis, usant à loisir de l'image, du sous-entendu et de la métaphore, il les avait prévenus de l'énorme séisme qui se préparait, les conjurant de ne surtout pas sortir de leur réserve. La presse déchaînée allait tout balayer sur son passage. Les ruisseaux les plus limpides seraient transformés en torrents de boue et d'opprobre. S'ils ne voulaient pas se tacher d'une manière indélébile, mieux valait se tenir cois. Et attendre.

Avec un soupçon de lassitude, le père du Lac frotta le bout de son index tatoué d'encre contre sa barbe naissante. Non, il ne pensait pas avoir oublié qui que ce soit. Bien sûr, les patriotes seraient déçus. La IIIe République était à terre. Depuis longtemps, elle se traînait dans sa fange et il ne manquait plus que le coup de poignard qui mettrait un terme à son existence, faite de scandales allant de celui du canal du Panama à celui des décorations. Et il ne parlait pas du boulangisme, ni même de l'amputation de l'Alsace et de la Lorraine. L'affaire Dreyfus avait bien failli mettre la gueuse à bas. Mais cela avait été, pour ainsi dire, un coup pour rien. En revanche, dans ce tumulte et ce désordre, les Français avaient gagné l'occasion d'y voir plus clair. Avec le petit Juif de l'île du Diable, l'on avait dû se déclarer d'un côté ou de l'autre et chacun avait pu identifier ses adversaires à coup sûr. Cette IIIe République était vraiment sur le point de tomber, mais il avait fallu que cette bévue extraordinaire de Drumont vienne tout gâcher.

Agacé, l'homme d'église se retourna vers la porte d'entrée, hermétiquement close. Puis, il reprit sa position initiale. Paul Escudier devrait se montrer à la hauteur. Élu depuis six mois à la tête de la mairie de Paris, l'homme était encore jeune. Certes, il n'avait pas quarante-cinq ans, mais il était brillant, déjà madré. Et il était de leur bord. D'ailleurs, ses études exemplaires au collège Stanislas le prouvaient. Dans ce bastion de l'enseignement catholique, il avait appris à séparer le bon grain de l'ivraie. Tout comme son prédécesseur Louis Dausset, il avait été un pilier de cet établissement et était naturellement devenu un sympathisant de la Ligue des patriotes[26] et de la Ligue de la patrie française. Admirateur de Paul Déroulède, il n'était en revanche pas du genre à faire le coup de poing, ni à défier en duel au premier sang ses détracteurs. En bon avocat, son terrain d'action se situait plutôt dans les couloirs capitonnés, les restaurants discrets, les brasseries possédant des salons particuliers où l'on pouvait débattre d'affaires délicates sans avoir à craindre la présence d'oreilles indiscrètes.

26. En 1920, Paul Escudier sera nommé par Maurice Barrès membre du comité directeur de la Ligue des patriotes.

Alors qu'il commençait à s'impatienter et se demandait s'il n'allait pas, tout bonnement, quitter le bureau, le père du Lac entendit la lourde porte s'ouvrir dans son dos. Aussitôt après, des talons claquèrent sur les parquets pendant qu'une voix ample, que l'on sentait habituée aux interminables joutes oratoires des prétoires, s'exclamait :

« Mon bon père ! Vous ici ! Et à une heure bien matinale ! Non ! Ne bougez pas. Et laissez-moi plutôt venir vous toucher la main. Dites-moi ? Que me vaut cette bonne surprise ? »

L'homme, le front haut et le nez volontaire, arborait une barbe et une moustache fraîchement taillées. Vêtu du dernier chic, parfumé de lavande, il vint saisir la main de son visiteur, la frôla du bout des lèvres. Puis, il contourna l'immense secrétaire et, après avoir pris soin de soulever les basques de sa veste, il s'assit dans le fauteuil de cuir.

Tout en tirant un étui à cigares de sa poche, il reprit : « Avant toute chose, dites-moi pourquoi cet air si grave, mon cher père ? Il est vrai que vous n'êtes pas, par nature ni par fonction, versé dans la légèreté. Mais votre mine pâle m'effraie un peu, je dois l'avouer. »

Comme l'ecclésiastique demeurait muet et ne le lâchait pas du regard, Paul Escudier s'interrompit au moment de gratter une allumette soufrée. Puis il poursuivit avec, cette fois, un sourire dont il força le trait :

« Alors ? Qu'y a-t-il ? Dites-moi donc les raisons de votre visite. Est-ce que c'est, comme la semaine dernière, le sort du Stan qui vous préoccupe ?

– Le collège Stanislas n'a rien à voir avec ma présence.

– Fort bien. Si vous n'avez pas de nouvelle à son sujet, moi, j'en ai en revanche à vous donner. Vous pouvez dormir sur vos deux oreilles : Stan est, et restera, l'un des fleurons français de l'enseignement catholique. Waldeck-Rousseau et son prétendu Gouvernement de défense républicaine ne sont pas prêts de jeter à bas notre institution. Figurez-vous que, pas plus tard qu'hier soir, j'ai dîné avec des anciens de Stan. Un merveilleux repas, très spirituel, que nous avons pris au Pharamond, soit dit en passant. Ces gaillards-là étaient remontés à ne pas le croire ! Figurez-vous qu'ils sont en train de se regrouper en société anonyme pour pouvoir se battre afin que le vieux Loubet ne raye pas de la carte notre collège. Qu'en dites-vous ? N'est-ce pas une idée en tous points merveilleuse ? »

Joignant ses mains l'une contre l'autre et les disposant sous son menton, le père du Lac répliqua avec froideur :

« Mon fils, je ne suis pas ici pour vous parler du collège Stanislas. Ce que j'ai à vous apprendre est autrement plus sérieux.

– Diantre, vous m'inquiétez !

– Vous le serez encore bien plus d'ici demain.

– Pourquoi cela ?

– Parce que c'est le temps qui sera nécessaire à la presse pour faire éclater la grande nouvelle à laquelle personne ne s'attend.

– De quoi parlez-vous ? »

Avec lenteur, l'ecclésiastique se leva. Les mains à présent croisées dans le dos, marchant de long en large sur les parquets cirés qui grinçaient à chacun de ses pas, le regard plongé dans celui du maire de Paris, il énonça :

« D'ici peu, tous les journalistes vont se jeter sur le drame et vont le presser jusqu'à en extraire la dernière goutte de son jus. De *La Libre Parole* à *L'Aurore*, et du *Petit Journal* au *Figaro*, des unes bien encombrantes vont rivaliser de sensationnalisme.

– Expliquez-vous !

– Comme aux heures les plus âpres de l'affaire Dreyfus, dès demain, tout le pays va se déchirer. Les manifestations, les affrontements, les charges de la police montée : rien ne manquera au tableau. Paris, votre ville, sera à feu et à sang. »

Le premier édile de la capitale reposa alors son cigare toujours éteint sur son sous-main de cuir. Puis, se relevant à moitié de son fauteuil, il insista : « Mon père… Qu'a-t-il donc pu se produire de si terrible pour que vous me teniez un tel discours ? »

Ignorant la question, le père du Lac poursuivit son va-et-vient et marmonna :

« À l'heure où je vous parle, rien n'est encore totalement joué. Le bon peuple de Paris ne sait rien. Mais lorsqu'il saura…

– Lorsqu'il saura quoi ? Vous parlez par énigmes ! Je ne comprends rien à tous ces galimatias que vous me servez ! »

Le prélat vint alors s'immobiliser devant Paul Escudier. Le vrillant de son regard, il lâcha enfin :

« Zola est mort.

– Que dites-vous ?

– Émile Zola n'est plus. Il est mort cette nuit. Et dans des circonstances fâcheuses.

– Vous délirez, mon cher ! De quelle mort parlez-vous ? Et de quelles circonstances ? Et pourquoi venir me voir, moi ?

– Parce qu'il n'y a que vous qui puissiez jeter sur les braises ardentes qui se préparent les pelletées de cendre nécessaires afin que Paris ne s'enflamme pas. Émile Zola, dans les minutes qui viennent, va être découvert mort, dans son lit. Et il n'y a qu'à vous que je puisse m'adresser pour tenter d'éviter que Paris ne prenne les armes.

– On… on l'a assassiné ? »

À ces mots, l'ecclésiastique retourna prendre place sur sa chaise. Les mains à nouveau jointes sous le menton, il rectifia avec calme :

« Je n'ai pas dit cela, monsieur.

– Enfin ! Vous avez dit que les circonstances de sa mort étaient fâcheuses, non ?

– Les circonstances de son décès seront ce que la magistrature et les services de la police décideront qu'elles soient. »

Soudain, le planton refit son apparition, les bras chargés d'un plateau supportant un service à café ainsi qu'une corbeille qui débordait de brioches dorées et de pains piquetés de raisins. Durant les longues secondes où il servit les deux hommes, ceux-ci demeurèrent silencieux. Le père du Lac, qui connaissait parfaitement les rouages de la justice française, savait que le maire de Paris n'avait aucune autorité dans le déroulement de l'enquête qui allait être effectuée. En revanche, le prêtre connaissait tout ou presque du parcours de Paul Escudier. C'était l'homme de la situation. C'était un républicain progressiste indécrottable, mais ses convictions politiques s'effaçaient devant son amour pour la patrie. La France était en danger, il pouvait cependant lui éviter la honte d'un scandale supplémentaire. Son intervention était à même de garantir le maintien de la paix dans les rues de Paris. Il ne pourrait pas résister à la tentation d'accomplir un acte pouvant se révéler historique.

Lorsque le secrétaire disparut à nouveau, le père du Lac reprit la parole : « Émile Zola – que Dieu ait son âme – nous a quittés. Fatalement, pour un homme tel que lui, une enquête sera ouverte. Face aux premières constatations que les enquêteurs lui apporteront, le procureur de Paris pourra initier une instruction pour meurtre… ou il pourra se contenter de pencher pour une explication plus apaisée. Pour une mort accidentelle, voire pour un accident domestique… »

Interdit, Paul Escudier se récria :

« Et vous voudriez que j'use de mes relations pour que cette seconde hypothèse soit privilégiée ?

– Je ne vous demande rien, monsieur. C'est à vous, en votre âme et conscience, de prendre la décision qui vous paraîtra la meilleure.

– Mais vous avez dit que…

– J'ai seulement dit que, si le procureur de la République envoie sur les lieux un homme sans discernement aucun, j'ai peur que ses conclusions ne jettent dans les rues les plus acharnés des militants, que ceux-ci soient de notre bord ou pas. »

Après avoir saisi avec délicatesse sa tasse de café entre le pouce et l'index, le père du Lac précisa sa pensée :

« Zola assassiné, et c'est toute l'affaire Dreyfus qui revient à la vie. Si le procureur parle de meurtre, il faudra bien que l'on cherche un coupable. Comme aux jours les plus terribles, vous verrez se dresser les deux blocs de la presse française l'un contre l'autre. *L'Aurore*, *La Lanterne*, *Le Journal du peuple* ou *Le Figaro* réclameront justice. Ils accuseront les nôtres. Pour les défendre, *La Libre Parole*, *La Patrie*, *L'Intransigeant* ou *L'Antijuif* ne feront aucun cadeau. D'un côté, vous aurez les Anatole France, les Jean Jaurès, les Georges Clemenceau et les Bernard Lazare. De l'autre, attendez-vous à voir défiler, sous vos fenêtres, armes aux poings, les bouchers de la Villette, les Algériens de Max Régis, les franges les plus dures des ligues antisémites, les Œillets blancs, l'Action française, les ligues des patriotes de tous crins – et je ne dis rien des soldats restés fidèles à Déroulède ou à Guérin !

– Diable…

– Laissez donc le diable et tout son train là où ils sont. À cette heure, ils ne nous seront pas d'une grande utilité. »

Après avoir terminé sa tasse, l'homme d'église se leva. La mine toujours aussi grave, il vint s'incliner devant le maire de Paris et conclut :

« Je sais que vous entretenez les meilleurs rapports qui soient avec le procureur Herbaux. C'est d'ailleurs un homme d'une rare probité et d'une sagesse des plus honorables. Compte tenu du défunt, il sera dans l'obligation d'ouvrir une instruction contre X. L'idéal, ce serait qu'il confie cette instruction à un homme d'expérience, à quelqu'un qui saura que la France aurait tout à perdre si l'envie lui prenait de dresser à nouveau ses enfants les uns contre les autres.

– J'entends… Et pensez-vous à quelqu'un en particulier ?

– Je ne me permettrais jamais de penser à votre place, monsieur, pas plus qu'à celle de monsieur Herbaux. Toutefois, puisque c'est vous qui m'interrogez sur ce point, peut-être que le juge Bourrouillou serait…

– Pardon ?

– Bourrouillou. Joseph Bourrouillou. L'on dit beaucoup de bien de ce magistrat, notamment à l'école des Postes. Peut-être qu'il serait la personne la mieux indiquée pour remplir cette tâche délicate… »

« Cher Maître ? Vous n'êtes pas à votre journal ? Oh… Je vois que vous arborez la mine des mauvais jours. Auriez-vous par trop bamboché, cette nuit ?

– Bonjour, Judet.

– Vous êtes pourtant parti parmi les premiers, hier soir. Vous avez donc travaillé jusqu'à l'aube ? Une affaire juteuse, je le parierais !

– Si l'on veut.

– Cette Gyp est une femme comme l'on n'en fait plus. Elle m'agace un peu à me surnommer à tout bout de champ son Judet de Judée, c'est vrai. Mais comment pourrais-je lui en vouloir ? »

Après avoir laissé passer un instant de silence, le quinquagénaire reprit, à voix plus basse, cette fois : « Pour ce qui est de votre figure de Carême, je vous plaisante, cher grand ami. Je n'ai moi-même pas dormi de la nuit. Avec cette nouvelle, pensez donc ! Je m'étonne de ne pas vous avoir vu, rue de Bruxelles. Il n'y avait encore rien, certes. Le pot aux roses n'était pas découvert. Mais j'espérais pourtant vous y trouver ! »

Comme Édouard Drumont marquait un temps d'arrêt, visiblement stupéfait par la teneur de ces propos lancés sur le mode badin, le directeur du *Petit Journal* se pencha encore un peu plus et murmura, un sourire entendu sur les lèvres :

« Voyons… La rue de Bruxelles ? Le méchant Italien ? Ne me dites pas que vous n'êtes pas au courant !

– Comment savez-vous ? Comment pouvez-vous savoir ?

– À la bonne heure ! Paris est un village, cher Maître. Un tout petit village.

– Qui vous a tenu informé ? Daudet ? Galli ? »

Avec la grimace satisfaite de celui qui en sait long, mais qui ne dira rien, Judet répliqua : « Vous ne le saurez pas. En revanche, vous savez maintenant que je sais. Cela nous met d'une certaine façon sur un pied d'égalité, non ? »

Édouard Drumont se sentit pris de vertiges. Après sa longue halte sur les arches du Pont-Neuf, il avait promené sa solitude dans Paris jusqu'à atteindre les Halles. Lorsqu'il y était parvenu, le marché battait déjà son plein. Aspiré par cette ruche, ballotté dans la multitude des ménagères qui hurlaient aussi fort que les mégères encapuchonnées derrière leurs étals, il avait pris en pleine face les parfums de ces entrepôts aux dimensions inhumaines. Habitué à ce désordre gueulard qui constituait un passage obligé lors des campagnes électorales, il savait que, avec la foule et la chaleur des braseros, les fromages et les poissons submergeraient bientôt de leurs odeurs fortes toutes les autres fragrances. La foule grouillante sentirait la marée et la pourriture que l'on dit noble. L'élégante capitale de la nuit se métamorphoserait en une catin sentant le négligé. Sous les coups de boutoir de ces exhalaisons, la viande sanglante, les fruits et les légumes ne compteraient plus. Le trou des Halles donnerait la nausée et il faudrait attendre le mitan du jour pour que les tombereaux de la mairie viennent enfin le débarrasser de ses ordures.

Saisissant avec douceur Drumont par le bras, Ernest Judet s'expliqua :

« Le père du Lac m'a fait porter, ce matin, un billet par un fort méchant moine qui m'a tiré de mon sommeil. J'ai bien failli lui botter les fesses, à cet olibrius en soutane. D'autant que la catastrophe d'Arleux[27] m'a retenu au journal jusqu'à une heure indécente. C'est à croire que ces gens-là ne pouvaient pas mourir, comme tout le monde, dans leur lit.

– Alors, c'est Dubuc qui vous a dit ?

– Mes lecteurs adorent ça. Les catastrophes, et surtout les déraillements de trains, font bondir mes ventes d'une façon délirante. Ce matin, nous avons encore passé le million. Pas mal, non ? »

Se figeant au milieu de la foule, et déclenchant aussitôt des grognements excédés chez les ménagères chargées de paniers d'osier, Drumont dégagea son bras et saisit soudain Judet aux épaules. D'une voix tremblante de colère, il répéta : « C'est Dubuc, c'est ça ? C'est Dubuc qui vous a dit ? C'est Dubuc ou c'est le père du Lac ? »

Avec un rire, le journaliste se contenta de répondre : « Vous avez vraiment une tête de déterré, cher Maître. Et j'ai même l'impression que vous ne tenez plus vos nerfs. Suivez-moi, nous allons arranger cela. Et n'essayez même pas de refuser, sans quoi je me fâcherais ! »

Quelques instants plus tard, les deux hommes avaient trouvé une table libre chez Toine, l'un des innombrables estaminets qui parsemaient les Halles. Sous leurs nez, deux assiettes ébréchées laissaient fumer une riche odeur de soupe à l'oignon passée au gratin. Dans un plat de terre cuite, des saucisses aux herbes, du pâté de foie et des rondelles de cervelas rosé voisinaient avec des tranches de pain de campagne généreusement tranchées. Entre

27. Le 27 septembre 1902, un accident ferroviaire a causé la mort de vingt-quatre personnes et en a blessé soixante-sept autres.

deux verres grossiers emplis d'un vin noir et fort, un litre rouge montait la garde au milieu des cris, des rires et des disputes de tout le petit peuple de Paris.

Édouard Drumont, assourdi par le vacarme et le cœur au bord de la nausée à cause de la fumée, des odeurs de nourriture et de celle, plus acide, de la transpiration, observait Judet sans mot dire. Pendant que celui-ci portait son godet à ses lèvres – avec un rictus dont l'on n'aurait pas su dire s'il était de plaisir ou de surprise –, il grogna :

« Ça ne peut pas être du Lac qui vous a lâché le morceau. Il est trop prudent. Ça ne lui ressemble pas.

– Dubuc ou du Lac, quelle différence cela fait-il ? Sachez seulement qu'ils ont été nombreux à bien vouloir éclairer ma lanterne.

– Des noms ! »

Après avoir fait claquer sa langue contre son palais, Judet répliqua :

« Ce n'est pas à vous que je vais apprendre qu'un bon journaliste ne dévoile jamais ses sources, voyons. Le père du Lac m'a juste supplié de ne pas crier à l'hallali lorsque j'apprendrais la nouvelle. Et il ne m'a pas fallu plus d'un coup de téléphone pour découvrir de quoi il retournait !

– Qu'allez-vous faire ?

– Je ne sais pas. Si la police confirme la chose – car nous n'en possédons pas encore la certitude absolue –, il faudra voir dans quels termes elle le fera. Alors, et alors seulement, j'aviserai de la ligne à tenir. »

Pendant qu'il émiettait un premier morceau de pain dans sa soupe brûlante, le rédacteur en chef de *La Libre Parole* considéra son confrère avec un mépris irrépressible. Cet homme-là, qu'au demeurant rien ne distinguait des autres dans la foule des anonymes, paraissait d'un calme olympien. Émile Zola avait été assassiné et ils n'étaient qu'une poignée à connaître la nouvelle. Le grand jour, celui où la République devait trépasser de mort violente, était annulé. La curée n'aurait pas lieu, les ennemis de la France allaient pouvoir continuer à assécher son sein, à se moquer d'elle, à répandre les méfaits de la juiverie internationale sans rien craindre en retour. Et, comme si de rien n'était, il mouillait ses lèvres avec sa soupe grasse. Il paraissait même heureux de cette nouvelle !

« Mangez, cher Maître ! Cette soupe à l'oignon est un véritable petit Jésus en culottes de velours ! »

Quatre ans plus tôt, en mai 1898, en plein procès Dreyfus, son *Petit Journal* avait en effet défrayé la chronique. Ernest Judet avait cru bon de publier dans ses colonnes tout un article reproduisant le dossier militaire de Francesco Zola. Sous le titre *Zola, père et fils*, il avait ainsi accusé le premier d'avoir été un voleur et un lâche – mais aussi d'avoir subi durant deux mois l'infamie de la prison. Les preuves ? Il les tenait de l'armée elle-même.

« Et ce rouge mérite aussi le détour ! Il est rustique, mais il est bon. Vous n'en trouverez pas de pareil chez Gyp ! »

Par des indiscrétions, Drumont avait appris que ce dossier avait en fait été préalablement falsifié et que c'était un collaborateur zélé du Deuxième Bureau[28] qui le lui avait transmis. À cette époque, tout était bon pour maintenir la tête du traître vénitien sous l'eau. En salissant la mémoire du père, il éclaboussait le fils. Ce jour-là, Ernest Judet s'était fait de Zola un ennemi juré, un ennemi de plus.

28. Entre 1871 et 1940, autre nom donné au service de renseignements de l'armée française.

Alors que le journaliste piquait maintenant de bel appétit dans une rondelle de cervelas avec le bout de son couteau, Drumont sortit de sa torpeur et s'impatienta :

« Et donc ?

– Et donc quoi ?

– Vous le savez bien !

– Si vous faites allusion à cette jolie cochonnaille, je vais m'en faire un festin. Si vous faites allusion à l'affaire qui ébranlera bientôt tout Paris, je dois vous avouer qu'elle m'a occupé une bonne partie de la nuit.

– Alors ? »

Sans cesser de mastiquer son cervelas, et tout en étalant une épaisse couche de beurre sur son pain, Judet déclara :

« Je vais m'en tenir à ce que préconise du Lac. Je n'entretiens pas avec lui d'amitié particulière. Mais j'ai le sentiment qu'il est dans le vrai.

– À quel propos ?

– C'est fort simple. Un assassinat fait vendre, je n'en disconviens pas. Un bon meurtre bien sanglant, je ne connais rien de meilleur pour les tirages. Le lecteur frissonne d'horreur et il adore ça, le bougre. Cependant, en ce qui nous concerne aujourd'hui, l'identité même du macchabée me pousse à rester modéré sur le sujet. Modéré, professionnel et impartial, certes. Mais modéré avant tout.

– Vous le haïssiez !

– Là n'est pas la question. Si nous écrivons formellement que cet animal a été assassiné, nous en faisons un martyr. Et les Français raffolent des martyrs. Regardez sainte Geneviève !

– Soit…

– En revanche, si nous couvrons l'événement en assurant qu'il ne s'agit en fait que d'un accident domestique, nous transformons du même coup l'illustre scribouillard en un idiot patenté, un triste sire, un parfait imbécile qui ne sait même pas se servir d'une cheminée.

– Vous croyez ? »

Ernest Judet prit le temps de retirer d'entre ses canines un filament de nerf blanc qui s'y était coincé. Après l'avoir examiné avec attention sur le bout de son index, il le déposa au bord de son assiette et marmonna : « J'en suis sûr. Ce traître ne peut pas être mort assassiné, ce serait contre nos intérêts. Si cette nouvelle venait à se répandre, nous ferions de ce métèque un héros. Et c'est nous qui lui ouvririons toutes grandes les portes du Panthéon. Puis, qui sait ? Il se pourrait que nous lui permettions d'avoir une place à l'Académie française, à titre posthume. Décidément, non. Vous ferez ce que vous voudrez avec votre journal. Pour ce qui me concerne, ma décision est prise et je n'en démordrai pas. Ce vaniteux est mort par la faute à pas de chance. Vous avez pour habitude de clamer que l'Histoire est écrite par ceux qui tiennent la presse. L'Histoire retiendra donc la version que nous lui servirons. »

Onze

« NOM DE DIEU de bordel de merde ! Sauf votre respect, mademoiselle. Mais je crois bien que je me suis mis l'épaule à l'envers… »

Aux pieds de Victor Lefèvre, entrepreneur en plomberie de son état, gisait maintenant la porte menant à la chambre des époux Zola, parfaitement disloquée par la bourrade que l'artisan venait de lui asséner. Sans se formaliser du chapelet d'injures, Eugénie Laveau s'engouffra dans la pièce.

Saisie d'horreur en découvrant le spectacle macabre que la lumière du matin éclairait avec avarice, elle se figea sur place. Tremblante, la jeune femme se signa de manière instinctive. Elle avança à pas lents et finit par s'immobiliser à nouveau. Elle ne sut pas si elle devait partir en courant, hurler ou se mettre à pleurer. Devait-elle apporter les premiers secours à sa maîtresse étendue sur le lit ? À cette grosse femme aux yeux révulsés, à la bouche pâle qui, bien que paraissant totalement inanimée, laissait entendre de petits râles de gorge ? Ou bien était-il plus urgent qu'elle se préoccupe de Monsieur ? Vautré sur le sol, souillé, la tête posée sur la première marche de l'estrade, il semblait ne pas souffrir. La maîtresse ou le maître ? Celle qui geignait ou le mari au visage marbré de bleu ?

Eugénie Laveau n'eut pas le temps de choisir. Bousculant le plombier sur son passage, écartant sans ménagement la femme de chambre, ce fut madame Monnier, la concierge, qui prit les devants. « Ah ben merde, alors... »

Face à la scène, ce furent les seuls mots qui franchirent la barrière de ses lèvres. Sans autre forme de procès, la pipelette fila alors dans la salle de bain et en ressortit aussitôt, chargée d'une bassine et d'une serviette. Sous les yeux hagards de la femme de chambre, elle rejoignit en quelques enjambées Alexandrine. Pendant qu'elle humectait le linge et le lui passait sur le front et les tempes, elle lança ses ordres, en rafales sèches qui ne souffraient aucune objection : « Madame Laveau ! Ne restez donc pas là, plantée comme une souche ! Descendez vite chercher le médecin. Et le pharmacien, aussi ! Et vous, monsieur Lefèvre, ouvrez-moi donc cette fenêtre. Il faut de l'air, ici. Beaucoup d'air ! Et appelez vos ouvriers. Il faut transporter Monsieur sur le petit lit d'appoint qui est juste dessous. Allez ! Vite ! Il n'est peut-être pas trop tard ! Regardez les chiens, ces petits trésors ont l'air d'aller... Mais remuez-vous donc un peu, nom d'une pipe ! »

Obéissant sans discuter, Eugénie Laveau s'enfuit de la chambre bien plus qu'elle ne la quitta. Victor Lefèvre, se tenant toujours son épaule endolorie de la main gauche, repartit vers la cuisine où ses deux ouvriers buvaient le coup en attendant de pouvoir attaquer le chantier.

La mort, ce grand voyage dans l'inconnu, se passait-il toujours ainsi ? Des cris, de la stupeur, de l'agitation. Des gens qui entrent et qui ressortent aussi vite, comme dans un vaudeville de boulevard ? Et lui ? Était-il donc aujourd'hui le héros de la pièce ? Pimpin, son loulou de Poméranie, et Fanfan, son griffon, étaient vivants. C'était une bonne chose. S'il devait partir, il le ferait en paix. Mais quelle étrange expérience que la mort… Il ne sentait plus son corps, désormais. Son enveloppe charnelle se résumait à une couverture jetée sur le sol, inutile et froide. Son esprit, en revanche, était bien là. Il résistait, refusait de s'éteindre. Pour l'heure, il observait avec la curiosité d'un entomologiste la bonne madame Monnier qui appliquait de petits coups de serviette rafraîchie sur le front d'Alexandrine. Concernant l'état de santé de Coco, il n'éprouvait aucune inquiétude. La fille à deux sous de la place Clichy devenue une bourgeoise respectée ne mourrait pas aujourd'hui, non. Il le sentait. Elle était solide, la vendeuse de fleurs. Et s'ils avaient tous deux été empoisonnés, sa constitution était de toute évidence bien plus résistante que la sienne.

Par un processus défiant l'entendement commun, il sentait maintenant que son esprit se détachait avec douceur de son enveloppe terrestre et prenait lentement de la hauteur. Au cours de ses multiples rencontres et enquêtes, il avait déjà entendu parler de ce phénomène. Bien des escrocs de la place de Paris, d'ailleurs, faisaient leurs choux gras de cette vie après la mort. Lui, il n'avait jamais voulu trancher. Il connaissait la vie et il faisait de cet état la matière première de ses romans. Le reste, il évitait avec sagesse, mais avec aussi une réelle appréhension, d'y penser. Il passait d'ailleurs un temps infini à ne pas y réfléchir lorsque, chaque nuit, le moment venait de basculer dans la petite mort. Mais quoi ? Puisque l'occasion lui était donnée d'expérimenter cette sensation, il n'allait certainement pas s'en priver. Il monta donc dans l'atmosphère, léger, aérien, jusqu'à pouvoir tout à loisir apprécier la scène qui se jouait en contrebas. La dévouée pipelette n'en finissait plus de tremper la serviette dans l'eau. Alexandrine hoquetait avec de douloureuses grimaces qui ne l'embellissaient guère. Loulou et Pimpin, chacun dans un coin de la pièce, se lavaient avec application et il éprouva aussitôt pour ses deux amours une tendresse absolue.

Oui, c'était donc cela, la mort. À tout le moins, son antichambre. Ce sentiment de plénitude et de paix absolues. Et dire que l'on en faisait toute une histoire ! La douleur était sur la terre, réservée à ceux qui persistaient à y vivre. Lui-même avait été cruellement frappé par ce vide, ce désespoir sans issue quand son père, sa mère, le grand Guy de Maupassant, le doux Alphonse Daudet ou le fidèle Paul Alexis étaient partis. Pour ceux qui passaient de l'autre côté, quel sentiment enivrant de bonheur sans tache ! Quelle liberté ! Quelle délivrance ! Et quel chef-d'œuvre il allait écrire lorsque, bientôt, il reviendrait à la vie !

Alors qu'il échafaudait déjà le plan de ce prochain opus, il entendit le fracas d'une cavalcade dans les escaliers qui menaient à la chambre. Trois hommes, tous trois également longs et secs, apparurent dans le triste tableau de la porte défoncée. Sans nul doute tirés de leurs lits respectifs à la hâte, le col de celluloïd mal boutonné et la barbiche à l'impériale en bataille, deux d'entre eux portaient des sacs de cuir à soufflets et, chacun, une canne de bois sculpté. Ignorant les saluts obséquieux de madame Monnier et ceux, plus empruntés, de Victor Lefèvre et de ses deux ouvriers, ils pénétrèrent dans la pièce. Après s'être contentés de jeter un bref coup d'œil sur Alexandrine qui grognait maintenant de plus en plus fort, les trois hommes marchèrent d'un pas martial jusqu'au petit lit de fer disposé sous la fenêtre ouverte.

Un binocle aux verres épais pincé sur le nez, le premier des visiteurs saisit aussitôt le poignet du mourant, chercha le pouls et marmonna, après quelques secondes d'une savante auscultation : « J'ai peur que l'affaire soit bien mal engagée, messieurs. La cyanose m'a l'air sévère. Et je ne sens aucune pulsation. »

Pour toute réponse, le deuxième ouvrit en grand son bagage de médecin et en tira un miroir à main qu'il disposa sous les narines de l'écrivain. Comme la face du miroir ne se troubla d'aucune buée, il renchérit : « Il est passé, cher confrère. Ou bien, il est en train. C'est tout comme. »

Le docteur Lenormand retroussa alors ses manches. Puis, sans l'ombre d'une hésitation, il desserra les mâchoires, fouilla de ses doigts la cavité buccale et, les yeux à demi clos, il finit par murmurer, sur un ton satisfait : « Ça y est. Je la tiens. Il ne l'a pas avalée. Monsieur Main ? Les pinces, je vous prie. »

En bougonnant, le docteur Main s'exécuta. Il aurait voulu être celui qui aurait tenté de ramener à la vie l'illustre Zola, mais il n'avait pas été le plus prompt. Il n'était qu'un généraliste, peu rompu à ce genre de situations. D'une main molle, il proposa sa paire de pinces et crut bon d'ajouter :

« Les voilà. Mais opérez avec douceur et circonspection. Il ne faudrait pas briser les dents de ce malheureux.

– Je connais mon travail, monsieur. Préparez donc plutôt une piqûre d'éther. Si ma tentative se révèle infructueuse, nous en aurons besoin. »

Pendant que le docteur Main replongeait dans son sac à soufflets, le docteur Lenormand aboya à l'attention du troisième larron, monsieur Luc, le pharmacien qui dirigeait une officine située au croisement de la rue de Clichy et de la rue Ballu : « Et vous, courez donc jusqu'à votre droguerie et rapportez-nous de l'oxygène. Les tractations rythmiques de la langue ne feront pas des miracles. »

Alors que les longues pinces métalliques se mettaient à cliqueter à chaque mouvement dans la bouche, et que le pharmacien détalait, le littérateur se sentit à nouveau empli d'une honte infinie. De là où il était, il pouvait désormais contempler le triste tableau qu'offrait son corps à l'assistance. À cette heure, il n'était plus qu'une dépouille, une simple matière sans vie. Son pyjama, pourtant de la meilleure facture, était maculé d'urine et d'excréments. Ses vomissements, où le repas pris la veille se mêlait à de lourdes glaires, couvraient sa poitrine et jusqu'à son ventre. Avait-il mal ? Non. Lui, que la nature avait doté de dents fragiles, prématurément jaunies, d'une sensibilité confinant à la douleur, il ne sentait strictement rien. En revanche, il aurait donné l'ensemble de sa fortune afin de ne pas paraître ainsi aux yeux de tous. Vieux, sale, répugnant, encore plus vulnérable qu'un nourrisson. Pour couronner le tout, des borborygmes secouèrent alors les entrailles de ce corps et, bientôt, des gaz s'échappèrent de son fondement. Stoïque, le docteur Lenormand poursuivit son travail. Le docteur Main, quant à lui, ne put réprimer une grimace de dégoût. Oui, quelle honte. Quel déshonneur pour cette ultime révérence. Et quelle misère de n'être pas un pur esprit.

« Confrère, maugréa le docteur Lenormand. Descendez donc voir ce que fait ce pharmacien. Ici, de toute façon, vous ne m'êtes d'aucune utilité. »

Piqué au vif, le docteur Main cingla :

« Et comment le pourrais-je ? Puisque c'est vous qui faites tout !

– Je suis le docteur attitré du commissariat Saint-Georges, ne l'oubliez pas. Ne vous vexez pas et hâtez-vous, je vous prie. Il ne sera pas dit que nous n'aurons pas tout tenté pour sauver ce patient. S'il reste une étincelle de vie, nous la trouverons. Allez, mon ami ! Dépêchez-vous donc un peu… »

Pendant que le médecin, dépité, repartait à pas pressés vers la descente d'escaliers, le docteur Lenormand ajouta, à sa propre attention cette fois : « Quand même, c'est Zola ! C'est l'homme de l'affaire Dreyfus… »

Oui. C'étaient précisément les mots de cet homme de l'art, dont les doigts longs et osseux fouillaient la bouche de ce corps inerte. Zola était l'homme de l'affaire Dreyfus. Il avait dit cela. Pas que Zola était l'un des plus grands écrivains de son temps. Qu'il était l'inventeur du naturalisme. Le défenseur du peuple. Le grand architecte des *Rougon-Macquart*. L'homme qui avait créé plus de mille deux cents personnages, qui leur avait donné la vie et qui, avec une patience infinie, les avait accompagnés dans leurs petits bonheurs et leurs humaines tragédies. Là-dessus, rien. Il avait résumé vingt-cinq années d'écriture acharnée, à raison de trois à cinq pages quotidiennes, en une formule lapidaire. Ce docteur de malheur avait réduit l'œuvre de toute une vie à la seule affaire Dreyfus.

Allons bon ! À l'heure de passer de vie à trépas, il méritait certainement autre chose ! Bien sûr, l'affaire avait été haute en couleur. De procès en condamnations, d'humiliations en exil et de manifestations en cris de haine, la France et, à travers elle, le monde entier s'étaient déchirés avec passion. Clemenceau et

Drumont s'étaient battus en duel. Le pays s'était redécouvert un furieux penchant pour l'antisémitisme. Il n'était plus question de simples coups de sang. Le mal s'était révélé plus profond, plus insidieux aussi. L'armée y avait perdu de sa superbe. L'Église avait réveillé ses vieux démons. Et que dire de la justice ? Malgré l'iniquité de tous les verdicts rendus, elle s'était agenouillée devant le pouvoir en place. Les barreaux de Lyon, de Grenoble ou du Mans s'étaient même crus autorisés à voter des félicitations à l'armée. À Paris, cinq cents avocats et des bâtonniers avaient signé une lettre de soumission dans laquelle ils juraient leur respect absolu aux généraux. Comme la coupe ne débordait pas encore, le Conseil de l'ordre, en retour, les avait publiquement complimentés.

Zola, l'homme de l'affaire Dreyfus…

Quant au peuple, lui, le grand écrivain, il l'avait trouvé indigne. Il pouvait bien se l'avouer, aujourd'hui. Les loups étaient sortis du bois. Le Juif avait été désigné par la vindicte. Le Juif devait payer. À Nantes, trois mille catholiques avaient saccagé tous les commerces tenus par des Israélites. À Rennes, deux professeurs d'université avaient été assiégés, menacés de mort. Ils n'avaient dû leurs vies sauves qu'à l'intervention in extremis de la maréchaussée. À Saint-Malo, un mannequin à l'effigie de Dreyfus avait été promené dans les rues sur l'air des lampions et avait fini, en flammes, sous les vivats de la foule. Il en aurait pleuré de rage. Dans l'Est, le même son de cloche funèbre s'était fait entendre. Une assemblée agricole avait décidé de ne voter que pour les candidats s'engageant, en substance, à établir une loi interdisant aux Juifs de se rendre aux urnes, mais aussi de briguer quelque fonction politique ou militaire que ce soit. À

Paris, d'où tout était parti, mieux valait ne pas en parler tant les incitations à la haine vous soulevaient le cœur. Enfin, en Algérie, Max Régis et ses sbires avaient fait piller et brûler les magasins tenus par les Juifs. Les noms des femmes qui s'approvisionnaient chez eux avaient été publiés et placardés sur les murs par listes, offerts à la vindicte. Les bureaux de bienfaisance avaient été interdits aux Hébreux indigents. Tous les enfants juifs avaient été renvoyés de leurs écoles. Il fallait purger la France de sa vermine. Par tous les moyens.

Zola, l'homme de l'affaire Dreyfus ?

Oui. Émile Zola avait pris parti. Il était sorti de sa réserve, lui qui ne s'était jamais préoccupé, ni de près ni de loin, de la vie politique française. À près de soixante ans, la fureur lui avait fait pousser des ailes. Il avait plongé dans la mêlée avec la fougue et l'inconscience audacieuse d'un jeune conscrit montant au front. Bernard Lazare et Jaurès, le glorieux et sage patriarche Jean Scheurer-Kestner et Georges Clemenceau, Louis Leblois et Fernand Labori, Gabriel Monod, Ludovic Trarieux ou encore Arthur Ranc l'avaient convaincu. En 1896, l'heure n'était plus à lorgner du côté de l'Académie française. Le moment était venu de choisir son camp. Il l'avait fait. En son âme et conscience. Il avait donné au *Figaro* un premier article sobrement intitulé *Pour les Juifs*. À dater de ce jour, on l'avait accusé de faire partie d'un mystérieux syndicat de la juiverie internationale. Il avait essuyé des injures et des crachats. Des menaces de mort, aussi. Il avait répliqué en écrivant que la vérité était en marche et que rien ne l'arrêterait. On lui avait alors retiré sa Légion d'honneur, comme l'armée avait dégradé Dreyfus. On avait convaincu les plus crédules qu'il avait touché deux millions, tout droit sortis des poches de la famille Rothschild. Deux millions ! Deux millions à lui qui, pour payer ses amendes et ses frais de justice, avait dû vendre ses meubles les plus précieux et faire l'aumône auprès des rares amis qui lui étaient restés fidèles !

Zola, l'homme de l'affaire Dreyfus !

La presse nationaliste s'en était, elle aussi, donné à cœur joie. Les dessinateurs Forain et Caran d'Ache avaient proclamé, à grands coups de caricatures, l'urgence et la nécessité de couper les testicules de tous les Juifs et de Zola, afin qu'ils ne se reproduisent pas. Aristide Bruant lui-même avait beuglé sur l'air de *Cadet-Rousselle* :

« *Cher Maître, vous vous surmenez*
Depuis quelque temps vous prenez
Le torche-cul pour la serviette
Et votre pot pour une assiette.
Ah ! Ah ! Calmez-vous donc !
L'docteur Toulouse avait raison[29] *!* »

Et il y avait eu Drumont. L'inénarrable Édouard Drumont. Nourri au sein de Déroulède, il l'avait traité dans *La Libre Parole* de « fidèle sujet du roi Umberto », de « souteneur de Nana », de « grand vidangeur », de « Zola la débâcle », de « *Signore* Emilio Zola ». Et Gyp d'embrayer aussitôt. Cette femme du monde, cette femme frêle et bien éduquée, cette comtesse dont la centaine de romans à l'usage des petites filles professait la haine du

29. En 1896, le docteur Toulouse écrit : *Enquête médico-psychologique sur les rapports de la supériorité intellectuelle avec la névropathie.* Cette expertise scientifique de trois cents pages est entièrement consacrée à Émile Zola qui s'est prêté à cette expérience.

Juif, avait ouvert les bondes à un torrent d'ignominies dont la violence avait réussi à le surprendre. Au plus fort de l'affaire, elle s'était surpassée : « Zola ? Le joli tas d'ordures ! Zola le Génois ! Zola-Géronte ! L'abominable gueux, le franc fileur, le Père la trouille. [...] Il finira dans un accès de coprophagie ». Quant à Ernest Judet, il n'en dirait rien. Le directeur du *Petit Journal* avait touché à la mémoire du père pour salir le fils. Cela seul suffisait à dire le mépris dans lequel il le tenait. Il en avait pleuré, cette fois-là. De véritables larmes qu'il avait préféré cacher à tous, dans la solitude rassurante de son bureau.

Face à ce déferlement d'abjections, quelques rares voix avaient eu le courage de se faire entendre. Mark Twain avait écrit avec emphase : « Il faut cinq siècles pour produire une Jeanne d'Arc ou un Zola. » Tolstoï avait osé : « Il y a dans l'acte de Zola une idée noble et belle, celle de combattre le chauvinisme et l'antisémitisme. » Tchekhov, l'homme de l'île de Sakhaline, avait poussé le bouchon un peu plus loin en signant : « Je n'échangerais pas un seul des ongles de Zola contre tous ces gens qui le jugent à présent aux assises, tous ces généraux et témoins de haute naissance. »

Décidément, oui. Le nom de Zola serait pour l'éternité lié à celui de Dreyfus. Alors que le docteur Lenormand abandonnait ses pinces pour tenter un massage cardiaque, le romancier se dit que la vie était étrangement faite. La sienne, en tout cas, n'aurait rien eu d'un long fleuve tranquille. Le destin, qu'il avait maudit mille fois quand ses romans ne trouvaient pas preneur ou n'obtenaient aucun succès, le destin s'était joué de lui jusqu'au bout et lui avait réservé un ultime pied de nez. Un coup bas dont il se serait passé volontiers. Car Alfred Dreyfus, il l'avait rencontré. Pas lorsque celui-ci pourrissait au bagne de Guyane où la démence l'étreignait et le faisait, chaque matin, parler aux requins. Non. Alfred Dreyfus était venu chez lui, au 21 bis rue de Bruxelles. Un soir de décembre 1900. Il ne s'en souvenait hélas que trop bien.

Afin de recevoir comme il le convenait celui qui avait failli faire chuter la IIIe République, Alexandrine avait fait dresser la plus belle table qui soit. L'écrivain ne se rappelait plus, aujourd'hui, le menu. En revanche, il gardait en mémoire que, durant les deux jours qui avaient précédé la soirée, des effluves de nourriture riche, patiemment mitonnée, avaient embaumé l'appartement aux cuivres lustrés à la perfection pour l'occasion. Alfred Dreyfus viendrait. Il allait paraître, en personne, la bouche certainement débordante de remerciements pour celui qui l'avait soutenu près de quatre longues années. L'écrivain l'imaginait déjà. Il aurait l'air gêné. Emprunté. Intimidé, aussi, de paraître chez un romancier aussi célèbre que lui. Il tiendrait, de toute évidence, quelques pauvres fleurs à la main, destinées à la maîtresse de maison. Puis, non. Il serait embarrassé par une gerbe énorme et dispendieuse. Les gens humbles, dans l'obligation de remercier quelqu'un de haut placé, ne savaient pas donner dans la mesure. Ce serait donc cela. Sur le seuil de la porte, à demi masqué par un bouquet de roses blanches, dans un costume trop apprêté, les mains moites, Alfred Dreyfus demeurerait un instant immobile. Éperdu de reconnaissance, il ne parviendrait d'abord pas à parler, il serait même sur le point de repartir en courant, le rouge au front. Lorsque la servante l'aurait débarrassé de son encombrante attention, il se serait alors senti encore plus vulnérable.

À ce moment précis, lui, Émile Zola, l'auteur du fameux *J'accuse*, l'aurait pris sans façon entre ses bras. L'accolade aurait été longue, chaleureuse, fraternelle, pudiquement muette. Ensuite, l'on se serait mis à table, après avoir dégusté un verre de porto. Et le grand écrivain, ému aux larmes, n'aurait pas accaparé la parole. Il se serait contenté d'écouter l'homme injustement outragé. Celui-ci, à voix basse, leur aurait conté sa cellule construite à la hâte en lieu et place de la léproserie d'Accourouany. À petits mots, les yeux dans le vague, il leur aurait dit les trente à quarante degrés qui vous épuisent, du matin au soir. Il aurait murmuré les fenêtres grillagées, les cinq surveillants qui ne le quittaient jamais et écoutaient jusqu'à son sommeil, prêts à noter n'importe quel aveu de culpabilité, même inconscient. L'ancien forçat, dont le visage maigre serait tanné par le soleil des tropiques, leur aurait confié avec un pauvre sourire son demi-pain rassis quotidien, les endaubages embarillés avec du saindoux, le lard pourri, l'huile frelatée. Il les aurait fait frémir d'indignation en racontant sa mise aux fers ordonnée par André Lebon, le ministre des Colonies. Et il aurait terminé son récit par l'explication, forcément maladroite mais ô combien douloureuse, de la double boucle qui l'avait cloué jour et nuit sur son grabat infesté de punaises et de poux. Après un lourd silence, les deux hommes se seraient levés. Ils se seraient embrassés sous la lumière de la lampe à suspension. Cette fois, l'étreinte aurait été infinie, tremblante d'émotion, entrecoupée de remerciements éperdus et, peut-être, mouillée de larmes.

Hélas, cet émouvant tableau était demeuré à l'état de rêve. Alfred Dreyfus s'était bien rendu au 21 bis de la rue de Bruxelles, oui. Ce soir-là, un froid glacial s'était emparé de Paris et le grand écrivain était d'une humeur massacrante. Il venait d'apprendre que Paul Cézanne, son cher Paul, s'était rangé du côté des antidreyfusards. Une lubie de plus. Mais cela l'avait peiné. La bonne ville d'Aix-en-Provence voulait casser du Juif. Du Juif et de l'Italien, lui avait-on rapporté. Lorsque la porte s'était ouverte sur l'officier Dreyfus et Lucie, son épouse, sa déception avait encore ajouté à sa colère. Tout ce qu'il avait échafaudé jusque-là avait volé en éclats. Le couple ne tenait ni petit bouquet, ni gerbe de roses blanches. À la place, il y avait une simple plante en pot.

Le valeureux héros, lui, dépassait l'entendement. Dans la lumière électrique, l'homme se résumait à un corps fluet, aux épaules étroites, au cou pris par une cravate pelucheuse où brillait une épingle de pacotille. De son séjour en Guyane, son visage n'avait rien rapporté. Son teint était jaune, livide, cireux, avec des cernes gris profondément taillés sous deux yeux sévères que grossissaient des bésicles de comptable. Pas de chevelure fournie non plus, mais un front dégarni et luisant. Plus tard, Clemenceau dirait de lui qu'Alfred Dreyfus avait tout d'un marchand de crayons. C'était vrai. Le martyr, dans toute sa physionomie, n'offrait rien, pas la moindre aspérité à laquelle l'imagination pouvait se raccrocher. La France entière était peuplée d'Alfred Dreyfus. Insignifiant, creux comme un radis, le costume de héros était bien trop large pour lui.

Tout au long d'un dîner qui se révéla d'un ennui mortel, l'invité ne parla, de plus, que de l'armée. Il ne fit sur elle aucun reproche, ne prononça pas la moindre critique. Bien au contraire. Fanatique de l'uniforme et de l'ordre établi, cet Alsacien de confession juive vouait à la grande muette une admiration sans borne. Pour elle, il aurait offert sa vie et celle de ses enfants, sans même hésiter. Avait-elle été la principale cause de sa ruine ? Il ne pouvait pas l'admettre. Il n'avait à la bouche que les mots de patrie, de devoir, de vertu. L'armée était à son image : une victime et non pas une criminelle. À tout bien considérer, Dreyfus était militaire avant d'être juif. Il était officier avant d'être homme. Froid, coupant, affichant avec ostentation son mépris pour les civils – qu'il nommait avec dégoût les Pékins –, il aurait été capable de se dénoncer lui-même à sa hiérarchie, si cela avait pu la sauver d'un quelconque danger. Il avait été au centre de cette affaire aux retombées internationales malgré lui. En bon soldat, il venait remercier Émile Zola. Il remplissait son devoir. Ce repas n'était qu'une démarche de politesse. Rien de plus.

Après le départ du couple, l'écrivain demeura un long moment seul, assis sur le canapé du petit salon désert. Comme Voltaire avait eu son affaire Jean Calas, il avait eu son affaire Alfred Dreyfus. Au vu du personnage – qui venait de surcroît de mendier la grâce de sa liberté auprès du président Loubet, tout en restant de fait coupable –, il ne put s'empêcher de se sentir floué. Une noble cause méritait un héros ayant les dimensions d'une figure de proue ! Il n'avait eu, en guise d'idole, qu'un officier à la philosophie d'adjudant, un prisonnier aux allures de gratte-papier obscur. Lui ? Vendre des secrets militaires aux puissances ennemies ? Sa loyauté enfantine, qui confinait à l'aveuglement et à la bêtise, prouvait à elle seule l'absurdité de l'accusation. Cette fable n'avait jamais tenu et ne tiendrait jamais. Quant à ceux qui avaient affirmé que Dreyfus avait trahi la France contre de l'argent, ils ignoraient apparemment que le marchand de crayons s'était marié avec une certaine Lucie Eugénie Hadamard, la fille d'un diamantaire très en vue qui organisait parmi les plus somptueuses réceptions de Paris.

En remuant la braise dans l'âtre de la cheminée avec le bout d'un tisonnier, il se demanda si ce combat ne se résumait pas, au final, à un jeu de dupes. N'aurait-il pas dû, tout bonnement, rester à sa place ? N'aurait-il pas mieux valu pour lui d'écouter la voix de la raison, de terminer l'écriture de ses *Quatre Évangiles*, de passer sa fin de vie en paix entre Alexandrine, Jeanne et les enfants ? Sans lui, la France ne se serait peut-être pas déchirée. Des morts auraient été évitées. Son avocat Labori n'aurait pas été victime d'un coup de feu qui l'avait atteint au dos[30]. La nation ne se serait pas ridiculisée aux yeux du monde entier. Surtout, Denise et Jacques, ses deux enfants, n'auraient pas eu à souffrir de la bêtise et de la cruauté du voisinage. Lui, il possédait un cuir de vieille bête. Il était blanchi sous le harnais. Les coups portaient, mais ils ne le blessaient pas. Il avait subi les injures, les filatures, les menaces de mort, l'incendie de ses livres en place publique sans jamais se départir de son calme. Mais ses enfants ? Lui pardonneraient-ils jamais d'avoir été vilipendés et moqués, alors qu'ils n'avaient que neuf et sept ans ? D'avoir été traités par des inconnus enragés comme des chiens galeux ? Et, pire encore, par des voisins, des proches ? Oublieraient-ils un jour le contenu des baquets d'eau de vaisselle ou d'eaux usées qui, soudain, jaillissaient des fenêtres pour s'écraser sur leurs têtes ? Sa petite Denise, aussi douce et jolie que pouvait l'être sa mère, passerait-elle outre le choc qui l'avait saisie lorsque, une

30. Le 14 août 1899, Fernand Labori, avocat d'Alfred Dreyfus lors du procès de Rennes, se rend à pied au lycée de Rennes afin de prendre part à l'audience. Sur le pont du quai de Richemont, il est pris pour cible par un forcené qui lui tire dans le dos avec un revolver à deux reprises et s'enfuit dans la foule, en hurlant : « J'ai tué un dreyfusard ! » Le coupable ne sera jamais retrouvé. Fernand Labori, après un séjour à l'hôpital, reprendra sa place dans le box pour défendre Alfred Dreyfus.

après-midi, elle avait ouvert une tablette de chocolat Félix Potin et y avait trouvé, en lieu et place d'une belle image colorée, une photo de son père avec les yeux crevés ?

Dans le silence du salon, uniquement troublé par les derniers crépitements de la braise, Émile Zola finit par se lever. Il haussa les épaules, à plusieurs reprises. Ce soir-là, le seul mot qui lui vint à l'esprit fut exactement le même que celui prononcé par Voltaire, lorsque le procès de l'affaire Calas déchaîna les passions : « Cannibales… »

Douze

Le père Stanislas du Lac de Fugères avait vu juste. La nouvelle de la mort probable d'Émile Zola s'était répandue comme une traînée de poudre. Dans tout Paris, les journalistes avaient sur l'instant abandonné les affaires courantes et s'étaient rués, saisis d'une impatience proche de la rage, au 21 bis de la rue de Bruxelles. Par dizaines, ils faisaient maintenant le pied de grue dans le matin frileux. La buée aux lèvres, le crayon à la main, ils interrogeaient les voisins et les passants, assommaient de questions les habitants du quartier. Les plus téméraires tentaient par tous les moyens d'infiltrer la bâtisse afin de décrocher une information, une exclusivité, n'importe quoi pourvu que les rotatives puissent gronder et que s'affichent à la une des déclarations tapageuses.

Devant la préfecture, le même manège. L'on voulait savoir. L'on avait le droit de savoir ! L'on exigeait de savoir ! Appelée en renfort, la police avait dû montrer les dents. Face à elle, les journalistes, bien vite rejoints par les badauds, ne se tenaient plus. Une nouvelle pareille, pensez donc ! C'était du pain bénit, de la brioche pour rédacteurs en chef en mal de scandale. Bientôt, il y avait fort à parier que les partisans de l'extrême-droite viendraient manifester en cortèges vainqueurs et goguenards. Les chevillards des Halles et leurs cannes lestées feraient du grabuge. Face à eux, les anarchistes ne se défileraient pas. Ils entonneraient *L'Internationale* et feraient claquer à pleins poumons les vers d'Eugène Pottier. Ce serait à qui prendrait la rue et parviendrait à la tenir.

Dans le bureau du magistrat Bourrouillou, juge au tribunal de première instance de la Seine[31], entre les lourdes tentures de courtine rouge et les cadres dorés à l'or fin, un silence profond figeait chaque meuble, chaque statuette. Derrière son secrétaire, le buste droit, le regard martial, auréolé d'une fierté qu'il s'efforçait de masquer de son mieux, Joseph Bourrouillou attendait encore avant de donner l'ordre à son employé d'introduire le visiteur qui patientait depuis déjà de longues minutes. Son heure de gloire était donc venue. C'était à lui, Crisostôme Marie Joseph Gabriel Bourrouillou, que le préfet de la ville de Paris, Louis Lépine, et Jules Émile Herbaux, le procureur de la République, avaient fait appel, une heure plus tôt. Dans des circonstances aussi graves et aussi délicates, la nation entière comptait sur lui. C'était de son intelligence, de sa finesse d'analyse, mais aussi de son sens de la psychologie et de la diplomatie que dépendait désormais le destin de la France. Une erreur de sa part, une simple maladresse, et le chaos se répandrait dans les rues et les avenues de Paris. Quelques bonnes décisions, frappées du coin du bon sens et prises dans l'intérêt général et pour la tranquillité de chacun et, au contraire, il deviendrait un héros, un sauveur. C'était très exactement ce que lui avaient assuré les deux hommes,

31. Actuel tribunal de grande instance de la ville de Paris.

ces deux épées des arcanes de la justice, ces deux rouages essentiels de la République.

Alors que son index allait appuyer sur la sonnette qui autoriserait l'entrée du visiteur, Joseph Bourrouillou se retint encore. Il ne l'avait pas volée, cette réussite. Ce triomphe lui était dû. À cinquante-neuf ans, il pouvait se retourner sans rougir sur son passé. Des études brillantes. Une carrière irréprochable, menée de main de maître. Alger, Tizi-Ouzou, Bône, Constantine. Puis Alger, à nouveau, et la Seine. Avocat général, juge, juge d'instruction, vice-président. Il avait gravi un à un tous les échelons. Que ce soit comme gouverneur général de l'Algérie ou désormais comme préfet de police de Paris, Louis Lépine n'avait jamais rien eu à lui reprocher. Ils n'étaient pas du même bord politique, c'était un fait. Pourtant, à l'époque, face aux débordements du fringant Max Régis, les deux hommes avaient dû se serrer les coudes. Envoyé en urgence depuis Paris, Louis Lépine s'était retrouvé au milieu de la guérilla urbaine comme un chien dans un jeu de quilles. Et qui lui avait sauvé la mise ? Qui lui avait expliqué toutes les finesses que seule l'expérience permet d'acquérir ? Qui lui avait conseillé d'user de fermeté contre les indigènes et les Juifs, mais de laisser filer un peu la corde avec les colons, afin de ne pas les brusquer ? C'était lui. Bourrouillou. Joseph Bourrouillou. À Alger ou à Oran, comme ailleurs, les Juifs se remettraient de ces petits désagréments sans importance, lui avait-il dit. D'ailleurs, cette race semblait attachée de manière viscérale à la haine que le monde entier lui vouait. Comme si cela la renforçait de l'intérieur. Puis, le bien public devait primer sur toute chose. La garde à chevaux avait été envoyée, sabre au clair. La poudre avait brûlé. Du sang avait coulé. Si les Rothschild de tous les consistoires d'Algérie avaient bien un peu renâclé, pour la forme, la paix avait fini par revenir. Monsieur Lépine, bien entendu, était devenu depuis une personnalité de la plus haute importance, mais il avait eu la gentillesse et l'élégance de se souvenir de ce passé commun. Une affaire embarrassante, délicate, lui tombait sur les bras. À qui faisait-il appel pour lui ôter le caillou de la chaussure ? À Bourrouillou, pardieu ! Au fidèle et honnête Joseph Bourrouillou !

Une nouvelle fois, le juge vérifia le parfait positionnement de ses moustaches qu'une épaisse pommade cosmétique entretenait en forme de guidon de vélo. La veille de sa retraite, une affaire comme celle-là… Passant outre les précautions oratoires – car Louis Lépine ne mâchait jamais ses mots et allait toujours à l'essentiel –, le préfet lui avait dressé un tableau de la situation on ne pouvait plus clair. Émile Zola avait été trouvé mort. Le médecin du commissariat du quartier Saint-Georges, un certain docteur Lenormand, avait immédiatement fait remonter l'information à sa hiérarchie. Sans attendre, celle-ci avait averti le préfet. À moins que ce ne fût le maire de Paris lui-même, Paul Escudier. Dans l'émotion, il ne se souvenait plus. Peu importait. Zola était mort. Lépine avait aussitôt donné l'ordre au procureur Herbaux, ici présent, d'ouvrir une information contre X. Et c'était maintenant à lui, Joseph Bourrouillou, de faire pour le mieux. Comme à Alger, l'objectif demeurait le même. Calmer les esprits. Instruire le dossier et, pour cela, solliciter un commissaire compréhensif, capable de mener l'affaire rondement. Surtout, éviter de faire des vagues.

Avant de le congédier, et pendant que le procureur échangeait une chaleureuse poignée de mains avec son confrère, le préfet Lépine avait soudain semblé pris d'un doute. Il avait toisé le juge de la tête aux pieds, avec froideur, comme à son habitude. Puis, il lui avait dit en substance qu'il ne lui demandait pas de mener une enquête orientée. Si Zola avait été assassiné, alors il aurait toute latitude pour partir à la recherche des meurtriers. En revanche, s'il existait un doute, s'il ne s'agissait que d'un funeste et malheureux accident, le mieux serait de ne pas s'entêter à chercher la petite bête. S'était-il bien fait comprendre ?

En appuyant enfin sur le bouton poussoir de la sonnerie, Crisostôme Marie Joseph Gabriel Bourrouillou se félicita une nouvelle fois de sa bonne fortune. Oui. Il avait parfaitement entendu et compris le message. Avec lui, la République pouvait dormir sur ses deux oreilles. Il n'y aurait pas de vague. Surtout, pas de vague.

« Commissaire Cornette ! Donnez-vous la peine d'entrer, mon ami ! Ne restez donc pas là, entre deux portes ! »

D'instinct, le commissaire Cornette enfonça son cou entre ses maigres épaules. Par expérience, il savait que les témoignages d'affection prodigués par un juge d'instruction n'annonçaient jamais rien de bon. Les bras le long du corps, le regard baissé, il obéit avec docilité, du temps que son hôte, saisi par une frénésie toute méditerranéenne, poursuivait : « Asseyez-vous. Oui, ici. Là, en face de moi. Mettez-vous à votre aise. Hector va nous apporter du café, voulez-vous ? Non ? Bien. Nous nous en passerons. Cela est d'ailleurs préférable. Le café risquerait de nous faire perdre nos nerfs. Et ce n'est pas le moment, croyez-moi sur parole. La raison de votre convocation est en effet assez… Comment dire ? Disons que l'affaire est délicate. C'est cela, délicate… »

Pendant que le nouveau venu, de plus en plus inquiet, obtempérait en posant avec timidité un bout de fesse sur le fauteuil de velours qui lui avait été indiqué, Joseph Bourrouillou se rassit en soufflant. Après avoir joint ses mains sur son écritoire de cuir et laissé passer un silence, il finit par reprendre, à voix plus basse : « Je sors à l'instant même de chez votre patron, le préfet Louis Lépine. Il était avec le procureur Herbaux. Vous le connaissez, j'imagine ? »

Sans laisser le temps au commissaire de répondre, le juge du tribunal de première instance de la Seine poursuivit, sur un ton où se mêlaient le sentencieux, l'amical, la rouerie du maquignon : « Ce sont deux grands hommes, mon ami. Deux hommes de la première importance qui ont dédié leur existence à lutter contre la chienlit de tous bords qui attaque notre République. Et ces deux personnalités viennent de me confier une mission, à moi. Une mission particulièrement stratégique. Et c'est peu de le dire, vous allez le constater. Me comprenez-vous bien, au moins ? »

Comme le visiteur entrouvrait les lèvres pour acquiescer, Bourrouillou, se repoussant sur son fauteuil, lâcha : « Zola est mort. Oui, monsieur. Émile Zola. Personnellement, je ne vous dirai pas que cela me fait plaisir. Mais je ne peux pas non plus vous dire que son décès me submerge de peine. Pour moi, ce Zola était un citoyen semblable à tous les autres, et rien de plus. Il y a donc une enquête à mener autour de ce décès. Routine-routine, vous savez ce que c'est. Toutefois, le nom de Zola reste lié à l'affaire Dreyfus. En haut lieu, ce dossier est l'un des plus brûlants qui soient. Sur ordre du préfet, le procureur a donc ouvert une information contre X afin que nous sachions tout des circonstances liées à cette disparition. Et c'est à moi que cette instruction échoit. Désormais, c'est moi le capitaine du navire, et c'est pour cette raison que je fais appel à vos services. »

Le cou du commissaire Cornette s'enfonça un peu plus encore entre ses épaules. Il avait vu juste. Tant de salamalecs ne pouvaient qu'annoncer des ennuis. La mort de Zola était embarrassante. À l'Élysée et à l'Assemblée nationale, dans la majorité comme dans l'opposition, les politiciens savaient que ce décès était synonyme de menaces pour l'ordre public. En accordant sa grâce à Albert Dreyfus, trois ans plus tôt, le petit père Loubet avait étouffé le brasier de l'affaire. Il avait manœuvré avec suffisamment de finesse pour que les dreyfusards et les antidreyfusards baissent la garde. Zola lui-même, depuis son retour d'exil à Londres, s'était fait plus discret. Toutefois, chacun savait que les agitateurs continuaient à comploter dans l'ombre, prêts à saisir n'importe quel prétexte qui leur permettrait de revenir au plein soleil de l'actualité.

Après s'être raclé la gorge afin d'éclaircir sa voix, Joseph Bourrouillou se fit plus solennel. Se redressant dans son fauteuil pour écraser le visiteur de sa stature, il martela : « Commissaire Cornette, apprêtez-vous à vivre la période la plus enivrante de toute votre carrière. Je vous mets le dossier Zola entre les mains. Le sort de la France, désormais, ne dépend que de vous. En outre, vous avez aussi ma totale confiance. Je gage que vous saurez en faire bon usage. »

Coupant court aux questions qui, déjà, se pressaient dans le crâne du fonctionnaire de police, le juge se leva soudain. La gorge nouée par l'émotion, il lança :

« Je compte sur vous pour qu'il n'y ait pas de vague, durant tout le temps que durera cette instruction. Vous m'avez bien entendu, Cornette ? Je ne veux pas de vague. Faites votre métier comme il se doit et, surtout, tenez-moi informé de chaque nouvelle pièce qui viendra enrichir votre enquête. Le télégramme n'est pas fait pour les chiens. Une information, un télégramme. C'est bien compris ?

– Je…

– Je savais que je pouvais compter sur vous, mon cher ami. Soyez assuré que, de la célérité de votre enquête, mais aussi du tour que vous voudrez bien lui donner, dépendent votre avancement et votre avenir. La médaille, Cornette. La médaille ! Il ne tient qu'à vous ! Elle vous tend les bras ! »

Après avoir contourné le secrétaire, Bourrouillou posa ses deux mains sur les épaules de son visiteur et enchaîna avec componction :

« Notre pays vient de vivre des temps troublés. L'annonce d'un assassinat possible de Zola aurait, sur les populations, un effet désastreux. Et, ni vous ni moi, nous ne désirons pareille chose, n'est-ce pas ? Nous avons suffisamment de travail avec ces nouveaux voyous de la Roquette que les journalistes appellent, je crois, les Apaches. Et je ne dis rien des métèques, des maris trompés, des meurtres crapuleux et autres règlements de comptes. Le décès de ce Zola ne doit absolument pas devenir le prétexte à une nouvelle flambée de violence.

– Vous me demandez donc de… »

Crisostôme Marie Joseph Gabriel Bourrouillou coupa immédiatement la parole au commissaire Cornette : « Je ne vous demande rien, mon cher ami. Sinon d'accomplir votre tâche avec le plus grand discernement, ainsi que vous l'avez toujours fait. Je connais vos états de service, savez-vous ? »

Puis, le forçant à se lever à son tour et l'accompagnant jusqu'à la porte de son bureau, il conclut : « Faites votre travail, en bon soldat de la République que vous êtes ! Et, surtout, tenez-moi informé. Maintenant, filez. Votre place est chez Zola, pour les constations d'usage. Filez, vous dis-je. Et agissez selon votre devoir, peut-être plus encore que selon votre conscience… »

Ce fut en fiacre, et accompagné par l'inspecteur Geoffray, que le commissaire Cornette se rendit, immédiatement après cette entrevue, au 21 bis de la rue de Bruxelles. Durant tout le temps que dura ce trajet, bercé par le lent balancement de la voiture roulant au pas, il se remémora son entretien avec Bourrouillou. Il avait beau tourner et retourner dans sa tête le dossier Zola, le prendre par tous les sens possibles, il était bel et bien coincé. Malgré sa bonhomie mielleuse, le juge ne lui laissait pas le choix. Ou plutôt, le choix qu'il lui avait abandonné n'était pas acceptable. Si la mort de Zola était accidentelle, tout s'arrangeait. Les éditorialistes se borneraient, pour les uns, à regretter sa disparition et, pour les autres, à tirer de véritables feux d'artifice de satisfaction. Pas de quoi fouetter un chat, en somme.

En revanche, s'il avait été assassiné, les choses allaient se corser. Quant à lui, Cornette, simple commissaire, que devait-il faire ? Aller dans le sens de ses supérieurs et orienter son enquête ? Dissimuler d'éventuelles preuves ? Fermer les yeux sur des évidences ? À cela, il se refusait totalement. Lorsqu'une bombe avait été découverte sous le porche de l'immeuble de l'écrivain, quand sa cheminée avait été bouchée, la police avait étouffé les deux affaires. L'écrivain, tout à sa gloire, n'avait pas insisté pour que l'on pousse les investigations plus avant mais, lui, il se souvenait parfaitement de ces deux dossiers encombrants. Cette fois, ce serait différent, il le jurait. S'il y avait eu meurtre, il y aurait enquête. Et il mènerait celle-ci sans ménager ni les uns ni les autres. Tant pis pour ce qui en découlerait. Comme Dreyfus et son bagne, cela lui coûterait peut-être la surveillance d'un établissement à l'île des Pins[32], un poste obscur dans un quelconque bled du Maghreb ou une mutation dans le lointain Tonkin. Il ferait son temps, tel un conscrit. Avec courage et abnégation. Mais dissimuler aux yeux de la justice la possibilité d'un meurtre ? Cette seule éventualité lui soulevait le cœur d'indignation.

« Madame Zola ? Madame Alexandrine Zola ? Commissaire Cornette. Et voici l'inspecteur Geoffray. »

Prostrée sur le canapé du salon, hagarde, les yeux fixés droit devant elle, Coco acquiesça d'un mouvement de tête, incapable de prononcer un mot. Près d'elle, Marguerite, l'épouse de l'éditeur Georges Charpentier, se tenait immobile, les joues humides de larmes. Toujours prête à rendre service, la bonne madame Monnier s'avança alors. Les yeux à terre, en signe de respect absolu face à l'autorité en marche, elle proposa :

« Si monsieur le commissaire veut bien se donner la peine de me suivre. Le corps de Monsieur est au premier. On l'a installé bien comme il faut.

– Vous voulez dire que vous avez déplacé le corps ?

– Dame, il fallait bien. Vu l'odeur qui flottait là-dedans, c'était nécessaire. La servante a passé la pièce. Vous verrez, c'est propre. »

32. Bagne de Nouvelle-Calédonie.

Face au regard lourd de reproches de l'inspecteur, la concierge se reprit aussitôt et bougonna, dans son menton blanc : « Mais on n'a rien touché ! On a juste mis le corps du pauvre Monsieur sur le petit lit, sous la fenêtre. On dirait qu'il dort, à cette heure. Vous allez voir, monsieur le commissaire. Je vais vous montrer. »

Un instant plus tard, les poings posés sur les hanches et une grimace de circonstance sur sa face luisante d'avoir, une nouvelle fois, gravi la montée d'escaliers, madame Monnier s'immobilisa devant le tableau. Près du lit aux montants de fer, raides et crispés dans leurs fonctions, les deux médecins et le pharmacien échangeaient des propos à voix basse, pénétrés de l'importance de leur fonction. Allongée sous un drap propre, parfaitement peignée et débarbouillée, la dépouille d'Émile Zola reposait.

Après avoir esquissé un signe de croix, la concierge marmonna :

« Il est à vous. Moi, il faut que je file. C'est que j'ai un immeuble à tenir.

– Vous pouvez y aller. Mais vous restez à notre disposition. Nous aurons des questions à vous poser. »

Bombant le torse, la concierge répliqua : « Ne vous en faites pas pour ça. Ça fait vingt-trois ans que je n'ai pas bougé de cet immeuble. Ce n'est pas aujourd'hui, avec tout ce chambard qu'il y a dans la rue, que je vais partir. Si vous avez besoin, vous n'aurez qu'à toquer à la vitre de ma loge. »

Dès qu'elle s'éloigna dans un froufrou de jupons froissés, le commissaire Cornette entama la visite de la chambre, laissant le soin à l'inspecteur Geoffray de relever les identités des trois personnes présentes dans la pièce. Un carnet et un crayon à mine de plomb dans la main, il griffonna sans entrain quelques informations. La porte de la salle d'eau était ouverte. Il ne notait aucune trace de sang ni de lutte. Le pyjama souillé du défunt trempait dans une bassine. Une bouteille d'eau chloroformée à moitié vidée reposait sur une table de nuit. Deux petits chiens geignaient au pied de la dépouille. Les vitres de la fenêtre étaient intactes et les huisseries des volets n'avaient pas été forcées.

Lorsque tous ces éléments furent dûment consignés, le commissaire alla s'adresser aux deux médecins et au pharmacien qui n'avaient pas bougé d'un pouce : « Bonjour, messieurs. Est-ce bien vous qui êtes arrivés les premiers sur les lieux ? »

Prenant la parole d'autorité, le docteur Main confirma : « Oui, monsieur le commissaire. »

Aussitôt, le docteur Lenormand rectifia : « Si vous le permettez, je répondrai de façon négative à votre question, monsieur le commissaire. »

Sous le regard outré de son confrère, il poursuivit avec flegme :

« Quand madame Laveau est venue nous chercher, nous nous sommes immédiatement rendus sur les lieux. En arrivant, et contrairement aux allégations de mon confrère, la porte de la chambre était défoncée et un homme – un nommé Lefèvre, me semble-t-il – était déjà présent.

– Qui avait défoncé la porte ?

– C'est ce monsieur Lefèvre, qui a déclaré être artisan en plomberie. Avec ses deux ouvriers, ils devaient débuter un chantier, ce matin. Lorsque la servante a cogné à la porte et que personne n'a répondu, elle a pris sur elle, je suppose, de demander à monsieur Lefèvre de la forcer. D'ailleurs, si je ne me trompe pas, les ouvriers sont encore là, dans la cuisine. Je vous y conduis, si vous le désirez.

– Non. Allez-y avec l'inspecteur Geoffray. Il prendra leurs dépositions. »

Trop heureux d'avoir pu participer au bon déroulement de l'enquête, le docteur Lenormand ouvrit le chemin à l'inspecteur, pendant que le commissaire poursuivait, les sourcils froncés : « Et vous ? Quel est votre diagnostic pour le décès de monsieur Zola ? »

Après avoir réajusté son nœud de cravate, le docteur Main répondit d'un air docte :

« Nous avons tout fait pour tenter de ramener ce malheureux à la vie. Tractation rythmique de la langue, mouvements des bras, compression du thorax, piqûres d'éther et, même, chocs électriques. Hélas, ces efforts sont restés vains.

– Mais encore ? La cause de la mort ?

– Pour moi, monsieur le commissaire, il ne peut s'agir que d'une asphyxie.

– Tiens donc…

– Parfaitement. Compte tenu de l'état du corps et des symptômes que j'ai pu relever, monsieur Zola est mort d'une asphyxie due à des gaz méphitiques. »

Désignant du bout de son crayon la table de nuit située de l'autre côté de la chambre, le commissaire Cornette maugréa :

« Gaz méphitiques ou empoisonnement par chloroforme ?

– Pardon ?

– La bouteille qui est là-bas. C'est du chloroforme. Est-ce que monsieur Zola, dans son sommeil, n'aurait pas pu boire le contenu de cette bouteille par mégarde, en croyant avaler de l'eau par exemple ? Un demi-litre, ça doit faire des dégâts, non ?

– Si c'était du chloroforme pur, je ne dis pas. Mais c'est une solution diluée, de celles que l'on prescrit pour les patients qui ont du mal à trouver le sommeil. De plus, cela n'expliquerait pas le fait que, seul, monsieur Zola ait trouvé la mort, et pas son épouse.

– Elle en a peut-être bu moins que lui, qui sait ? De toute façon, vous ne bougez pas d'ici. J'ai une course urgente à faire. À mon retour, nous reprendrons cette discussion.

– C'est-à-dire que j'ai des patients qui…

– Qu'ils patientent. Vous êtes au service de la justice, monsieur. »

Moins de vingt minutes plus tard, le commissaire Cornette quittait d'un pas lent le bureau des Postes et Télégraphes du quartier Saint-Georges. Dans l'une des poches de son pardessus, sa main serrait entre ses doigts le brouillon du télégramme qu'il venait de faire parvenir au juge Joseph Bourrouillou. Il y indiquait que, selon toute vraisemblance, la mort de Zola était due à un empoisonnement accidentel. D'autres nouvelles suivraient. En haussant les épaules, il accéléra la marche. La journée promettait d'être longue.

Dès son retour rue de Bruxelles, le commissaire procéda à des auditions. D'abord Victor Lefèvre, l'entrepreneur. Accompagné par ses deux ouvriers, il se borna à répéter qu'il ne savait rien, ne voulait rien savoir et avait de l'ouvrage à abattre, à l'autre bout de la ville. Lorsque le commissaire les laissa partir, ce fut le tour de madame Monnier. En bonne concierge, celle-ci ne manqua ni de raconter son existence par le menu, ni de critiquer le défunt – à mots couverts, cela allait de soi. C'était un brave homme, certes. Mais un homme marié qui avait tout de même deux enfants d'une liaison avec une créature ! Elle n'était pas femme à médire, mais ça n'étaient pas des choses qui se faisaient dans une maison convenable. Enfin, elle se comprenait. Après madame Monnier, le commissaire écouta avec un profond ennui les dépositions des docteurs Lenormand et Main, sans oublier monsieur Luc, le pharmacien. Tous trois lui firent subir un cours magistral sur l'asphyxie et, s'il ne sombra pas dans le sommeil, ce fut uniquement grâce aux cafés qu'il ingurgita à une cadence régulière.

À treize heures, l'inspecteur Geoffray se brûla la main sur la plaque de la cheminée de la chambre. Aussitôt, Cornette nota l'incident, puis il auditionna Eugénie Laveau et son mari. Enfin, vint le tour du valet, Jules Delahalle. Celui-ci confirma avoir fait du feu afin de préparer la chambre du maître et de la maîtresse. Comme le tuyau tirait mal, il avait refermé le tablier et laissé les braises s'éteindre. Il assura aussi que le conduit de la cheminée avait bien été nettoyé à l'arrivée des beaux jours. Mais le travail avait peut-être été mal fait. Sans hésiter, le commissaire était retourné au bureau des Postes. Son télégramme, cette fois, s'était fait plus affirmatif. La mort causée par accident restait l'hypothèse la plus solide. Émile Zola avait probablement succombé aux effets délétères d'une cheminée en mauvais état. Deux éclats de plâtre tombés dans l'âtre laissaient à penser qu'un bouchon était la cause de tout. Une expertise du conduit s'avérait donc nécessaire, dans les meilleurs délais.

De retour dans l'immeuble, le commissaire était tombé nez à nez avec Charles Vibert, le médecin légiste. En temps normal, l'on ne se serait pas donné cette peine. Mais là, il s'agissait de Zola. Le gouvernement ne voulait pas courir le risque de commettre la moindre erreur, de prêter le flanc à la plus infime critique. Le médecin avait ainsi ordonné aux docteurs Girard et

Ogier, experts-chimistes au laboratoire municipal qui l'accompagnaient, d'opérer des saignées sur le corps du défunt. En début de soirée, l'analyse spectroscopique avait rendu son verdict, implacable : le défunt avait succombé à une trop forte dose d'oxyde de carbone. Son épouse, elle, n'avait dû sa vie sauve qu'au seul fait d'être restée sur le lit, situé en hauteur et donc partiellement protégé des émanations mortifères.

À dix-huit heures, Alexandrine avait été transportée en ambulance jusqu'à la maison de santé du docteur Deffaut, à Neuilly. Pour la soutenir, le docteur Gaube, la servante Eugénie et madame Delaborde, cousine de l'écrivain, avaient été du voyage. À la nuit tombée, au moment même où une fine brume glacée avait enveloppé Paris, l'immeuble du 21 bis de la rue de Bruxelles avait enfin retrouvé son calme. Deux gendarmes gardaient la porte d'entrée. Madame Monnier s'était claquemurée dans sa loge. Jules assurait un service de veille sur le corps. Cornette, lui, était allé faire son rapport à Bourrouillou qui, immédiatement, s'était rendu chez le préfet Lépine qui, à son tour, avait transmis les éléments de l'enquête à Escudier, le maire de Paris. Cette fois, l'information pouvait filtrer. Zola, Émile Zola, était mort par accident. Il ne s'agissait que d'un funeste, d'un terrible et imprévisible accident domestique. Les causes précises, tout comme les preuves, seraient rendues publiques en leur temps.

« Sommes-nous bien d'accord, mon fils ? insista le père du Lac. L'Italien est mort par accident. La justice a parlé de l'ingestion d'une bouteille de chloroforme. Mais, dès demain, l'hypothèse d'une asphyxie due à une cheminée bouchée l'emportera. C'est un accident domestique. Zola n'a pas été assassiné. C'est exactement ce que les journaux écriront, en France comme à l'étranger.

– Vous en êtes sûr ?

– Je ne m'exprime jamais à tort et à travers.

– Mais c'est cousu de fil blanc, cette histoire. Les journalistes ne tarderont pas à mettre en doute cette version officielle, croyez-moi. Zola avait trop d'ennemis pour disparaître par accident. Un mort pareil, ça mérite un crime, un assassinat.

– Vous exagérez.

– Je sais de quoi je parle, mon père. Je suis tout de même le rédacteur en chef de *La Libre Parole* et je…

– Non. Justement, vous ne savez pas. Si je vous dis que Zola est mort par accident, c'est parce que c'est la vérité. Ce *doit* être la vérité, en tout cas. Celle-ci convient à tout le monde et n'oubliez pas qu'elle sert nos intérêts. »

Dans le confessionnal de l'église Saint-Pierre-du-Gros-Caillou, située dans la rue Saint-Dominique, le silence s'installa. Édouard Drumont, à genoux sur le bois dur et noueux du banc, les yeux baissés dans la pénombre, osa encore :

« Père du Lac ? Et si ce commissaire… Comment avez-vous dit déjà qu'il s'appelait ?

– Cornette, mon fils.

– Bien. Et si ce Cornette poussait l'enquête plus avant ? S'il demandait une expertise de la cheminée ?

– Il l'a déjà demandée. Et il l'a obtenue.

– Eh bien ? »

Les mains jointes sur sa poitrine, le prêtre inspira profondément. Puis, il finit par répondre :

« De ce qui m'a été rapporté, cette expertise se déroulera après les obsèques. Et ce sont de véritables experts qui se chargeront de ce travail, des gens au-dessus de tout soupçon. Leurs conclusions, d'ailleurs, me sont déjà parvenues.

– Mais vous venez de me dire que l'expertise…

– Taisez-vous. Lorsque ces messieurs les architectes de la préfecture de Police et de la ville de Paris examineront la cheminée, ils tomberont d'accord pour confirmer que c'est un bouchon de suie qui a obstrué le conduit. Dans l'immeuble, tout le monde sait que la cheminée avait été ramonée, nous avons simplement trouvé la parade. Nous dirons que le bouchon s'est formé à cause des trépidations produites par les chevaux et les voitures sur la rue de Bruxelles qui est, à cet endroit-là, pavée de bois.

– C'est absurde ! La chambre de Zola, si je ne me trompe pas, donne de l'autre côté de la rue.

– Plus la vérité est absurde, plus les gens ont de facilité à l'avaler.

– Et Buronfosse ? Ne craignez-vous pas qu'il finisse par parler ? »

À nouveau, le père du Lac prit le temps de la réflexion. Tous les Judet, Daudet et autres Galli ne présentaient pas l'ombre d'un danger. Ils n'étaient pas hommes à scier la branche sur laquelle ils étaient assis. Ce Buronfosse devait, en revanche, être tenu et surveillé de près.

D'une voix toujours aussi calme et posée, l'homme d'église répliqua :

« Buronfosse est un bon chrétien. Il n'a guère d'éducation, mais il a de la religion. Je connais d'ailleurs très bien son confesseur. C'est un ami. Je l'aiderai afin qu'il guide ce pécheur dans la bonne direction.

– Cela suffira-t-il à le faire taire ?

– Pour l'instant, oui. Pour ce qui est de la suite, nous aviserons. Je sais qu'il est artisan et qu'il a une petite affaire de fumisterie, dans la rue de Mornay. Les artisans se débattent en permanence avec les taxes, les impôts. L'argent se fait rare. Nous ferons donc le nécessaire pour que ce brave homme signe en temps voulu un contrat confortable – disons même miraculeux – avec l'un des ministères que nous tenons[33]. Si nous n'avons plus de ministère, ce sera avec l'une de nos municipalités. Le respect de la foi empêche les gens de pérorer. Mais cela n'a qu'un temps. L'argent, lui, finit toujours par convaincre les plus véhéments de respecter le silence. Tout n'est souvent qu'une question de dosage adéquat. Quoi qu'il en soit, rassurez-vous, il ne parlera pas. »

À nouveau, Édouard Drumont gigota sur le banc où souffraient ses genoux. Rongé par l'inquiétude, épuisé par une nuit de veille, le front glacé d'une sueur qui dégoulinait jusque dans son cou, il hasarda encore : « Et le grand jour, mon père ? Il nous faut donc y renoncer, de manière définitive ? »

Avec un sourire amer, Stanislas du Lac répondit :

« Il viendra, mon fils. Le grand jour viendra où le christianisme triomphant exterminera enfin toutes les forces obscures qui n'ont pour objectif que d'affaiblir la France. Il viendra. C'est écrit.

33. Avant la guerre de 1914, Henri Buronfosse signera d'importants contrats avec le ministère de la Guerre dont il deviendra, ainsi, l'un des principaux fournisseurs.

– Mais quand ? Dites-moi quand, mon père ?

– Je suis un serviteur de Dieu, mon fils. Pas l'une de ces pythies et autres abominables pécheresses que vous avez pris la détestable habitude de consulter. Pour l'instant, fiez-vous à moi. Laissons les esprits échauffés recouvrer leur calme. Repartez à votre journal, reprenez votre vie ordinaire. Et, surtout, ne revenez pas ici.

– Mais, mon père, je ne peux…

– Obéissez. Quittez mon église et n'y reparaissez que lorsque je vous aurai fait savoir que le temps est venu d'y reparaître.

– Bien.

– Pour votre pénitence, je vous condamne à méditer sur la prière de saint Éphrem le Syrien. Vous réciterez cent fois le *Ô vous seul qui êtes bon et qui ne gardez point le souvenir de nos offenses*. Maintenant, partez. Partez, mon fils. »

Longtemps, les bruits des pas portant la lourde carcasse d'Édouard Drumont résonnèrent dans la nef de l'église Saint-Pierre-du-Gros-Caillou. Lorsqu'ils finirent par s'éteindre et que le père du Lac se retrouva seul, il demeura dans le confessionnal. À bien y réfléchir, l'affaire n'était pas si mal engagée. Une paix armée tacite – comme il l'avait prévu – s'était imposée entre les tenants des deux bords. Même le préfet Lépine se tiendrait tranquille. Il n'étoufferait pas l'enquête, bien entendu, mais il ferait tout son possible afin que la mort de l'Italien restât frappée du sceau de l'accident. La raison d'État primait. Chacun y trouverait son compte et, au final, Dieu reconnaîtrait les siens.

Épilogue

PAR UNE FANTAISIE DE LA NATURE qu'il ne put lui-même s'expliquer, Émile Zola assista à son propre enterrement. Ce dernier voyage jusqu'au cimetière Montmartre, il ne le vécut évidemment pas depuis l'intérieur de son propre corps. Celui-ci, après deux jours à la disposition de la justice, fut rendu à ses proches et dûment embaumé afin que les odeurs de putréfaction ne soient pas de la fête. De multiples mains expertes le préparèrent, lui ôtèrent les viscères, lui firent la barbe, le maquillèrent, plaquèrent sur ses tempes ses derniers cheveux et l'habillèrent de pied en cap sans omettre le moindre détail. De la même façon, par les bons soins de madame Monnier et des employés des pompes funèbres, des tentures sombres voilèrent le jour des fenêtres et le lit Renaissance se fit lit de parade. L'on jugea cependant que ce n'était pas encore assez. Après conciliabules, la dépouille fut alors déplacée, avec mille précautions, dans le cabinet de travail. Du beau monde allait se déplacer et se recueillir. L'écrivain se devait d'être admiré dans son jus. La violette était-elle sa fleur préférée ? L'on en recouvrit le corps entier et l'on put se croire, par instants, aux marchés aux fleurs de la place de la Madeleine ou de la place des Ternes. Afin d'ajouter une touche de solennité, l'on déploya aussi des tentures noires et lamées d'argent du plus bel effet. Sur le plateau de l'immense bureau, l'on se crut aussi bien inspiré en étalant aux yeux des visiteurs quelques pages manuscrites de *Justice*, son roman condamné à demeurer inachevé. Lorsque le chat de la maison, souple et solitaire, s'installa d'un bond sur la poitrine du défunt et se mit à ronronner, la stupéfaction outrée céda bien vite le pas à une brève parenthèse de prières. C'était un signe. Absolument. Un signe de quoi ? Personne, alors, ne se hasarda à émettre une hypothèse. Mais c'était un signe.

Les funérailles furent fixées au 5 octobre.

Entre-temps, sous ses fenêtres, le grand écrivain eut tout loisir d'entendre glapir une musique grinçante qui n'avait rien à voir avec une messe, pas plus qu'avec un requiem. Tous les saute-ruisseau de la capitale semblaient s'être donné rendez-vous là, dans la rue de Bruxelles, et c'était à qui braillerait le plus et le plus fort afin de vendre ses journaux. Pour les titres clairement engagés en faveur de Zola, la démesure dithyrambique, voire élégiaque, ne connaissait aucune limite. *L'Aurore* claironnait un « irréparable malheur » et arborait sur ses éditions, en signe de deuil, un large liseré noir. Ernest Vaughan, son fondateur, écrivait avec emphase que l'écrivain était « mort brusquement, en pleine vigueur, en plein talent, en pleine gloire ». Clemenceau, lui, avait jugé bon de transformer son chagrin en cri de guerre, réclamant sine die « Zola au Panthéon ! » *Le Figaro*, comme il se devait, ne voulait pas être en reste. Ainsi, il pleurait, avec la disparition du maître du naturalisme, la fin des grands auteurs possédant l'envergure d'un Gustave Flaubert ou d'un Alphonse

Daudet. Si le *Gil Blas* le comparait à Balzac, la presse italienne reprise par les quotidiens de France sanglotait l'irréparable perte du « grand maître ». *Le Petit Parisien* chantait les louanges du « puissant romancier naturaliste » et les superlatifs, dans la presse de province, claquaient tous avec la même vigueur, le même désir sincère de rendre un ultime hommage à celui qui, à l'image de Victor Hugo, avait su prendre fait et cause pour le peuple.

En contrepoint parfait à ces torrents où le sublime le disputait à l'admirable, d'autres quotidiens gueulaient un refrain bien différent, pétri de cruauté et de méchanceté vives. Ainsi, *L'Intransigeant* réclamait à cor et à cri l'enterrement de Zola non pas dans un cimetière ni même dans une fosse publique, mais bien dans une fosse d'aisances. En écho, *La Croix* se complaisait dans sa propre férocité : « Il a fait bien du mal à la France dont il sacrifia le repos et la renommée aux satisfactions de son formidable orgueil [...] Vaniteux, dépravé, la viscosité de cœur de cet homme a fait beaucoup de mal, souillé beaucoup d'âmes ». Vent debout, *Le Gaulois* affirmait, péremptoire : « Il est mort de façon presque soudaine ; il n'a pas eu le temps de reconnaître et de regretter le mal qu'il a fait à la France. » Puis, pour expliquer son ressentiment vis-à-vis de l'écrivain – voire, pour le justifier –, il citait une certaine madame de Thèbes, voyante, qui avait longuement travaillé sur le cas Zola. En effet, cette pythie avait lu les lignes de la main de l'auteur de *La Bête humaine* sur une photographie. Elle en avait déduit qu'il était né sous le signe de Saturne et que, ainsi, il n'était ni plus ni moins qu'une taupe. Comme attendu, Édouard Drumont avait fini par se laisser emporter par sa haine. *La Libre Parole* avait titré : « Fait divers naturaliste : Zola asphyxié ». Dans la logique de ce trait d'humour trempé de fiel, un long article s'efforçait de répandre le bruit que l'écrivain s'était suicidé : « On comprendrait que l'homme, en regardant la vie dans son œuvre, en aurait éprouvé un irrésistible dégoût. »

Rythmé par les préparatifs de tous ordres, les visites, les soins esthétiques prodigués au cadavre et les beuglantes des crieurs de journaux, le temps passa à une vitesse folle. Le 5 octobre arriva. L'enterrement mobilisa les foules et tout Paris voulut en être. Pour de belles funérailles, ce furent de belles funérailles. Dès quatre heures du matin, les premiers spectateurs se retrouvèrent, la larme à l'œil, le visage chaviré, devant l'immeuble pavoisé de la rue de Bruxelles. Très vite, cet attroupement prit de l'importance, enfla, grossit. Bientôt, il fut même impossible de quitter les quelques centimètres carrés où l'on avait planté ses pieds. À l'intérieur de la bâtisse, livide dans l'aube maigre, l'on mit la main aux derniers détails. Madame Monnier, enivrée par les fonctions qu'elle avait prises d'autorité, faisait marcher tout son monde, y compris les employés des pompes funèbres, à la baguette. En bonne chef d'orchestre, elle scanda jusqu'aux ultimes mouvements de cette symphonie. Le toupet en l'air, elle morigéna les lambins, s'attrapa avec les livreurs de fleurs qui pestaient à force de faire la queue, dépoussiéra chaque meuble et veilla ainsi sur tout. Postée sous la porte cochère, elle mit un point d'honneur à ce que le cercueil formât un angle droit avec le mur du vestibule. Elle embaucha même – sur ses deniers propres – la fille d'une commère de ses amies qui passa et repassa à l'encaustique la totalité des meubles et des boiseries. Profitant sans vergogne du fait que madame Zola se remettait peu à peu de son chagrin dans l'établissement du docteur Deffaut, elle fut au four et au moulin.

La veille du grand jour, elle ne put cependant pas éviter un scandale qui lui tourna les sangs. Afin de recueillir les signatures des visiteurs illustres venus se recueillir dans l'intimité, face à la dépouille, des feuilles et un lutrin avaient été mis à disposition, dès l'entrée franchie. Hélas, des journalistes peu scrupuleux prirent vite l'habitude de faire main basse sur ces feuilles de présence afin d'être sûrs de ne rien manquer de cette noria de visages connus. Lorsqu'elle eut vent de ce détestable manège, madame Monnier entra dans une rage folle. Balai en main, elle se mit à poursuivre tout ce qui, de près ou de loin, pouvait s'apparenter à un journaliste. Si elle avait eu un pistolet, nombreux furent ceux qui jurèrent qu'elle en aurait usé, sans ciller.

À treize heures, enfin, un capitaine fièrement dressé sur son cheval ordonna la prise d'armes. Devant les portes toujours closes, le silence se fit. À l'intérieur de la bâtisse, l'on se saisit du cercueil. En prenant soin de ne pas renverser la statue de la Vierge à l'Enfant qui veillait sur le grand homme, l'on s'assura de la prise. Les lourds ventaux vernissés s'ouvrirent comme, au spectacle, l'on tire le rideau. Aussitôt, la foule poussa un long soupir de soulagement. Entre les gerbes et les couronnes ceintes de rubans et venues de la France entière, mais aussi des cinq continents, la longue marche conduisant jusqu'au cimetière Montmartre put alors débuter.

Considérant la chose de haut ou, du moins, à la façon d'un entomologiste, le grand romancier fut ému. Certes, le corbillard n'était que de deuxième classe. Mais, tout au long du boulevard de Clichy et de la rue Caulaincourt, des dizaines de milliers de personnes s'étaient déplacées et semblaient avoir le cœur serré par une peine bien réelle. Certes, le gouvernement n'avait pas daigné se faire représenter de façon officielle. Mais la compagnie du 28e de ligne, sous les ordres de son capitaine, allait rendre à la dépouille les honneurs militaires qui lui étaient dus en tant qu'officier de la Légion d'honneur. Certes, Alexandrine n'avait pas voulu se mêler à la foule, ni même se rendre en calèche ou en fiacre au cimetière. Mais, dans la multitude, Jeanne était là qui avait tenu à l'accompagner pour cet ultime voyage. La douce Jeanne, anonyme dans ce rassemblement populaire, tenait d'une main leur petite Denise et, de l'autre, Jacques. Le temps ne viendrait jamais où, comme il le lui avait promis, il lui apprendrait à « faire avec le sable des citadelles que la marée montante emporte. » Dans cette journée de dimanche d'octobre, nombreux aussi étaient ceux qui cherchaient du regard la silhouette d'Alfred Dreyfus, se préoccupant bien plus du maudit de l'île du diable que du défunt. Mais quelques véritables amis étaient là, qui tiendraient en tremblant les cordons du poêle: Abel Hermant[34], Ludovic Halévy[35], ses éditeurs Georges Charpentier et Eugène Fasquelle, l'écrivain Octave Mirbeau, le fidèle défenseur des impressionnistes Théodore Duret, le compositeur et chef d'orchestre Alfred Bruneau ou encore Briat[36].

Sur le chemin, un plaisantin crut bon de se poster à une fenêtre. Ignoble et hilare, il chanta soudain, une main posée sur le cœur et roulant des yeux de dément:

« *Zola l'pornographique*
Le fameux romancier

34. Président de la Société des gens de lettres.
35. Président de la Société des auteurs et compositeurs dramatiques.
36. Secrétaire général de la commission administrative de la Bourse du travail.

Par l'acide carbonique
Vient d'mourir asphyxié ! »

Près de lui, un autre ventail s'ouvrit. Alors que la foule s'était mise à gronder de colère, un second guignol clama dans l'encadrement, sur l'air des lampions :

« *Zola la Mouquette*
Est mort et bien mort
Et puis dans la poudrette,
Poudrette, poudrette,
Dreyfus qui le regrette
Partagera son sort. »

Cette fois, la réaction fut plus inquiétante. Les délégations des forgerons, des mineurs et des paysans portèrent les mains à leurs ceintures, à l'endroit où brillaient leurs couteaux. En cottes de toile bleue et grand tablier de cuir, les pieds nus dans des sabots sonores et des lampes de cuivre en sautoir, la faucille sur l'épaule et le crâne recouvert de chapeaux à larges bords, ces trois fraternités s'interrogèrent du regard. Fallait-il ouvrir les hostilités ? Ajouter des taches de sang sur les pavés et mêler celui-ci aux éclats des églantines rouges qui, à chaque mètre, alourdissaient toujours un peu plus le char mortuaire ? Les bras chargés de fleurs des champs, de fleurs de pauvres, tenant des banderoles où s'inscrivaient – en lettres d'or – les mots *Germinal*, *La Terre*, *Le Travail*, la foule parvint à garder son calme. Pour toute réponse, les femmes hissèrent leurs enfants hurlants à bout de bras. Et l'on chanta *L'Internationale*. De ces poitrines calaminées par le charbon, le feu de la forge et la poussière de la terre, l'hymne des révolutionnaires, des prolétaires, des laissés pour comptes fit trembler les robustes façades de Paris. Les deux fauteurs de troubles, terrassés par la peur, s'évanouirent comme par enchantement. Le préfet Lépine envoya bien quelques gendarmes, mais il s'en fallut de peu pour que ceux-ci, enveloppés par les voix vibrantes du cortège fraternel, ne baissassent leurs armes et, l'œil humide, ne se joignissent à la ferveur.

Ce fut donc ainsi que partit Émile Zola. Pendant que messieurs Joseph Chaumié[37], Abel Hermant et Anatole France – qui avait fort à propos retourné sa veste[38] – clamaient leurs discours respectifs avec, au cœur, la mesquine satisfaction d'entrer dans l'Histoire, il observa la fin de la cérémonie. Ces obsèques laïques, à tout prendre, lui ressemblaient. Il avait rêvé de faire partie, un jour, de l'Académie française, et il n'y avait pas été autorisé. Il avait caressé le projet insensé d'entrer au Panthéon, il serait condamné à demeurer à sa porte. Mais quoi ? Le temps finirait bien par faire son œuvre.

Alors que, déjà, les premières pelletées de glaise venaient claquer contre le bois vernis du cercueil, il se sentit enfin quitter cette terre. Qui l'avait donc assassiné ? Alexandrine ? Jeanne ? Les deux ensemble ? Avec ou sans les complicités de Jules, Eugénie, Léon et madame Monnier ? L'un de ses confrères journalistes et romanciers, jaloux à en crever ? Ou bien ces maudits crapauds ? Le fils Daudet, cet imbécile à la plume pourtant si belle ? Lui,

37. Ministre de l'Instruction publique et des Beaux-Arts.
38. Tout d'abord antidreyfusard, il avait écrit, durant l'affaire et à propos de Zola : « Son œuvre est mauvaise et il est un de ces malheureux dont on peut dire qu'il vaudrait mieux qu'ils ne fussent pas nés. »

avec toute la clique des Drumont, Barrès, Maurras, Déroulède et autres Gyp ? Ou bien encore les antidreyfusards aux fronts bas, ces canailles sans intelligence, ces ligueurs de pacotille qui n'existaient que pour casser du Juif, du métèque, du franc-maçon et du protestant ? S'il l'avait pu, le géant Émile Zola aurait fait sauter le couvercle de son cercueil, se serait dressé et, les poings sur les hanches, dévisageant l'humanité entière, il aurait hurlé : « Assassins ! »

Hélas, il n'était plus temps. Et quelle importance, maintenant ? Dans un petit vent coulis glacial, à mille lieues de son enfance bercée par le soleil de la Provence, Émile Zola lâcha enfin le fil qui le retenait encore à ce monde. Il n'emporta avec lui, bien au chaud dans sa main, qu'un brin de genêt. Une tache d'or, d'enfance et d'amour.

Création graphique et réalisation
Anne-Marie Bourgeois / m87design

Achevé d'imprimer
sur Roto-Page
par l'Imprimerie Floch
à Mayenne,
en août 2019.

Dépôt légal
septembre 2019.
Numéro d'imprimeur
94774

Imprimé en France